COMME LES PIÈCES D'UN PUZZLE

Ce livre est une fiction. Les noms, caractères, professions, lieux, événements ou incidents sont les produits de l'imagination de l'auteur utilisés de manière fictive. Toute ressemblance avec des personnages réels, vivants ou morts, serait totalement fortuite.

Image de couverture : © tomertu/Shutterstock
Design de couverture : Emmanuel Pinchon

Collection créée par Hugues de Saint Vincent
Collection dirigée par Arthur de Saint Vincent
Ouvrage dirigé par Marie Maublan

34-36, rue La Pérouse
75116 Paris
www.hugoetcie.fr

ISBN : 9782755649109
Dépôt légal : juin 2020
Imprimé à Barcelone par Blackprint

Richard Colombo

COMME LES PIÈCES D'UN PUZZLE

Hugo Roman

Pour Jean-Philippe, David, Jean-Marc et Jean-Pierre,
En amical souvenir de nos années de faculté de Médecine de Nancy.

Au personnel du CHU de Brabois, de la Tour Drouet,
de l'ancien hôpital Saint-Julien
et du centre de rééducation de Lay-Saint-Christophe,
pour leur dévouement et leur implication.

1

Nos souvenirs sont comme les pièces d'un puzzle que l'on éparpille sur une table. Certains sont à l'envers, d'autres à l'endroit, plus ou moins identifiables. Ils semblent parfois s'emboîter sans souci, à l'exception près d'une couleur, d'une odeur, d'une image légèrement différente.

Dans mon esprit, la première pièce de mon puzzle est une date : le 13 avril. Dimanche 13 avril, plus précisément. Une journée comme les autres, en apparence. La veille au soir, nous avions fait l'amour avec ma femme, et nous nous étions endormis dans les bras l'un de l'autre. Dans la pièce à côté, nos petits chérubins rêvaient leurs rêves de nourrissons, emplis de nounours, de comptines et de jeux d'enfants. J'écoutais la pluie tomber en évitant de songer au lendemain qui s'annonçait, à cette sempiternelle redite de journées de labeur pour elle comme pour moi. Je me disais que ces moments étaient devenus rares au cours de ces derniers mois, le travail de chacun prenant une place de plus en plus importante dans notre couple, rendant ces instants partagés aussi magiques et précieux. Le train-train était devenu un miracle.

Tous ces souvenirs sont là, en moi, alors que mon esprit s'agite progressivement. Une fois de plus, je me réveille avant la pendulette électronique sur la table de nuit. Mon corps est lourd, je n'arrive pas à ouvrir les yeux. Je reste là, à savourer l'instant, en essayant de retarder celui, inexorable, où je vais devoir me lever. Dans cette semi-conscience où je me trouve, je perçois les mille sons de la vie quotidienne alentour, des bruits familiers de sonneries, de bips, de voix chuchotées. Je sais que je rêve encore, parce que ces échos, ce sont ceux que j'entends chaque jour en me rendant au travail, ceux que j'entends depuis si longtemps déjà qu'il me semble que cela fait une éternité. J'ai l'impression d'être redevenu étudiant, le stéthoscope autour du cou et le Dorosz dans la poche, le petit carnet rempli d'annotations sur les dosages de médicaments, le réglage de la seringue électrique, le nombre de gouttes par kilo et par heure.

Non loin de moi, deux personnes sont en pleine conversation sur ce qu'elles ont fait le week-end. Deux infirmières.

Deux infirmières… Un malaise s'empare de moi. Je ne sais plus réellement où je suis. Je devrais entendre le bruit assourdi de la douche dans la salle de bain voisine, entendre gazouiller nos deux petits prêts à mordre à pleines premières dents cette nouvelle journée de leur courte existence, je devrais maintenant entendre le réveil se mettre en route, je devrais me lever…

Je devrais.

Mes jambes sont comme soudées au fond de mon lit. Mes yeux scellés par une colle forte. Mes mains et mes bras rivés aux draps. Tandis que je me débats pour sortir de ce cauchemar, je perçois peu à peu les éléments qui m'entourent. Je ne suis pas dans ma chambre. Je ne suis pas dans ma maison. Mon corps ne fait qu'un avec une misérable literie étroite, dans ces draps qui ne me rappellent pas les miens. Quelque chose de froid et de bruyant s'est lové sous mon cou. Je sens des démangeaisons près de mon oreille droite, pincée par un autre objet. À travers mes paupières closes que je m'efforce d'ouvrir, je distingue la lumière crue et blanche d'un néon. Les bips et cliquetis se précisent, générés par quelque machine infernale à mes côtés. Ce bip est bien trop régulier, et mes souvenirs affluent comme la crue. Ma panique aussi. Je crois me rappeler ce que ce bip et ce néon signifient. Et ce lit étroit et ferme. Et ces voix de femmes ne sont pas issues de mon cauchemar mais de ma réalité. Il faut que j'ouvre les yeux. Je voudrais crier, mais je n'ai plus de cordes vocales, plus de lèvres. Peut-être même plus de langue. Mon auriculaire gauche a bougé de quelques millimètres, il faut que je retire cette colle de mes yeux. Quelques millimètres encore. Dans un effort surhumain, mes paupières se décollent, le blanc se fait plus intense, les contours se dessinent, les objets prennent forme, mais je sais ce qu'ils sont. Alors, je me mets à hurler, comme si je n'étais plus qu'un cri, à hurler tandis qu'aucun son ne sort de ma bouche et que je comprends soudain où je suis.

Pendant longtemps, ces souvenirs ont ressurgi chaque nuit. Dès la nuit tombée, dès que la veilleuse venait prendre son tour, relever sa collègue, éteindre ce foutu néon qui m'agresse toujours autant la vue. Ils étaient là, comme autant de bêtes féroces guettant leur proie blessée, cherchant peu à peu à accaparer ma raison.

J'ai ouvert les yeux un matin du 16 octobre. Je l'ai su plus tard. Au moment où j'ai repris connaissance, j'ai été entendu. Mon corps a exhalé un souffle rauque, et les deux voix féminines perçues plus tôt se sont matérialisées à mes côtés, deux visages à la fois inquiets et interloqués. Avec le recul, je crois qu'il y avait de la panique chez la femme aux cheveux bruns, la plus jeune (je sais maintenant qu'elle s'appelle Éva), tandis que la blonde plus âgée (Françoise) semblait surtout… perplexe. La brune s'est ensuite ruée sur le téléphone, puis, moins de cinq minutes plus tard, un homme jeune, les cheveux en bataille, les lunettes de travers et le visage bouffi par un trop court sommeil, est entré en scène. Je l'ai vu se pencher vers moi, me parler sans que je comprenne le sens de ce qu'il disait, vérifier mes constantes, me balancer la lumière crue de sa lampe stylo dans les yeux.

Puis il m'a tâté sous toutes les coutures, et enfin, j'ai entendu ses derniers mots :

— Putain de merde, ce n'est pas croyable !

Avec le recul, jamais une formule n'avait été autant à propos.

2

Je suis allongé sur un lit d'hôpital de quatre-vingts centimètres de large sur deux mètres de long. Voilà mon nouvel espace de vie. Mon corps repose sur un de ces matelas anti-escarre. Je suis branché en permanence à un scope qui mesure mon activité cardiaque tandis que mon index est coincé dans cette petite pince blanche – la *sat*, pour saturation en oxygène. J'ai une voie veineuse centrale fichée dans mon cou, et j'ai subi une trachéotomie. Mon sexe est engoncé dans un ridicule bout de plastique raccordé à une poche à urine, et ça aussi, je sais comment ça s'appelle : c'est un *peni-flow*. Mes bras et mes jambes sont tellement maigres que j'ai l'impression de voir en moi un miraculé revenu des camps de la mort. J'ai quelques douzaines d'escarres, dont une énorme, fessière, qui m'a laissé une cicatrice grisâtre sur la fesse gauche, et j'ai un talon plus ratatiné que l'autre. Je sens sur mon crâne la trace de la cicatrice de trépanation que mes cheveux ont fini par recouvrir…

Toutes ces informations, elles se sont imposées à moi ou m'ont été rapportées par les médecins qui viennent me rendre visite. J'ai fini par les assimiler peu à peu. Ou j'ai fait semblant. J'ai découvert d'autres choses progressivement, ou brutalement, des choses terribles, et certaines ne pourront jamais être digérées.

J'essaie encore de bouger sous l'effet de la panique. Je sais où je suis, mais je ne sais pas pourquoi. Rien ne semble plus fonctionner dans mon corps. J'ai cette bête au fond de la gorge qui cherche à m'étouffer. Une série d'alarmes stridentes retentit, je crois avoir bougé, mais c'est l'infirmière aux cheveux blonds qui m'a remué et a déclenché les alertes. Je suis paralysé au fond de ce lit inconnu. J'entends soudain sa voix claire et nette :

— Docteur, calmez-vous ! Calmez-vous !

Docteur…

Un flash de souvenirs. Je suis docteur. Je suis neurochirurgien, promis à un brillant avenir. Je vais bientôt pouvoir devenir chef de service au départ de mon confrère et régner en maître sur un service de soixante lits. J'ai obtenu le diplôme qui a fait de moi un des plus jeunes dans ma spécialité. J'ai pu étudier sous la houlette des plus grands. J'ai parachevé mon talent dans les meilleurs hôpitaux des États-Unis. J'ai rédigé une bonne centaine d'articles dans les revues les plus prestigieuses. Je me suis réapproprié les techniques opératoires de mes prédécesseurs et je les ai faites miennes pour les améliorer.

Je suis neurochirurgien et je suis dans un lit d'hôpital, dans un service de réanimation. Ce n'est pas moi qui me penche sur ce lit, mais un jeune interne qui me pose les mêmes questions que j'ai posées des millions de fois avant lui. Il me demande si je l'entends, si je sais comment je m'appelle, comment je me sens, si j'ai mal. J'ai moi aussi un tas de questions, mais aucune ne vient, aucune ne sort de ma bouche. L'infirmière aux cheveux blonds chuchote quelque chose à l'oreille de l'interne, il opine, se redresse et s'empare à son tour du téléphone.

— Je vais faire venir le professeur…

L'interne disparaît de ma vue. Je voudrais bien le suivre du regard, mais ma tête est paralysée. Je cherche à analyser la situation. J'ai toujours été un brillant analyste, mais mon cerveau est engourdi comme s'il sortait d'un trop long sommeil. Françoise et Éva se tiennent toutes les deux à mon chevet, avec ce sourire bienveillant et rassurant qu'ont toujours les soignantes auprès des malades terrorisés. En salle de réveil du bloc, les opérés sont perdus, ils commettent parfois des gestes involontaires, comme celui d'arracher leur canule d'intubation sans que le ballonnet soit dégonflé… Tiens, c'est fou le nombre de termes techniques qui me reviennent à l'esprit, maintenant. Je ne peux toujours pas parler. Je peux juste cligner des paupières. J'ai passé tellement de temps à garder les yeux fermés que je voudrais me soûler de lumière, mais je n'y arrive pas, c'est trop douloureux. Éva a compris la première et a baissé l'intensité autour de mon lit.

Bon sang, je suis où ? Qu'est-ce que j'ai fait ?

Au fur et à mesure que mes neurones se réveillent de leur sommeil, un mot me vient à l'esprit : coma. Pour être intubé, ventilé, perfusé, mais aussi trépané (je crois l'avoir dit, non ? Je ne le sais pas encore, je me rendrai compte plus tard qu'on a fouillé dans ma tête), j'ai forcément été plongé dans un coma profond, végétatif. Suis-je mort, ne serait-ce qu'un instant ? Je n'en sais rien ! Dans tous les cas, il m'est arrivé quelque chose de grave pour être ainsi allongé, immobile. Un accident. *C'est un accident de voiture. Je partais au travail, j'ai été renversé. Verdict du médecin : colonne cervicale brisée, tétraplégie définitive…*

Non, je bouge un doigt. Je *sais* que je peux bouger un doigt. L'auriculaire gauche, par exemple. Si je me concentre suffisamment, je vais l'élever du drap et le faire remuer. Je me souviens que ça faisait rire les… mes enfants. Ils doivent s'inquiéter…

Non, ce sont des bébés ! Mais ma femme, elle… Ma femme… Elle s'appelle… Elle s'appelle… Nouvelle crise de panique. Son prénom. Son prénom ! Béatrice ! Comme un hurlement de délivrance qui emplit ma tête. Béatrice ! Elle s'appelle Béatrice ! Et les enfants… Les enfants… Des jumeaux… Voilà, réfléchis. Des jumeaux, oui, mais de faux jumeaux… Un garçon et une fille. Le garçon, c'est Paul, la fille, Clotilde… Merci, mon Dieu ! Pourquoi n'aurais-je pas réussi à me souvenir d'eux ?

J'ai soudain un flash. Je me rappelle une nuit, celle du 13 avril. Je suis couché avec Béatrice. Nous faisons l'amour. Je lui ai parlé de ma journée, elle de la sienne. Elle est directrice générale d'une entreprise de domotique. La maison connectée de demain, ou quelque chose dans ce genre. C'est écrit sur leur carte de visite. Notre maison est entièrement connectée, du coup. Elle y a veillé.

Pourquoi je pense à ça maintenant ?

Où est l'interne ? Et le professeur ?

Des bruits de pas, le jeune ébouriffé revient, il n'est pas seul. Un grand gaillard l'accompagne. Malgré les années, il a le maintien fier et droit, mais ses cheveux se sont couverts de neige et sa peau s'est affaissée et plissée en de multiples endroits. Une rivière en période de sécheresse ne présentant plus que ses alluvions. Son menton tremble, ses yeux sont humides de larmes. Il me regarde comme le père regarde le fils. Je le connais, mais je n'arrive pas à mettre un nom sur ce visage. Il se penche, pose une main sur mon épaule. Je sens qu'il hésite à en faire plus, par pudeur, ou parce qu'il ne sait pas comment s'y prendre. Pour la première fois de sa très longue carrière, il ne sait pas comment s'occuper d'un patient.

— Damien ! bredouille-t-il. Damien ! C'est incroyable ! C'est un miracle ! Je croyais que je ne le verrais jamais de mon vivant !

La dernière phrase me glace. De son vivant ? Il n'a pas l'air si vieux… Si, en fait, il l'est. Je dois lui poser la question. Mes pupilles se soudent aux siennes, je cille pour le pousser à comprendre la question muette qui s'y dessine. Il hésite. Il s'assied au bord du lit. Sa main est chaude, paternelle. Il essuie maladroitement sa joue pour chasser une larme qui glisse.

— Damien… Ça fait douze ans que j'attends cet instant.

3

Béatrice entre dans la chambre, ses cheveux dénoués tombent sur ses épaules. Cela fait plusieurs fois qu'elle m'assure qu'elle va les couper plus court, et chaque fois, je la menace de me laisser pousser la barbe si elle fait ça.

— Ça y est, les petits dorment, fait-elle.

Elle porte une nuisette de soie bleu marine qui ne dissimule pas grand-chose. J'admire le fuselage de ses cuisses, la naissance de ses seins que je devine à travers la dentelle.

— Qu'est-ce que tu lis ?

— Je rebosse mon discours.

— Ne sois pas si stressé, bon sang, tout va bien se passer !

— Je ne suis pas stressé ! Même une intervention à crâne ouvert ne m'angoisse pas, alors prononcer un simple discours, tu penses bien que…

— Dam', me coupe-t-elle en posant une main sur mon épaule. Je te connais depuis assez longtemps. Tu es stressé. Et je te dis que ça va bien se passer. Le professeur Chardonnet ne pourrait pas trouver meilleur successeur que toi.

— Il n'est pas encore parti, et puis tu oublies Jeanclin.

— Il n'a pas ton niveau. Jeanclin est brillant, mais pas comme toi.

Béatrice me flatte, nous le savons tous les deux, mais j'aime ça. Elle m'arrache le discours des mains, le pose sur la table de nuit. Ce faisant, ses seins effleurent mon visage. Je ne peux m'empêcher d'en attraper un, et elle se tortille pour m'échapper avec un petit rire. Ses yeux sont brillants.

— Tu sais quoi ? Je connais une bonne façon de te déstresser !

Elle glisse ses doigts dans mon caleçon. L'effet est immédiat, ce qui l'amuse à nouveau.

— On dirait même que tu es partant, je me trompe ?

Elle n'attend pas ma réponse pour faire glisser sa chemise de nuit ultra courte par-dessus sa tête. Elle écarte la couette et vient se lover dans mes bras. Quelques mouvements, quelques soupirs, et nous voilà parfaitement imbriqués l'un dans l'autre. Ses jambes se serrent autour de ma taille pour me pousser encore plus loin en elle. Instant qui s'arrête, que nous voudrions faire durer pour l'éternité.

Et puis soudain, ce bip. Ce ne peut être que le téléphone. *Oublie le téléphone, Béa, je veux continuer à te faire l'amour !* Mes yeux s'ouvrent sur la lumière crue des néons de la salle de réanimation.

Retour au cauchemar.

Retour à la réalité.

Le professeur vient me voir tous les jours. Il ne parle plus de ces douze ans, j'ai peut-être rêvé. Après tout, je ne sais même pas si je suis conscient ou non. Le cerveau – je devrais dire l'esprit humain – est capable de tellement de choses que je pourrais vivre un rêve extrêmement précis et élaboré.

— Damien, est-ce que vous vous souvenez de moi ? Je sais que vous ne pouvez pas encore parler, c'est normal, vous avez une trachéotomie, et vos cordes vocales n'ont pas été sollicitées depuis tant d'années, mais si vous comprenez ce que je vous dis, vous pouvez cligner des paupières, n'est-ce pas ? Comment disait-on, déjà ? Ah ! oui, une fois pour oui, deux fois pour non.

Une image de table qui oscille passe devant mes yeux. Un guéridon. Une femme assise devant, plusieurs personnes à ses côtés. Je connais cette femme. Elle murmure une phrase. *Esprit, es-tu là ? Une fois pour oui...*

Je cligne des yeux. Une fois.

— Damien, je suis le professeur Bernard Chardonnet, je dirigeais ce service de neurosciences à votre époque, vous vous souvenez ?

Une fois pour oui. Je me revois soudain préparer mon internat chez lui pendant que son épouse, Solange – je me souviens d'elle aussi, une charmante petite femme que j'ai toujours connue avec les cheveux gris –, nous confectionne un de ses gâteaux dont elle a le secret. Je me vois ensuite entrer dans son service, puis opérer avec lui, et enfin sans lui. Des instantanés, comme en feuilletant un album photo un peu trop rapidement.

— Vous deviez me succéder, c'était ce que nous avions convenu.

Une fois pour oui. Je pourrais autant faire deux fois pour non. Ce qu'il me dit est assez vague. Je ne suis pas sûr de mes souvenirs, mais je sais qui est Bernard Chardonnet. Comme je suis Damien Lenseigne. Le nom est présent en moi, mais il prend de curieuses consonances, comme lorsqu'on goûte à un plat inconnu.

— Damien, vous ne vous souvenez pas de ce qui vous est arrivé, n'est-ce pas ?

Deux fois pour non. Plutôt facile.

— Vous avez été victime d'une hémorragie cérébrale grave. Un anévrisme qui commençait à se rompre. Heureusement pour vous, votre femme a senti le danger et m'a appelé tout de suite. Je vous ai opéré en urgence, nous avons réussi à empêcher la rupture de cet anévrisme, mais vous aviez déjà beaucoup saigné. Vous êtes tombé dans un coma profond. Cent fois nous avons cru vous perdre. Cent fois nous avons pu vous maintenir. Parce que je savais que vous ne lâcheriez rien. Vous avez toujours été un battant, je le sais. Mais nous ne sommes jamais parvenus à vous réveiller. Jusqu'à il y a quinze jours. Vous avez ouvert les yeux tout seul. En tant que médecin, je ne crois pas aux miracles, Damien, mais celui-ci en est presque un. Depuis quinze jours, vous alternez des phases de conscience et des phases d'endormissement, mais ce n'est plus du coma. Je pense que nous allons bientôt procéder au retrait de la canule de trachéotomie, vous n'en avez plus besoin. Et vous respirerez mieux sans.

Anévrisme. Dilatation d'une artère cérébrale, ce qui la fragilise et rend propice sa rupture. Et une rupture, c'est à peine un patient sur deux qui survit en arrivant à l'hôpital.

Mes cours de faculté de médecine me reviennent de manière incongrue.

Des signes avant-coureurs… *Béa, est-ce que tu sais où j'ai rangé l'ibuprofène, j'ai encore ce foutu mal de tête !*

Chardonnet guette chacune de mes réactions. Je ne peux pas parler. Si encore je pouvais bouger les mains pour écrire ! Je suis réveillé depuis quinze jours, mais je n'ai pas de souvenir de ce qui s'est passé durant ces deux semaines. Je me mets à cligner des yeux, rapidement.

— Vous voulez dire quelque chose, n'est-ce pas ?

Une fois pour oui, bordel !

— Françoise, apportez-moi un papier et un crayon !

L'infirmière s'exécute. J'attends qu'il s'installe face à moi et je commence mon code.

Lock-in syndrome. État neurologique souvent consécutif à un AVC massif, dans lequel le sujet garde ses capacités intellectuelles intactes mais se retrouve totalement paralysé. C'est le tronc cérébral qui est atteint.

Je suis persuadé de pouvoir bouger le petit doigt. Je ne suis pas victime d'un syndrome d'enfermement. Chardonnet compte les lettres à haute voix. C… O… M… B…

— Combien de temps, Damien ?

Une fois pour oui.

— Vous êtes resté douze ans dans le coma.

Je n'ai pas rêvé. J'ai bien entendu. Douze ans. Je recommence à bouger les paupières. F… E… M…

— Votre femme est passée régulièrement vous voir… Au moins au début. Elle a été prévenue, elle est passée cette semaine, elle doit venir ces jours-ci. Nous attendions votre réveil complet.

Béatrice… *Au moins au début*, a-t-il dit.

4

La nouvelle de ma résurrection a dû faire le tour de l'hôpital. La réanimation n'est pas spécialement la salle des pas perdus, et pour le moment, les visites sont limitées, autant pour moi que pour les autres alités, que je devine plus que je n'aperçois pour le moment à mes côtés. Je vois cependant passer un certain nombre de médecins et d'infirmières à mon chevet. Certains me sont totalement inconnus, d'autres beaucoup moins, mais leurs visages demeurent flous, un peu comme si je les voyais à travers un verre opaque. Je me surprends à observer leurs réactions, j'ai droit à tout un panel en la circonstance : de la surprise, de la pitié – je peux comprendre, car mon état physique ne doit pas inspirer confiance –, mais aussi, ce qui me trouble le plus, une certaine forme d'indifférence. J'aimerais bien comprendre pourquoi. Je voudrais en parler à Bernard Chardonnet, mais je redoute la longueur de nos échanges par simples clignements de paupières. J'aurais des cheveux blancs avant d'avoir fini. J'ai bien essayé de parler, mais ma mâchoire bouge encore avec difficulté, et parler avec une trachéotomie s'avère bien plus compliqué que je ne le pensais lorsque j'étais de l'autre côté du lit, et j'ai hâte qu'il m'en débarrasse comme il me l'a promis.

Le type qui inventera une machine à traduire les pensées fera fortune.

Il n'empêche que ces quelques regards sans aucune aménité m'inquiètent. Ils ne sont pas agressifs, non, mais on dirait presque qu'ils m'en veulent d'être revenu à la conscience. D'autres ont certainement dû passer tandis que je dormais. Je dors beaucoup. J'ai de brèves phases de conscience pendant lesquelles je tente de rapprivoiser mon monde entrecoupées de longues périodes de sédation. Je sens qu'on vient s'occuper de moi, qu'on change mon lit, qu'on me lave, qu'on remplace les perfusions qui s'écoulent dans mes veines avec une régularité de métronome. Il y a aussi cette tubulure qui me sort de l'abdomen, par laquelle les infirmières diffusent une sorte de bouillie infâme par l'intermédiaire de la pompe de nutrition de gastrostomie. Ça m'amuse de me rendre compte qu'après avoir été nourri par Nestlé quand j'étais gamin, j'ai encore droit à la marque suisse pour me maintenir en forme.

Tiens, si je leur demandais de me sponsoriser ?

Je n'ai pas encore complètement le contrôle de mes sphincters, j'ai honte rien que de l'évoquer, mais je n'y peux rien. C'est incroyable le nombre de tuyaux, de tubes, de fils qui me relient à toutes sortes de machines. Leur automatisme est aussi rassurant que désespérant.

Durant mes phases d'éveil, Bernard Chardonnet est présent. Il s'installe confortablement dans le fauteuil à côté du lit et il me parle. Il porte souvent une sorte de costume en velours marron un peu élimé aux coudes et aux genoux, une cravate et une chemise à carreaux. Je me rappelle qu'il adore ça, les chemises à carreaux. Je crois même me souvenir qu'il les collectionnait, comme les bretelles. Lors de la validation du concours de l'internat, pour le remercier lui et sa femme Solange, les étudiants qu'il avait fait réviser leur avaient offert une chemise et des bretelles pour lui, et un foulard pour elle. Je crois que je peux sans forcer me rappeler la couleur : il était bleu et jaune. Chardonnet m'a dit que je devais lui succéder, mais il n'en parle plus. A-t-il attendu, espéré en vain mon réveil ? Est-il resté chef de ce service en attendant ? Je sais qu'il consulte encore parce que, régulièrement, il s'excuse et doit quitter la réanimation, mais la plupart du temps, il a tout son temps.

— Je ne suis pas pressé, les patients peuvent attendre ! assure-t-il. Et puis, vous en êtes un également, ne l'oubliez pas !

Il a ce côté bonhomme, paternaliste et protecteur qui me fait comprendre pourquoi je l'ai toujours apprécié, pourquoi je l'ai presque considéré comme un père, remplaçant celui que j'ai perdu trop jeune. Il parle, et j'écoute. Je ne peux pas répondre. Il aurait sans doute plus d'échanges avec la momie de Toutânkhamon. Mais je l'écoute parce que sa voix me fait du bien, comme celle de sa mère qu'un enfant paniqué par un cauchemar entend le rassurer.

— Solange m'a promis de vous préparer un de ces gâteaux aux pommes que vous affectionniez particulièrement lors de votre préparation à l'internat. Vous vous souvenez, n'est-ce pas ?

Une fois pour oui.

— Elle m'a dit qu'à l'époque, sa seule hantise était de manquer de fruits ! Il faut dire que toute cette bande, vous étiez de sacrés mangeurs ! Vous savez ce qu'ils sont devenus ? Je sais que Daniel est devenu orthopédiste à Strasbourg. La délicieuse Aurélie est à La Pitié, pas très loin de chez nous. Elle est passée vous rendre visite quelques fois durant votre coma. Lorsque je lui ai dit que vous étiez réveillé, je crois qu'elle en a pleuré de joie. Ah ! il y a aussi Étienne, il bosse à La Timone. Ce n'est pas étonnant, vu qu'il était originaire de Marseille. Vous étiez sans arrêt en train de le chambrer sur son accent. Et puis, il y a Jules, qui est toujours ici…

Il me parle de nos soirées de préparation à l'internat. Les noms me rappellent de vagues souvenirs qui s'éclaircissent petit à petit. Aurélie, oui, je crois que j'étais un peu amoureux d'elle. Nous étions tous amoureux d'elle, d'ailleurs. Je voudrais hocher la tête pour lui faire plaisir mais je ne peux pas, du moins pas encore. Bernard me parle de notre passé, mais pas de notre présent. J'ai un milliard de questions à lui poser. Tiens, il a parlé de Jules – Jeanclin. Il est encore dans le service, apparemment. Que devient-il ? Je me souviens que nous étions en compétition, lui et moi, afin de savoir qui de nous deux serait le mieux placé au concours. J'avais gagné.

Allongé sur ces draps embaumant la lessive industrielle, je me revois gamin, dans le jardin de mes parents, à faire de la balançoire. Je revois mon père fumant la pipe, son magazine de mots croisés devant lui, et ma mère qui s'inquiète de ce que je monte trop haut et que je risque de tomber. Mon père, lui, est indestructible. Il a perdu ses cheveux de bonne heure, et la peau de son crâne est tannée par les vents et les soleils qui se sont succédé. Il est myope, il porte de fortes lunettes, et ses yeux très noirs sont véritablement inquiétants lorsqu'ils se fixent sur vous. Il a une grosse voix qui ne s'élève jamais, il n'en a pas besoin. Lorsqu'il vous fixe et commence à parler lentement, en détachant chaque syllabe, vous comprenez qu'il faut filer doux. Et pourtant, je ne l'ai jamais vu en colère contre moi ni contre quiconque. Ma mère, elle, est une femme élancée, pour ne pas dire maigre, le visage fin et gracieux, les cheveux blonds qu'elle attache parfois en queue de cheval. Comme tous les garçons, je crois que j'ai aussi été un peu amoureux de ma mère. Elle a plus tendance à s'emporter que mon père, même si elle ne le doit pas : aussi loin que remonte ma mémoire, je l'ai toujours connue malade. Elle a séjourné dans les salles d'opération un nombre incalculable de fois. Tout y est passé, entre calculs rénaux, vésicule, varices, utérus… Mon père plaisante souvent en disant qu'elle est désormais moitié à lui, le reste étant des pièces rapportées.

De là m'est sans doute venue ma vocation pour la chirurgie.

Curieuse chose que la vie : alors que ma mère était cette petite femme fluette et perpétuellement malade, c'est mon père qui est parti le premier, terrassé par un infarctus alors qu'il bricolait dans son jardin. Que ce soit son cœur qui ait fini par le lâcher, lui qui était si généreux, est une ironie du destin. Ma mère l'a suivi discrètement, quelques années plus tard, sans bruit comme à son habitude, s'excusant presque d'être encore là pour s'éclipser. Sa santé fragile les avait empêchés d'avoir d'autres enfants.

Abel et Florence Lenseigne.

Ma vraie famille, c'est Béatrice, et ces enfants que nous avons conçus. Comme il me tarde de les voir, et en même temps, je suis tellement terrifié ! Peut-on seulement imaginer ce que représentent douze ans d'absence à l'échelle d'une vie humaine ? Ce n'est qu'un chiffre, au départ, c'est juste cent quarante-quatre mois, quatre mille trois cent quatre-vingts jours. Si j'arrondis l'espérance de vie en France à quatre-vingts ans, c'est près d'un sixième de mon existence qui est parti en fumée.

Je ne les ai pas vus grandir, je ne les ai pas élevés. Et s'ils ne m'aimaient plus ?

5

Je compte les heures qui me séparent du retour de ma femme. J'ai compris qu'elle et Bernard se sont relayés à mon chevet pendant toutes ces longues années. Mon ancien chef de service était sur place, il ne manquait jamais de passer cinq minutes pour venir me voir et me parler, parfois entre deux consultations. Et ses responsabilités désormais moindres, il continue. Béatrice a passé des heures entières, immobile, jusqu'à ce que le personnel soignant la pousse gentiment vers la sortie parce que l'heure des visites était passée. Chardonnet m'a dit qu'elle me faisait la lecture, qu'elle me parlait des progrès des enfants, de leurs premiers résultats scolaires, de leurs traits de caractère. Je n'en garde aucun souvenir. Je ne me souviens même pas d'avoir ressenti sa présence. C'était un peu comme être plongé dans l'obscurité : certains distingueront les objets qui les entourent, verront des formes, des contrastes. Pour moi, l'obscurité était totale. Au fil du temps, elle a probablement dû compter avec son travail et les enfants, et espacer ses visites. Notre maison en région parisienne est particulièrement vaste et difficile à entretenir. J'imagine qu'avec un seul salaire, elle a dû avoir du mal à joindre les deux bouts. C'est Bernard lui-même qui l'a poussée à se ménager en lui disant qu'il veillait et qu'il la préviendrait. Elle a fini par accepter.

Parce que, franchement, qui aurait pu avoir cette patience aussi longtemps ?

Elle a fini par ne venir qu'une fois par semaine, puis par mois… et enfin, de temps en temps.

Entre deux nouvelles phases d'endormissement, j'essaie de me mettre à sa place et d'analyser son désespoir puis sa résignation. Jusqu'à cette nouvelle. Bernard me la raconte, pour la millième fois peut-être :

— Je l'ai eue au téléphone. Elle s'apprêtait à partir au travail. Je n'ai pas réfléchi à la façon dont j'allais m'y prendre, votre réveil nous a tellement stupéfiés que nous étions déboussolés, Damien. Sur le moment, je n'ai pas pensé que je ne l'avais jamais appelée directement. Lorsqu'elle a entendu ma voix tremblante, elle a cru que je lui annonçais que vous étiez décédé. Je l'ai entendue éclater en sanglots, et j'ai dû crier dans le téléphone : « Il est réveillé, Béatrice ! Il est réveillé ! » Vous vous rendez compte ? Je n'avais pas fermé la porte de mon bureau, les patients ont dû penser que j'avais perdu la raison, à hurler de la sorte ! Alors, elle s'est arrêtée, elle a répété plusieurs fois : « Réveillé ? Réveillé ? *Vraiment* réveillé ? » Elle a dit qu'elle se préparait pour venir aussitôt. C'est à peine si j'ai eu le temps de lui demander d'être prudente sur la route. Le temps qu'elle arrive, vous vous étiez rendormi, et vous ne vous êtes pas réveillé, ou alors vaguement. Elle a dû repartir. Mais désormais, vous êtes réellement avec nous, Damien ! Elle a pris l'avion et elle arrive tout à l'heure !

J'ai un peu de mal à saisir ce qu'il me dit. Elle a pris l'avion ? Où était-elle ? Elle serait passée alors que je dormais encore ? C'était il y a combien de temps, Bernard ? Bon sang, pourquoi je ne peux pas parler ! J'ai la bouche collée à la Super Glue !

Plus tard, Éva, l'infirmière brune, tire le rideau et dégage un fauteuil pour le placer à côté du lit. Elle est accompagnée d'une aide-soignante que je ne connais pas. Elle me sourit avec chaleur.

— On va vous faire tout beau aujourd'hui, docteur ! me dit Éva. On ne voudrait pas que votre femme nous accuse de vous laisser négligé !

Cuvette d'eau posée sur la petite table. Mousse à raser. La lame glisse sur mes joues. Elle a de la chance : je ne fais pas partie des personnes à la pilosité exubérante. Lorsque j'étais étudiant, j'ai voulu me laisser pousser la barbe pour me donner un air plus sérieux, plus mature ; il en est ressorti une sorte de touffe hirsute localisée essentiellement au menton et en bas des joues. Après le rasage, nous passons à la toilette. Je n'ai pas encore le cœur à observer mon corps meurtri par des années d'immobilisme. Mon ancien maître a beau m'assurer que j'ai eu droit à des heures de massages, je ne suis plus qu'une peau parcheminée. Je n'ai plus ni de pile, ni de face. Avec d'infinies précautions, Éva me fait basculer sur le côté, dégrafe ma protection et procède à ma toilette intime. J'ai la tête qui tourne. Je ne supporte pas encore d'être baladé de droite et de gauche. Je m'efforce de ne pas penser à la honte qui me serre la poitrine, nu et sans défense. C'est leur travail, elles en ont vu bien d'autres… mais c'est de mon corps qu'il s'agit.

Elle actionne la télécommande pour me redresser un minimum, s'assure que je ne vais pas glisser.

— Est-ce que ça va, comme ça ? Ce n'est pas trop relevé ?

Deux clignements et un léger mouvement. Je peux presque faire oui et non en bougeant la tête. Elle m'adresse un nouveau petit sourire. Éva et Françoise sont mes anges gardiens.

— Je vais nettoyer la trach', me dit-elle. On va aspirer un peu et mettre une canule propre, d'accord ?

C'est la première fois que j'ai droit à ce soin en étant conscient. J'ignore comment cela va se passer. Je ferme les yeux, sens l'aspiration dans mon cou, puis cet infâme bout de plastique qui me chatouille la gorge. Chardonnet m'a promis : maintenant que je respire tout seul, on va bientôt me la retirer, mais quand, bon sang ? Éva et l'aide-soignante – j'ai aperçu son prénom sur sa blouse lorsqu'elle s'est penchée sur moi, elle s'appelle Marie – vérifient que je suis bien installé dans des draps propres et frais avant de s'éclipser. Mon regard se porte sur le rideau de tissu plastifié, d'un vague beige, puis sur le fauteuil de cuir brun marron. Une entaille laisse s'échapper la bourre sur le côté, et les accoudoirs en métal sont piqués par l'usage régulier de désinfectant. Un nom me vient à l'esprit, vu sur un chariot de nettoyage : Anios. D'ailleurs, la tablette située au pied de mon lit porte deux flacons de gel pour les mains de cette marque. C'est étonnant, ce genre de détail qui me vient à l'esprit désormais. Je suis passé devant des milliers de fois sans y prêter la moindre attention, accaparé par mon travail, oubliant un peu trop les « petites mains » qui se sont affairées avant moi pour lutter contre les microbes…

Un doute m'assaille : ai-je été un bon chirurgien ? Quelqu'un d'humain ? Je n'en ai aucun souvenir. J'ai vu certains de mes confrères considérer les infirmières et les aides-soignants comme du personnel secondaire. J'essaie de me rappeler si j'ai fait de même lorsque je passais rendre visite à ma patientèle, ou encore, lorsque j'opérais, animé par cette condescendance qui régit un peu trop le quotidien de certains spécialistes. Trop grand, trop brillant, trop sûr de lui… trop pédant.

Des talons heurtent le sol de la réanimation. Bruit d'une blouse que l'on passe maladroitement, puis quelqu'un s'avance. Ses pas sont hésitants, comme pour mieux différer l'inéluctable. Je la vois apparaître, raide, le visage tendu, les yeux emplis de larmes. Je regarde sans comprendre. Je crois connaître cette femme, mais dans mes souvenirs, elle ne ressemble pas à cela. Elle a les cheveux courts, légèrement ondulés, avec des reflets de teinture rousse, là où je m'attendais à voir des cheveux longs, l'éternel sujet de dispute entre nous. Ses yeux s'ornent de légères pattes d'oie, sa bouche s'est un peu affaissée, ses traits se sont un peu amollis avec le temps. Elle a la peau discrètement bronzée. J'essaie de la reconnaître, mais c'est un choc. Douze années se sont écoulées.

Béatrice. Ma femme. C'est elle sans l'être tout à fait.

6

Un sanglot me déchire la gorge, je pousse une sorte de plainte rauque qu'elle interprète sans doute comme une lamentation. Béatrice s'effondre en sanglots. L'infirmière la prend par les épaules et la conduit jusqu'au fauteuil où elle se laisse choir, anéantie. Je voudrais pouvoir la toucher, la serrer dans mes bras, mais la seule chose que je peux faire, c'est la sentir, respirer son parfum. La frustration est immense. Je m'entends hurler, mais c'est dans ma tête que tout se passe. *Béatrice ! Je t'aime !*

Curieusement, les mots me paraissent fades, dépourvus de toute consistance. Ai-je perdu la notion de sentiments ? Mon épouse se tamponne les yeux avec un mouchoir, relève la tête, hésite un instant avant de planter son regard dans le mien.

— Damien, murmure-t-elle.

Ses cheveux longs sont à peine attachés avec un élastique. Elle est en pleine discussion avec deux autres filles, un verre à la main. La musique joue un peu trop fort à mon goût. Je ne fréquente pas ce genre d'endroit, je n'assiste jamais aux réunions étudiantes, et il a fallu toute la force de persuasion de Daniel Bourras, un camarade de faculté, pour m'y entraîner. Elle tourne la tête, me regarde avec instance, sans baisser les yeux, et me sourit.

— Tu la connais ?

— C'est la sœur de Baptiste De Langlois. Je crois qu'elle s'appelle Béatrice. Mignonne, hein ?

— J'ignorais que Baptiste avait une frangine aussi bien foutue ! Tu crois qu'elle est toute seule ?

— Alors ça, c'est la meilleure ! Voilà notre ami Damien qui s'intéresse aux filles ! Je ne pensais pas connaître ça de mon vivant !

— Arrête tes bêtises !

Daniel me pousse dans le dos.

— Tiens, voilà justement Baptiste. Pourquoi n'irais-tu pas lui demander de te présenter sa sœur ?

Je remue les paupières avec force comme si elles étaient branchées sur un alternateur. Elle se lève, s'approche du lit, et enfin ce geste tant attendu, elle me prend la main et la serre dans la sienne. Oh ! merde ! Comme je voudrais pouvoir serrer ses doigts ! Elle étreint une branche morte, pas un être vivant ! Je sens la chaleur de sa peau contre la mienne, elle s'assied sur le côté du lit en prenant garde à ne pas m'écraser. Nous nous dévisageons comme si nous nous découvrions l'un l'autre.

— Damien… je… je ne sais pas quoi te dire… Combien de fois je suis passée en attendant ce moment ? Combien de fois je l'ai espéré et redouté en même temps ?

Les larmes coulent, muettes, sur ses deux joues sans qu'elle esquisse le moindre geste pour les essuyer. Je voudrais lui parler, mais je ne peux pas ; elle voudrait me parler, mais elle ne sait pas par où commencer. Je l'entends qui bredouille.

— Je suis venue tous les jours depuis cette terrible nuit où j'ai cru te perdre, où j'ai cru devenir folle, dit-elle en me serrant les deux mains. J'ai appris à jongler entre mon travail et les visites à l'hôpital. Je suis venue même lorsque les médecins ne me laissaient que peu d'espoir.

Je cligne des yeux pour lui signifier que je comprends. À cet instant, je pense au calvaire qu'elle a vécu durant toutes ces années. Un son sort de ma bouche, une sorte de « mmmh mmaah », un résumé de ce que je voudrais lui dire. Moi aussi, j'ai mal.

— Plus le temps passait et plus les chances de revenir à un état antérieur sans trop de séquelles s'amenuisaient, m'ont dit les médecins. « Et s'il s'en sort, ce sera avec des séquelles terribles. »

Les mots se télescopent dans sa bouche à une telle vitesse que j'ai parfois du mal à les saisir, et surtout, ils sonnent comme un justificatif, une excuse à ce qui fatalement va suivre.

— J'espère que tu comprends et que tu peux me pardonner. Le travail, les enfants… Ma santé s'est altérée. Et les médecins étaient si négatifs ! Même Chardonnet faisait semblant d'y croire ! J'ai fini par attendre ce coup de fil qui me dirait que… c'était terminé…

Elle a presque lâché ces mots malgré elle. Comment pourrais-je lui en vouloir ? Je me demande si j'aurais réagi de la même façon qu'elle si nos places avaient été inversées, elle dans ce lit et moi devant. Et par quel miracle j'aurais pu jongler entre mes horaires de travail et ma présence à son chevet.

— Lorsque Bernard m'a appelée la première fois pour me dire que tu étais réveillé, je n'y croyais pas. J'ai même eu du mal à l'entendre. J'ai sauté dans la voiture pour venir le plus rapidement possible, juste le temps de demander à la femme de ménage de s'occuper des enfants. Je ne sais pas à combien j'ai pu rouler, peut-être bien cent cinquante. J'ai eu de la chance de ne pas me faire flasher !

Cent cinquante ? Dans les rues de Paris ?

— Lorsque je suis arrivée, tu étais inconscient, comme dans ton coma, mais les infirmières m'ont certifié que tu étais réveillé. Quelque chose avait changé dans ton visage, une expression, peut-être, une conscience, je ne sais pas. Tu aurais su expliquer cela beaucoup mieux que moi.

Elle me serre encore la main, l'autre caresse ma joue. J'attends qu'elle passe à côté de mes lèvres pour l'embrasser mais elle ne le fait pas. Lorsque je tourne un peu la tête, elle retire ses doigts, craignant m'avoir fait mal. *Non, reste !*

— Faannn…

Je ne suis pas sûr d'avoir réussi à prononcer ce mot. Sans doute un mauvais tour de mon esprit. Je veux savoir. Les enfants sont-ils venus me voir ? Elle ne me comprend pas. J'imagine que ce n'est pas une chose aisée de révéler à ses propres enfants que leur père est un légume au fond d'un lit d'hôpital. Un légume branché et qui bipe de partout, une guirlande de Noël sans les lumières, en fait. J'éprouve un peu de honte à raisonner ainsi : si j'avais seulement entendu ces mots dans la bouche d'un interne ou d'un assistant, je l'aurais aussitôt rabroué. J'ai quitté mes jumeaux alors qu'ils réclamaient encore le biberon, j'ai aujourd'hui deux presque ados. Nos silences sont tout aussi évocateurs de notre incapacité à nous parler – elle surtout – que de la gêne que nous éprouvons l'un envers l'autre. Pourquoi ? Parce que d'un seul coup, nous devons réapprendre à nous connaître.

Béatrice étouffe un bâillement et me regarde, mortifiée.

— Je suis désolée. Je reviens des États-Unis et j'ai à peine eu le temps de me reposer. Avec le décalage horaire, je suis épuisée.

Clignement des yeux. Je comprends. Enfin, qu'elle soit fatiguée, pas qu'elle soit allée aux États-Unis. Je tente d'accrocher son regard, mais elle détourne la tête et attrape son sac à main. Elle fouille dedans, en sort deux carrés de papier en s'excusant.

— Je suis désolée, c'est si… soudain. Je n'ai pas eu le temps de me retourner pour en prendre de plus récentes. Ces photos sont toujours dans mon sac, mais elles sont un peu datées. Deux ou trois ans, peut-être.

Elle me les tend, comprend que je ne peux pas bouger les mains, alors elle les tourne vers moi pour les placer à hauteur des mes yeux.

— Voici Paul, et Clotilde.

Mon regard fuit un bref instant. J'hésite. Vais-je pouvoir leur faire face ? Il s'agit de photographies scolaires classiques, comme nous en avons tous fait à l'époque, parés de nos plus beaux vêtements, soigneusement coiffés, le sourire rêveur et bien sage. Je me rappelle les miennes, j'arborais un tablier marron et je tenais un crayon à la main, comme si j'avais été surpris en pleine écriture.

Le choc est… monstrueux. Le terme est peut-être fort mais en réalité il ne décrit qu'à peine le sentiment qui m'envahit. J'ai affaire à deux parfaits inconnus. Je cherche dans les instantanés de papier glacé les traits qui nous correspondent. Paul ressemble à sa mère, il a les mêmes yeux, le même sourire. Et Clotilde a cette façon de fixer l'objectif avec un petit je-ne-sais-quoi de lassitude et de contrariété qui m'évoque immédiatement quelqu'un : moi. C'est troublant de voir pour la première fois la chair de sa chair en la personne de deux jeunes dont votre esprit ne garde qu'une image de bébés. Où sont-ils aujourd'hui ? Que font-ils ? Douze ans, voyons… Ils n'ont pas loin de 14 ans, ils doivent être au collège. Travaillent-ils bien, ont-ils de bonnes notes ? Ont-ils des copains et copines ? Qu'est-ce qu'ils aiment ou détestent ? Moi, c'était la soupe de légumes que ma mère s'obstinait à me vendre comme étant une source de vitamines pour me rendre plus grand et plus fort. Et eux ? Sûrement les épinards, les gamins n'aiment pas les épinards. Vont-ils au cinéma ? Aiment-ils lire ?

Que pensent-ils de moi ?

Je voudrais garder ces deux clichés.

Je m'agite dans mes draps. Plus exactement, je bouge la tête en lançant mon menton en avant et je cligne des yeux plus rapidement qu'un papillon battrait des ailes. Béatrice saisit mon regard, et miracle, comprend ce que je veux lui dire.

— Tu veux que je te les laisse ? Elles ne sont pas récentes.

Ça ne fait rien. Je les veux. Elle contemple un instant nos deux enfants, puis pose les photographies en équilibre sur le bord de la table de nuit en la tirant un peu plus vers moi. Elle regarde sa montre, discrètement, et se sent fautive. L'horloge murale de la réanimation m'indique qu'elle est là depuis deux heures. Je n'ai pas vu le temps passer.

— Je suis désolée, Dam', je voudrais pouvoir rester plus longtemps, mais je dois y aller. J'ai pas mal de route avant de rentrer à la maison, je voudrais y être avant la nuit. Mais je vais revenir, je te promets. Plus souvent, désormais. Je vais essayer. Écoute, je vais tâcher de modifier mon emploi du temps pour venir près de toi le plus souvent possible, comme avant.

Elle est bouleversée. Elle ne sait plus comment réagir. Elle doit réussir à encaisser ça. Bien sûr qu'elle va revenir, maintenant que je suis réveillé, pour me soutenir, pour m'aider à aller mieux. J'ai toujours été un battant. Est-ce que je me souviens que, lorsque nous nous sommes rencontrés, je lui avais certifié que je serais le meilleur neurochirurgien de France ? Que je lui avais prouvé ma rage de réussir en devenant quelques années plus tard un des plus jeunes chirurgiens diplômés ?

Elle se penche, hésite. J'imagine que je ne dois pas être très beau à voir. Elle effleure mes lèvres sèches. Un baiser que chacun imaginait sans doute plus tendre. Elle s'enfuit pour que je ne puisse pas l'entendre pleurer. Mais comment le pourrais-je alors que c'est moi qui sanglote ?

Je n'ai pas compris cette histoire à propos des États-Unis, de rouler à cent cinquante, de trajet. Quelque chose m'échappe dans tout ce qu'elle m'a raconté, mais je suis trop épuisé pour arriver à coordonner mes pensées. Il n'y a qu'une seule chose qui m'importe dans tout ce qu'elle m'a dit : « Je vais venir près de toi le plus souvent possible, comme avant. »

Comme avant. Alors que douze années nous séparent désormais, douze années que nous ne pourrons jamais rattraper.

Mes muscles se contractent tellement que c'est à peine si je remarque que mon auriculaire gauche a bougé plus que d'habitude. Plus d'un centimètre.

7

Les infirmières sont revenues à mon chevet quelque temps après, avec tout le nécessaire pour retirer de ma gorge cet encombrant objet de plastique. Chardonnet est là, prêt à intervenir. Il tente de détendre l'atmosphère :

— Mon cher Damien, vous n'avez pas battu le record de durée du coma, qui est, si mes souvenirs sont exacts, de trente-sept ans, mais vous avez battu haut la main celui de l'hôpital !

Génial, je vais donc pouvoir entrer dans le Guinness des records comme animal de foire.

Je subis encore des phases de sommeil profond, des périodes où je suis au-delà de l'épuisement. Le temps ne s'écoule pas de la même façon pour moi. Entre le jour de mon premier réveil et celui où Béatrice est passée me rendre visite, il s'est écoulé trois semaines, mais il aurait tout aussi bien pu s'écouler trois heures. Ou trois ans. Je n'en garde aucun souvenir précis.

Sur un signe de Chardonnet, Éva dégonfle le ballon de la canule. Le masque à oxygène et le nécessaire à intubation d'urgence sont prêts au cas où. Je sais que je dois m'en passer, il le faut, mais j'ai une trouille bleue. Ma respiration s'accélère, j'hyperventile. Éva doit sentir ma panique car elle se veut rassurante.

— Ne vous inquiétez pas, docteur ! Vous n'avez rien à craindre !

Rien à craindre ? Et si je n'arrivais pas à respirer sans cet appareil ? Si je me mettais à étouffer avec mes sécrétions, que je perdais connaissance, que je retombais dans le coma ?

— On y va à trois. Prêt ?

Non, attendez encore une seconde ! Elle aspire une dernière fois les sécrétions. Bon sang, ce que je peux avoir ce bruit en horreur ! Elle tire doucement sur la canule, l'extrait d'un geste à la fois doux et ferme. Voilà, c'est fini. Ma respiration s'apaise. La tension se relâche. Nettoyage de l'orifice, petit pansement. J'en suis quitte pour une cicatrice. D'habitude, ça se ferme tout seul, mais je n'ai pas en mémoire ce qu'il se passe après autant d'années de présence. La peau a forcément dû se rétracter. Chardonnet s'approche avant la fermeture du pansement et examine l'orifice soigneusement.

— Nous allons surveiller ça, Damien. Au cas où, on fera une petite chirurgie reconstructrice. On vous refera comme neuf, ne vous inquiétez pas pour ça !

Je ne m'inquiète pas. En même temps, j'imagine qu'il me faudra du temps avant de jouer les John Travolta sur les pistes de danse.

De toute façon, je n'ai jamais su danser.

Je redécouvre ma respiration sous l'œil attentif des infirmières et de Bernard. Un sourire général s'étire sur tous les visages, Damien est désormais autonome. L'air qui passe par mes narines me paraît soudain chargé d'une multitude de saveurs étrangères, c'est une explosion d'odeurs. Je les ai connues il y a bien longtemps, mais j'en avais oublié jusqu'à l'existence. C'est idiot, je le sais, parce que je respirais déjà par le nez, mais savoir que ce bout de plastique n'est plus là pour suppléer change complètement la donne. Je n'ai au moins pas perdu cette fonction essentielle. Bientôt, d'autres fragrances apparaissent, celle du parfum ou de l'après-rasage, mais aussi du désinfectant, de la lessive et d'autres, moins ragoûtantes, qui semblent provenir de mon propre corps. Éva fronce les sourcils.

— Nous allons devoir vous changer.

Moment de suprême honte. Je suis mortifié. Chardonnet me tapote l'épaule, paternel, un geste qu'il a toujours eu à mon endroit, comme le père félicite le fils, et s'éclipse discrètement. Françoise tire les rideaux afin de me donner un peu d'intimité, puis rabat les draps. Je ne distingue pas la totalité de mon corps, et c'est peut-être mieux ainsi. D'une main experte, elle retire les sparadraps de ma couche, me bascule sur le côté et me nettoie souverainement l'arrière-train qui ne doit guère, désormais, être plus gros que deux cacahuètes. J'ai une pensée pour les rois de France qui aimaient se faire torcher en public. Je voudrais pouvoir disparaître.

Note pour moi-même : retrouver l'usage de la parole au plus vite pour demander le plat-bassin, et, si je parviens enfin à bouger, la chaise percée, plutôt que de subir cette humiliation.

Je retrouve ma position allongée, les fesses au sec comme le nourrisson de la publicité. Éva emporte la couche et la fait disparaître tandis que Françoise ouvre les rideaux.

— Le kiné va venir tout à l'heure, docteur. Je pense qu'il va être ravi de voir que vous êtes réveillé ! Si tout se passe bien, peut-être qu'on pourra aussi se débarrasser de ça. (Elle tapote la sonde qui me sort de l'abdomen.) Je crois que vous n'aurez plus besoin de gastrostomie !

Et un grand verre de Bordeaux, pendant qu'on y est. Ou un Morgon, tiens, ça ne serait pas mal non plus. En attendant, va pour la bouillie.

Maintenant que je suis pleinement éveillé, je commence à compter les secondes, les minutes puis les heures. Ça devient vite horrible. Il faut que j'occupe mon esprit. Mon petit doigt, par exemple. Si je tentais de le remuer de quelques… allez, soyons fous, quelques millimètres ? Je devrais y arriver. Concentration. L'articulation frémit, le doigt se crispe. Un millimètre, cette fois j'en suis sûr, peut-être même deux. Trois ? Non, pas autant. Mais j'aimerais bien. Je recommence. Me voici devenu un magicien dans son célèbre tour de lévitation. Mesdames et messieurs, je fais bouger mon auriculaire par la seule force de ma pensée ! Le grand sorcier Damiensky Lenseignoff, venu du fin fond de la Sibérie, bougera-t-il cette fois sur cinq millimètres ?

— Je suis on ne peut plus content de vous voir enfin éveillé ! s'exclame une voix au pied du lit.

Un type en blouse blanche. La trentaine, pas tout à fait guéri de son acné. Lorsqu'il se penche sur moi, je remarque les auréoles de transpiration sous ses aisselles. Il a des soucis d'hormones.

— Bonjour Damien, bienvenue parmi nous ! Vous pouvez m'appeler Serge ! Ça fait plaisir de pouvoir discuter avec vous, je vais pouvoir vous expliquer ce que je fais, et peut-être arrivera-t-on à vous faire participer ! Vous verrez, ce n'est pas compliqué.

Il me prend pour qui ? Sait-il seulement que je suis médecin ? Je déteste cette familiarité. Je n'ai jamais vu ce type avant. C'est sûr que de venir me masser les jambes et les bras depuis douze ans, ça crée une certaine proximité. Il aperçoit la lueur interrogative dans mon regard et s'empresse d'expliquer :

— Ça fait six mois que je suis là, c'est pour ça que vous ne me connaissez pas. Je remplace un congé mat'. Alors, voyons voir…

Il tire les rideaux avant d'ouvrir les draps. Je suis une pièce de théâtre à moi tout seul, on ouvre, on ferme. Mais il connaît le sens du mot discrétion, c'est un bon point pour lui. Ses mains me palpent un peu partout, s'assurent que je n'ai pas de contractures, de nouures, puis il commence par faire travailler les jambes en les levant et les pliant à l'équerre. Je vois ainsi passer devant mes yeux deux baguettes de tambour rachitiques. Ce ne sont plus des jambes mais des allumettes. J'ai soudain envie de pleurer : comment puis-je espérer une seconde pouvoir remarcher avec *ça* ? Il travaille chaque groupe de muscles avec entrain. Je ne peux pas l'aider, mais je sens lorsque sa main empoigne mes cuisses ou mes mollets. Ma sensibilité est intacte. Il passe aux bras, puis aux épaules, à la nuque. La séance dure une heure, et il est en nage.

— Est-ce que vous pensez pouvoir bouger tout seul ?

Une fois pour oui. Va-t-il comprendre le code ? Je bouge mes globes oculaires en direction de la gauche, ma bouche s'ouvre sur le mot « main », mais il ne perçoit qu'un faible claquement de lèvres.

— Vous voulez essayer avec le bras gauche ? La jambe ? Votre main, peut-être ?

Désolé, mes ambitions sont plus modestes.

— Les doigts ! Vous avez réussi à déplacer un doigt !

Une fois pour oui. Ce type est un génie. Il schlingue, mais c'est un génie.

— Allez-y ! m'encourage-t-il en fixant ma main.

Et c'est reparti pour un suprême effort. Je ne sais pas si je vais y arriver.

— L'auriculaire ! Bravo, Damien ! Vous avez bougé l'auriculaire sur cinq millimètres ! C'est un beau progrès !

Par rapport à quoi ?

Il m'abandonne à cette ultime satisfaction en me disant à demain. J'ai la conscience que demain, pour moi, c'est comme dans une heure ou dans mille ans. Il va falloir que j'arrive par moi-même à me sortir de cette situation. J'occulte le fait que je ne bouge plus depuis douze ans et qu'en dehors des kinésithérapeutes, personne n'est venu me masser les muscles, et que je n'ai pas prononcé une seule parole pendant toute cette période. Je suis tenté d'essayer également, en commençant par mon prénom. Damien. Ça ne doit pas être compliqué à dire. Ouvre la bouche. Le « D » se prononce en appuyant la langue sur le palais, puis tu la repousses vers le bas en expulsant le « A ». Ce n'est rien d'autre que six lettres, trois syllabes décomposées. Ma langue s'élève péniblement, se heurte au palais, tremblote comme feuille au vent, retombe. Un son naît au fond de ma gorge, une sorte de « zzzz ! zzzz ! » étouffé. Je vais devoir renoncer. La panique revient, par vagues insidieuses. Ne plus bouger, ne plus parler. Que vais-je faire de cette vie qui est la mienne désormais ? Encore un effort, je bloque ma respiration et je pousse au maximum.

— Zzzzaaazzzaaammmm…

Françoise apparaît au pied du lit.

— Ça va, docteur ? C'est vous qui avez parlé ?

Une fois pour oui. Elle ne regarde pas.

8

Serge le kinésithérapeute se présente à mon chevet le lendemain, à la même heure. Il arbore en dessous de sa blouse un tee-shirt noir avec un groupe de musique que je ne connais pas. Il n'est pourtant pas spécialement jeune par rapport à moi, mais j'ai l'impression d'avoir franchi le cap de deux générations. Il mâchouille son chewing-gum avec une rage bovine, me salue à peine et s'enquiert machinalement des dernières nouvelles de la réanimation. Dans un sens, ça m'arrange, je n'ai pas l'intention de discuter le bout de gras. Il commence à me masser les jambes, puis les bras, la nuque, me force à tenter de maintenir une position. Je n'y arrive pas. Son front se plisse de contrariété, il insiste, force sur ma musculature atrophiée, pousse sur mes pieds et mes mains en me demandant d'exercer une résistance. Au bout d'un moment, il s'énerve et me jette :

— On n'y arrivera jamais si vous n'y mettez pas du vôtre, bon sang !

J'aimerais t'y voir, rester douze ans couché ! Pourrais-tu courir un marathon, à ma place ?

— Allez, Damien ! On se bouge ! Contractez les muscles ! Tout est dans votre tête, vous *pouvez* le faire !

Il pousse un coup sec sur ma jambe, m'arrachant un petit cri de douleur à peine articulé. Par réflexe, ma cuisse se crispe, mon mollet se replie sur elle.

— Voilà ! s'exclame Serge. Je savais qu'on y arriverait !

J'observe ma jambe comme s'il s'agissait d'un corps étranger. Je retiens mon souffle. Vais-je parvenir à renouveler l'exploit, cette fois sans son intervention ? Les muscles répondent lourdement, mais ils répondent, peu à peu. Je vais peut-être finalement réussir à reprendre le contrôle de mon corps.

Note pour moi-même : consigner ce haut fait d'armes dans un coin de mon journal.

Je repense aux filles de l'école, lorsque j'étais gamin, qui avaient toutes leur journal intime saveur rose bonbon. *Très cher journal, aujourd'hui, Ludovic m'a souri.* J'avoue sans honte qu'il m'arrivait de prendre des notes, moi aussi, sur de vieux carnets à spirale que je dissimulais dans un endroit secret. J'étais amoureux de la belle Marie, qui, bien sûr, n'avait aucun regard pour moi, ou alors un vague sourire machinal. Il faut dire qu'avec une acné débutante et un appareil dentaire imposé par les parents pour avoir plus tard des dents saines et éclatantes, tu ne fais pas vraiment rêver les filles. Je me demande ce qu'est devenue Marie. Elle aurait sûrement encore moins de regards pour moi désormais.

Je m'ébroue en me concentrant sur mes membres. Les jours à venir vont être cruciaux. Je me suis fixé un programme digne d'un marathonien : retrouver l'usage de mes bras et de mes jambes est devenu une priorité absolue. Le kiné est parti, et je tente de m'agiter sous mes draps. Je ne comprends pas pourquoi mes mains refusent de m'obéir. Toutes mes connaissances en neurologie ne me servent guère.

Je passe le restant de la journée à espérer la visite de Béatrice et des enfants. Pour eux, j'angoisse, terriblement. Je ne sais pas si c'est une aussi bonne idée que cela. Ils ne connaissent de moi que la description qu'a bien voulu faire ma femme, des photos de notre couple alors qu'ils n'étaient que des bébés, des films également. Je me souviens que je m'étais payé un caméscope numérique hors de prix au début de notre mariage afin d'immortaliser chacune de nos vacances, et Béa l'avait utilisé pour filmer les jumeaux sous toutes les coutures. Que va-t-elle leur dire, désormais ? « Votre père a ouvert les yeux. Il veut vous voir. » Même s'ils sont habitués à voir des horreurs à la télévision, il n'est pas dit que la vision d'un type épais comme du papier à cigarette soit un spectacle bien fascinant pour eux.

Ma vie s'articule désormais autour des visites. J'essaie d'en apprendre un peu plus sur le personnel qui m'entoure. Par exemple, Françoise, mon infirmière, a 52 ans. Elle vient d'être grand-mère pour la première fois, et son petit-fils est né le même jour qu'elle. Elle n'hésite pas à me montrer des photos de son bout de chou ; je ne me souvenais plus que les bébés pouvaient être si petits. Je n'ai toujours pas de photos récentes de mes deux enfants, j'espère que Béatrice m'en apportera lorsqu'elle reviendra.

Françoise passe s'assurer que tout va bien. Très mère poule, elle réajuste mon oreiller, m'essuie le menton sur lequel j'ai bavé, vérifie que je n'ai pas besoin d'être changé. Elle m'a connu lorsque j'opérais, lorsque je venais voir mes patients à la sortie du bloc. Elle a longtemps hésité à s'occuper de moi, l'émotionnel prenant le pas sur le professionnel, mais elle a décidé qu'elle me devait bien cela. Je ne lui ai pas encore posé la question qui me turlupine : pourquoi est-elle si aimable et si prévenante avec moi, alors que d'autres sont plus distants ?

— Avez-vous besoin de quelque chose ?

Je fais oui en remuant péniblement la tête et vagis quelques syllabes pour me faire comprendre. Avec mon auriculaire gauche, je peux aussi désigner des lettres sur un alphabet de bois. On me parle d'employer plutôt une tablette, mais j'ignore de quoi il peut s'agir. J'ai l'impression que c'est la version améliorée des ordinateurs de poche Palm… Ma capacité de concentration à ce petit jeu dépasse rarement les dix minutes. Ensuite, je ne suis plus bon à rien, plus fatigué que si j'avais passé la journée à courir.

Ma main désigne la lettre M, et je complète avec un borborygme : « ieu. » Françoise comprend. Elle comprend tout, elle est formidable.

— Mathieu va bien ! Il a réussi à dire « maman » pour la première fois hier !

Je n'y arrive pas encore. Un point pour le petit-fils, zéro pour moi.

La mémoire du corps humain est quelque chose de fascinant. Je commence l'orthophonie, et le kinésithérapeute est revenu avec sa collègue ergothérapeute afin d'analyser mes besoins en matière d'appareillage. Il est persuadé que je vais bientôt pouvoir retrouver l'usage de mes mains. Je regrette d'avoir trouvé à médire sur son compte.

L'orthophoniste s'appelle Gabrielle. C'est une jeune femme qui ne doit pas avoir dépassé la trentaine, les cheveux blonds bouclés et de fortes lunettes. Elle paraît presque fragile… sauf lorsqu'elle me donne des ordres. Elle me réapprend à gonfler les joues, à serrer les dents, à former les lettres. J'ai mal aux mâchoires à force d'imiter ses mimiques, mais je parviens à articuler progressivement quelques sons. Je me compare à une vieille machine agricole oubliée dans un champ à laquelle il faut ajouter une bonne dose d'huile pour la remettre en état. Mais Gabrielle y met toujours de l'entrain et de la bonne humeur.

— Cette fois, nous allons travailler les voyelles. A, E, I, O, U. Allez-y, Damien, répétez après moi : AAAA. La bouche bien ouverte, le son vient de la profondeur de votre gorge, comme si vous vouliez expulser la lettre… AAAAA. Et le EEEEE…

Elle me fait former les voyelles, à finir par me faire croire que je récite la devise de la maison d'Autriche. J'exagère l'ouverture buccale, on dirait un singe à qui on apprend à faire des grimaces. *Toi Tarzan, moi Cheetah.*

Elle s'interrompt soudain lorsqu'elle constate que mon regard est rivé sur sa poche. Un objet en dépasse, ultraplat, rectangulaire, je n'en ai jamais vu de semblable. Son chemisier est légèrement entrouvert, c'est à peine si je peux apercevoir la naissance d'un sein, mais elle se méprend sur l'objet de mon intérêt et rajuste sa blouse d'un geste sec et courroucé. Je secoue la tête en formant un « non » avec ma bouche. Je ne voudrais pas qu'elle me prenne pour un pervers. De la tête et des yeux, j'essaie de faire passer le message.

— Qu'est-ce qu'il y a ? demande-t-elle.

Ma mère m'aurait repris en me disant : « On dit : "Qu'y a-t-il ?" » Nous jouons au jeu des devinettes. Elle cherche à comprendre ce qui m'intéresse. Je ne sais pas comment le lui expliquer. Est-ce un téléphone ? La lettre T ne lui évoque rien, elle a l'air soucieuse. Au bout de dix minutes éreintantes pour tous les deux, je la sens prête à renoncer lorsque l'objet émet une petite sonnerie synthétique.

— Une seconde, me dit-elle.

Elle tire l'objet de sa poche et le porte à son oreille. C'est donc bien un portable, sauf que je n'en ai jamais vu de tel. Il est tellement mince qu'on pourrait penser qu'il va se briser.

— Je suis en réa, là, je ne peux pas te parler. Je te rappelle tout à l'heure.

Elle coupe la communication. Mes yeux suivent le mouvement du téléphone. Elle me le montre :

— Vous voulez appeler ?

Deux fois pour non. Et un mouvement de tête.

— Oh ! Vous voulez le regarder, c'est cela !

Oui ! Elle approche la bête de technologie de mon visage et l'agite comme un hochet devant un bébé. Une pomme est estampillée sur la coque. J'ignorais qu'Apple fabriquait des téléphones. Pour moi, c'est un constructeur d'ordinateurs. J'en suis resté au Mac G5 et au MacBook Pro, et à mon Nokia noir et blanc. Ici, tout est en couleur, avec de petites icônes sur lesquelles il suffit d'appuyer pour ouvrir une application. Putain. J'ai raté le virage numérique, on dirait. Je tourne la tête pour ne plus avoir l'air de cet idiot à qui l'on fait découvrir le monde. L'orthophoniste remise son portable, mal à l'aise.

— Vous n'en aviez jamais vu, c'est vrai…

Combien d'objets comme celui-ci vais-je devoir encore découvrir ? J'ai bien remarqué l'évolution des appareils autour de moi, comme les dispositifs de perfusion, le tensiomètre électrique, le moteur à sonde de nutrition, mais ils ont tellement fait partie de mon quotidien professionnel pendant toutes ces années que je n'ai pas réellement remarqué de changement.

Et je n'étais pas encore assez réveillé pour cela. Mais ce téléphone, bon sang ! Si un simple outil de communication a fait un tel bond dans l'évolution, que me réserve le reste ? Les objets dans la maison, les voitures, les… je ne sais plus…

9

Béatrice passe le lendemain, comme elle me l'a promis, l'air toujours aussi mal à l'aise. Elle se penche pour m'embrasser, sans trop oser me serrer. Elle a peur de me briser quelque chose par inadvertance. Je suis si maigre ! Elle rapproche le fauteuil à côté du lit, s'installe en me prenant la main. Je peux désormais la contempler plus facilement. Après bien des efforts, je peux tenir avec deux oreillers dans le dos. C'est plus facile pour respirer, plus facile pour boire aussi. Je déguste mon apéritif maison à base d'eau gélifiée, c'est extraordinaire, je vous le conseille si vous voulez vous épargner des soirées entre amis. Ce n'est pas que ce soit mauvais, ça n'a franchement aucun goût. Comme le matin même Bernard a pris la décision de me retirer ma gastrostomie, il s'agit avant tout d'un test pour évaluer mon risque de fausse route. Il faut dire qu'en douze ans, j'ai un peu perdu le goût de l'entrecôte-frites et que ma langue est probablement la seule chose solide que j'ai eue en bouche depuis belle lurette. Ah ! Qu'est-ce que je donnerais pour une simple portion de pizza ! Lorsque j'étais chirurgien, ce n'était pas moi qui prescrivais ce genre de produit à avaler. Je plains volontiers tous les patients ayant eu à ingurgiter ça.

J'avale donc vaillamment cette infâme mixture, j'ai droit à une bavette autour du cou, c'est tout juste si on n'attend pas de moi que je fasse mon rot comme un bébé repu. Mais je ne fais pas de fausses routes et je vais pouvoir me débarrasser de ce fichu tuyau qui s'enfonce dans mon abdomen.

Une des aides-soignantes s'est crue obligée de me frictionner avec un peu d'eau de Cologne. Je n'ai pas eu le temps de dire non. Me voilà en train d'empester ce parfum floral qui m'évoque immanquablement ma grand-mère. Béatrice a souri en m'embrassant, a plissé le nez mais s'est abstenue de tout commentaire.

— Comment ça va, aujourd'hui ?

Je dodeline de la tête, et ma bouche forme le mot « bien ». J'arrive à percuter la lettre B entre mes lèvres, ce qui produit un son semblable à celui d'un bouchon qui saute. Avec mes doigts – l'auriculaire et l'annulaire gauches, et bientôt le majeur – j'effleure l'alphabet de bois. Ma femme regarde ce que je veux dire. V… O… Y…

— Voyage ? Tu veux parler de mon voyage ?

Oui.

— Lequel ?

Ah ! Parce que tu voyages souvent, désormais ?

— Tu veux parler de celui aux États-Unis, je parie.

Oui. Ou des autres. Il y a douze ans, tu avais un rythme plutôt tranquille, pour ce que je pensais être une petite boîte d'électronique.

— C'était un déplacement auquel je n'ai pas pu me soustraire. Quelque chose de très gros, tu comprends, je ne pouvais pas laisser passer cela. Les voyages à l'étranger sont tuants, tu n'as pas idée. Mais ça avance bien. Je crois que tu peux être fier de moi : nous avons… Enfin, Jean-Charles, plutôt, a racheté notre plus gros concurrent américain. Domo+ est devenu le numéro un mondial de l'installation domotique à domicile ! C'est son fils Marc qui va gérer les *States*, et moi je décroche l'Europe ! Tu imagines ?

Je hoche la tête et j'arrive à sourire. Jean-Charles Lecouvreux doit être âgé de 80 ans désormais, mais il ne lâche pas l'affaire. Je me souviens également de Marc, son fils, un brun ténébreux avec cet air de dragueur sûr de lui et de son charme. Je l'ai rencontré au cours d'une soirée organisée par la maison. Il n'a cessé de me poser des questions sur mon métier en me demandant s'il était possible d'appliquer la domotique au corps humain dans le cadre d'une paralysie complète. Il y a douze ans, cette technique en était à ses balbutiements, je n'ose imaginer ce qui a été inventé depuis.

Ce type avait passé la soirée à faire du rentre-dedans à Béatrice.

— Bref, je dois rencontrer nos collègues allemands la semaine prochaine, puis les Anglais. C'était prévu de très longue date, mais avec tout ce chamboulement, il y a encore plus de travail à venir. En même temps, lorsque nous avons pris ces rendez-vous, je n'avais pas pensé que tu…

Que tu te réveillerais un jour. La fin de la phrase éclate dans mon esprit. C'est ce que j'aurais pensé à sa place, comme n'importe qui, non ? Béa se reprend, embarrassée.

— Je n'aurais jamais pu imaginer ce qui allait t'arriver.

Je me demande un instant si elle aurait annulé sa réunion si je m'étais réveillé bien plus tôt. C'est ridicule. Je sais qu'elle serait venue. Combien d'heures a-t-elle passées à mes côtés alors que je ne lui apportais rien ? Elle est allée au-delà de la douleur, au-delà du chagrin, elle s'est accrochée à mon corps meurtri gisant au fond du lit électrique. Au moins a-t-elle cru que j'allais m'en sortir. Je sais aussi qu'elle a composé sans moi pendant douze longues années, que peu à peu, les larmes se sont taries, le chagrin a fait place à la résignation. Sans chercher d'excuses, il est inutile de se voiler la face : il est impossible de ne pas changer avec le temps et l'éloignement. Mais il s'agit de mon épouse, je l'aime encore comme au premier jour – du moins, je le crois – et je sais qu'elle n'a pu faire table rase de cette période.

— Je ne t'ai pas encore parlé des enfants, pardonne-moi ! Je suis là, à te parler de moi comme s'il n'y avait que ça. Je t'ai ramené une photo plus récente de nous trois en vacances, comme ça, tu nous auras tous ensemble.

Elle me tend le cliché. Je ne peux toujours pas attraper quoi que ce soit.

— Désolée… Attends, je te la montre.

Elle a mis la photographie dans un petit cadre de bois bon marché, le genre de chose qu'on achète chez Ikea. J'imagine qu'elle a dû parer au plus pressé. Je contemple mon épouse tout sourire, coincée entre mon fils et ma fille. Paul fait le zouave, Clotilde s'emmerde. C'est hallucinant ce qu'elle me ressemble, même sur une photographie ! Je n'ai jamais aimé ça, ces poses obligatoires en faisant bonne figure. Je me souviens de nos vacances avec Béatrice. Elle est bien plus souvent sur le papier que moi, je m'arrangeais toujours pour éviter d'être devant l'objectif : je n'aime pas ma tête.

— Clotilde est une excellente élève, ses résultats sont exceptionnels. Une vraie matheuse, tu verrais ! Paul a plus de mal, c'est un rêveur, toujours dans la lune.

Ma bouche forme le mot : « Quand ? »

— Je suis en train de les préparer psychologiquement. Ils savent que tu es réveillé, que tu es en service de réanimation. J'essaie de répondre à toutes leurs questions, mais ce n'est pas facile. Ils… ils ne te connaissent pas, qu'à travers quelques films et des photographies, ne leur en veux pas. J'ai peur de leur réaction, je ne voudrais pas les traumatiser. Je le suis déjà complètement.

Et moi donc ! J'ai une trouille bleue, mais je ressens aussi une immense frustration, parce que j'aurais aimé les découvrir dès maintenant, même sans savoir comment me comporter avec eux.

— Ils n'ont pas réagi de la même manière. Paul est sous le choc. Comment te dire, douze ans…

C'est comme si je n'avais jamais existé pour lui.

— Clotilde est d'un naturel plus explosif, entière. J'ai l'impression qu'elle s'est fait une certaine image de toi, je peux me tromper, mais… la vérité, c'est que je n'ai jamais cessé de parler de toi comme si tu étais là, comme si tu étais simplement en déplacement ou que tu travaillais plus tard. Ils se sont habitués à ta présence fantôme, mais te voir en vrai, c'est autre chose… Tu sais comment sont les adolescents, bourrés d'hormones…

Je remue la tête, la gorge serrée, pour faire quelque chose. En fait, non, Béatrice, je ne sais pas ce qu'est un adolescent. Je l'ai été, mais ça fait longtemps, et je ne m'en souviens plus. Quant à mes deux enfants, je passe du stade du biberon à celui de la première clope, quasiment. Je réfléchis aux implications de ce qu'est être père : les guider dans la vie, les aider à grandir, leur faire affronter leur destin en leur montrant que nous sommes là, partager leurs joies et leurs peines… Ils auront franchi toutes ces étapes sans moi. Lorsqu'ils sont nés, j'avais eu neuf mois pour me préparer pendant que mon épouse voyait son ventre s'arrondir, puis j'avais été emporté dans le tourbillon de la naissance de nos faux jumeaux.

— Durant tout ce temps, ils ont veillé sur toi, ils ne t'ont jamais quitté, ajoute-t-elle en se penchant vers la tête du lit.

Elle en ramène quelques dessins fixés par du scotch. Des dessins d'enfants, emplis de couleurs vives et de formes naïves, représentant une famille souriante, un homme, une femme et deux enfants. Notre famille. Ils m'ont dessiné d'après les films, et comment ils m'imaginaient, comment ils me sublimaient, pendant que j'ignorais qu'ils grandissaient.

Là, nous n'allons avoir que quelques jours pour nous préparer. Pour nous découvrir. Nous ne savons pas qui nous sommes.

Elle sourit en pensant soudain à un détail.

— À propos de souvenirs, ça me fait penser que nous avons revu avec les enfants le film de nos vacances à la Baule, au début de notre mariage. Tu te rappelles ? Tu avais fait le pari de plonger dans l'eau. Elle était si froide que j'ai refusé de t'accompagner.

J'esquisse moi aussi un sourire. Je ne me souviens pas de tout, mais l'histoire de la baignade, oui.

Béatrice passe du coq à l'âne, comme pour mieux s'assurer de n'oublier aucun détail. Elle ne sait pas par où commencer. Elle voudrait combler le manque de ces douze années de silence entre nous, être mon regard sur le monde. Comme Bernard Chardonnet, elle cherche à stimuler ma mémoire. Elle me parle aussi bien de son travail que du voisinage, ou de nos quelques amis. Difficile de trouver un thème de discussion lorsque l'interlocuteur devant soi a autant de conversation qu'un nourrisson d'à peine neuf mois.

— Tu te souviens de Patrick et Isabelle ?

Oui.

— Elle attend son quatrième pour septembre. Ils vont déménager, la maison n'est plus assez grande pour eux.

Je regarde cette femme, la sœur d'un ami carabin avec qui j'ai d'abord flirté à une soirée étudiante, à qui j'ai proposé une soirée resto sur un coup de tête et qui m'a gentiment mis dehors lorsque j'ai voulu profiter de la situation. Qui m'a mené par le bout du nez pendant quelque temps avant de débarquer chez moi un après-midi d'orage après une séance ciné. Nous étions trempés tous les deux, je lui ai donné de quoi s'essuyer le temps que ses vêtements sèchent un peu. Et, en moins de temps qu'il n'en faut pour le dire, nous nous sommes retrouvés à jouer la bête à deux dos sur le canapé du salon. Nous nous sommes mariés le printemps suivant, bousculant toutes les traditions familiales, encore sous la pluie, « mariage pluvieux, mariage heureux », dit le vieil adage. Ensuite, la grossesse difficile, une fausse couche, puis une seconde, et un traitement médical lourd qui la rendait malade pour, au bout du compte, cette échographie montrant la présence de deux fœtus. Paul et Clotilde. J'ai choisi le prénom de la fille, elle celui du garçon. Je la regarde en me souvenant de chacun de nos fous rires, de chacun de ses soupirs durant nos étreintes, du moindre de ses grains de beauté que je pourrais situer les yeux fermés.

Je la regarde, et le vide qui s'ouvre entre nous me paraît abyssal. Je ne suis pas sûr qu'elle m'aime comme avant. Je ne sais pas si je l'aime encore, de la même façon. Est-ce l'explication de la gêne que je ressens entre nous ? Je ne peux pas lui parler comme je le souhaiterais pour le moment, et ce mutisme pèse lourd dans notre relation. Je ne sais pas ce que j'espérais, au juste, mais ça ne pouvait pas être un baiser sur la bouche assorti d'un « bonjour chéri, bien dormi cette nuit ? » entre un café et deux tranches de pain grillé. Je vais découvrir mes enfants, mais je vais devoir également réapprendre à connaître mon épouse.

Elle se lève, m'embrasse et m'assure qu'elle passera au plus tôt. Elle va modifier son emploi du temps pour être le plus possible avec moi.

— J'ai pu avoir un train, mais il y avait des problèmes sur la voie, et nous avons été retardés. Et comme ils annoncent des grèves la semaine prochaine, ça risque d'être compliqué, tu comprends.

Non, je ne comprends pas, je secoue la tête. Depuis quand doit-elle prendre un train pour traverser Paris ? Un RER ou le métro, plutôt.

— Je n'ai pas voulu te le dire tout de suite, parce que je ne voulais pas te choquer, mais j'ai dû me séparer de la maison. Elle était trop grosse pour les enfants et moi, avec les charges, toutes les factures… J'ai quitté Paris. Je suis à Lyon, désormais. Nous avons acheté une belle maison de plain-pied. Lorsque tu pourras sortir d'ici, nous verrons comment nous pourrons nous arranger. C'est sûr que nous sommes plus loin, mais avec le TGV, c'est rapide. Quand il fonctionne ! D'ici là, soigne-toi bien. À bientôt. Je vais encore parler aux enfants et les préparer à leur visite.

10

J'ai toujours eu avec Bernard Chardonnet une relation plus que confraternelle. Il s'est comporté plus souvent comme un père que comme un mentor. Lorsque j'ai décroché mon diplôme, c'est naturellement lui qui était le président de ma thèse, et je suis resté ami avec sa femme et lui, mais aussi avec ses enfants, en particulier sa fille Noémie.

Comme chaque jour désormais, Chardonnet s'installe sur le coin du lit et y va de son petit geste sympathique à mon égard : il pose sa main sur mon épaule et tapote doucement. Je ne suis même pas sûr qu'il se rende compte de ce geste, ça fait tellement d'années qu'il le fait machinalement avec les personnes qu'il apprécie. D'ailleurs, le faisait-il lorsque j'étais dans le coma ?

— Comment allez-vous, Damien ?

Hochement de tête de bas en haut. Bien, merci.

— Vous avez le bonjour de Solange.

Son épouse. Je lâche un « cii », merci. Passez-lui le bonjour également, Bernard. Pas la peine de taper les lettres sur l'alphabet, il ne le regarde pas.

— J'ai croisé Béatrice en venant ici. Vous allez bientôt revoir vos enfants, Damien. Ne trouvez-vous pas ça merveilleux ?

Si, bien sûr. Je peux vous dire aussi que je suis mort de trouille de voir le dégoût dans leurs yeux ?

— Elle est tout aussi bouleversée que vous. Ne soyez pas trop dur avec Béatrice, surtout. Je pense que je suis en partie responsable du ralentissement de ses visites. Vous savez, lorsqu'elle venait me trouver pour me demander si j'avais de l'espoir, au début, je lui répondais systématiquement que la nature pouvait faire des miracles. Puis, le temps est passé, et elle s'est rendu compte que je n'y croyais plus beaucoup.

Clignement des yeux. Je comprends, Bernard.

— Le destin m'a prouvé que j'avais tort. Je ne plaisantais qu'à moitié lorsque je parlais de record. J'ai toujours du mal à réaliser ce qu'il vous est arrivé, Damien, mais en même temps, je dois admettre que je n'en attendais pas moins de vous. C'est inscrit dans vos gènes. Déjà, lorsque vous veniez à la maison pour vos révisions, vous étiez celui qui renonçait le moins facilement. Obstiné, voilà ce que vous étiez. Vous savez ce que m'a dit Solange lorsque je lui ai parlé de votre réveil ? Après avoir failli s'effondrer dans mes bras, elle m'a dit qu'elle avait toujours su que vous reviendriez parmi nous. « Il me reste toujours de quoi faire un gâteau, Bernard. »

Je sens deux larmes qui coulent sur mes joues. Cette patience, cette confiance m'émeuvent plus que je ne le voudrais.

— Bien sûr, votre coma a tout bouleversé. J'ai pris ma retraite, Damien, je ne vous l'ai pas dit ? Non, bien sûr, suis-je bête ! Je suis encore consultant, j'ai mes lits privés, mais je n'opère quasiment plus, ou alors de petites choses. Désormais, je fais plutôt de la médecine et je laisse la chirurgie aux plus jeunes. Avec les années, la fatigue se fait sentir, le manque d'entrain également. Et puis, après vos problèmes… Je ne parvenais plus à concilier mon travail et ma présence à vos côtés. C'est que je me fais vieux, aussi ! On me poussait à réorganiser l'unité de neurochirurgie, à ouvrir un nouveau pôle de neuroradiologie. J'ai dû céder les rênes du service.

À qui ? Ma bouche forme le « Q » mais ne va pas plus loin.

— À Jeanclin, répond-il sans me regarder. Il est passé professeur il y a sept ans, et depuis il piaffait d'impatience.

Jules Jeanclin, mon ancien condisciple de faculté et d'hôpital, celui dont ma femme était persuadée qu'il ne ferait jamais le poids face à moi. Il a obtenu finalement une belle promotion, celle dont il rêvait depuis toujours. Pendant un bref instant, je me revois dans le salon de Bernard, travaillant sur une question épineuse du concours de l'internat. Nous sommes tous présents, Daniel, Aurélie, Étienne, Jules et moi. Comme d'habitude, je suis le premier à finir, talonné par Aurélie, et Jules. Entre Aurélie et moi, c'est un jeu, mais pas avec Jules. Même s'il réussit, il éprouve toujours une frustration à savoir qu'il est derrière moi. J'ai mis longtemps à comprendre qu'il en faisait une affaire personnelle.

Force est de constater que la nature m'a joué un sacré tour en transformant ma matière grise en éponge. Si je veux retravailler un jour comme neurochirurgien – ce en quoi je me force à croire, d'ailleurs – je peux cependant dire adieu à mon poste de chef de service.

— Vous voulez que je vous en raconte une bonne, Damien ? Entre nous, bien sûr. Ne le répétez à personne, surtout !

Pas de danger. On tirerait sans doute plus de choses d'un coffre. À moins de savoir déchiffrer les onomatopées. Bernard se penche vers moi, sur le ton de la confidence :

— Vous savez qu'il m'a reproché de passer trop de temps avec vous ? « Vous ne ferez rien de plus pour lui ! »

Il soupire, je sens les regrets mal contenus. Il s'exprime à demi-mot, et je comprends qu'il a tout fait pour retarder l'échéance. Poussé par l'administration de l'hôpital, il a dû se résigner, et c'est Jules Jeanclin qui a hérité du poste qu'il rêvait de me voir prendre.

Bernard n'a jamais porté mon ancien condisciple dans son cœur. Je me souviens de quelques prises de bec dans le service. Il reprochait à Jeanclin son côté suffisant, parfois très éloigné de ce qu'il attendait d'un médecin. Lorsque j'étais étudiant, un de nos professeurs nous disait qu'il n'y avait pas de discipline plus noble que la chirurgie, et que celle du cerveau dépassait de loin toutes les autres spécialités. Nous avions dû l'écouter un peu trop. Moi-même, en arrivant la toute première fois au bloc, je devais avoir cette attitude, sûr de moi.

Je me rappelle que Jeanclin est un très bon chirurgien, c'est d'ailleurs impossible d'arriver à ce niveau en étant médiocre. Je l'ai vu opérer des cas désespérés en gardant son sang-froid. J'étais peut-être meilleur que lui, c'est possible, mais au final, c'est lui qui est le patron.

Note pour moi-même : je ne le dirai pas, même lorsque je pourrai reparler, mais ça fait mal de savoir que c'est lui qui a piqué mon poste. Comment disait-on, déjà ? Ah ! oui, ça fait mal au cul. Parce que… allez, je dois bien l'avouer, savoir que j'arrivais à le dépasser régulièrement n'était pas pour me déplaire. On se prend au jeu malgré soi et on en tire un sentiment de fierté presque puéril lorsqu'on songe aux responsabilités que nous avons.

Dis-moi, Damien Lenseigne, si demain tu pouvais retravailler, accepterais-tu d'être sous ses ordres ?

— Je l'ai prévenu de votre réveil, cela va de soi. Il m'a dit qu'on allait enfin pouvoir passer aux choses sérieuses. Vous gardez un capital sympathie assez fort pour certaines personnes dans le service, Damien, vous êtes un peu notre mascotte, la raison pour laquelle nous nous sommes battus toutes ces années.

Je relève qu'il a parlé de « certaines personnes ». Il n'a pas dit « tout le service ». Ce qui sous-entend qu'une partie du personnel ne m'apprécie guère. En dehors de Jeanclin – mais il s'agit dans ce cas plus d'une lutte d'ego entre lui et moi –, qui d'autre éprouve encore du ressentiment douze ans plus tard, et pourquoi ? Il devrait y avoir prescription, non ?

— Vous vouliez me parler, Bernard ?

Chardonnet est assis derrière son bureau et relit son courrier, rectifiant de temps en temps une phrase, apposant sa signature ample et déliée. Il ne répond pas à ma question. Je fronce les sourcils.

— Bernard ? Si ce n'est pas urgent, je dois retourner voir monsieur…

— Je sors d'une entrevue avec la surveillante, Damien. Je suis ennuyé, très ennuyé. Elle vient de me rapporter certains propos que vous auriez tenus à l'encontre de plusieurs membres du personnel.

— Si vous vous arrêtez à ce genre de détails, Bernard, on n'en finira jamais.

— Ce n'est pas un détail, Damien ! J'ai toujours eu à cœur qu'aucune personne ne soit plus importante qu'une autre dans cet établissement. Nous sommes tous au service du patient, ici, et je ne tolérerai pas que l'on manque de respect à quiconque !

Qu'est-ce que c'est que cette histoire, à la fin ? J'attends des explications !

— Bon, ce n'est pas tout ça, mais comme l'a dit Jeanclin, on doit passer aux choses sérieuses.

Le reste du flash se dilue comme sous l'effet de la pluie. *Certaines personnes.*

— Damien, j'ai vu avec le personnel, vous tolérez bien le passage à l'alimentation orale, semble-t-il. On va commencer à vous redonner un peu à manger, et si les réflexes de déglutition sont bons, on pourra envisager de retirer la sonde de gastrostomie, je pense d'ici une quinzaine de jours, d'accord ?

Deux semaines ! Mais c'est une éternité ! Et l'éternité, je ne l'ai pas. Je voudrais pouvoir brûler les étapes, tenter de rattraper mon retard. L'épisode du téléphone portable de Gabrielle, l'orthophoniste, m'a fait mesurer la distance qui me sépare de tout ce qui fait le monde actuel. Rapporté à un simple GSM, ce doit être monstrueux, colossal. Cela m'effraie. Avant de ne serait-ce que pouvoir passer un coup de fil avec un tel appareil, il va me falloir réapprendre à parler, à écrire, à marcher correctement, à tenir une simple cuillère sans renverser son contenu sur ma chemise. Je ne suis pas seulement resté bloqué au début des années 2000, j'ai dormi alors que la société courait en s'éloignant de moi. Je repense à ce qui faisait ma réputation, ma fierté : ma haute précision dans la chirurgie du cerveau, ma parfaite maîtrise des techniques de pointe. Je dois être revenu au temps de l'homme des cavernes. Pour me remettre à niveau, il me faudra un cursus complet, au minimum. Réapprendre le geste sûr et précis… Suis-je seulement capable d'y arriver ? Chaque jour passé à reprendre les bases est un jour où le monde file sans m'attendre, accentuant inexorablement son avance. À quoi bon lutter, si c'est pour en arriver à ça ?

11

Vouloir se reposer en réanimation est totalement illusoire. Entre les bips divers, les bruits de respirateurs, les sonneries diverses et le passage du personnel soignant, j'ai parfois l'impression d'être sur le périphérique aux heures de pointe… Non, j'exagère un peu. Jusqu'à présent, mes mouvements de tête étant limités, je n'avais conscience de mon voisinage qu'en fonction de leur voix mais aussi du passage des soignants. Le kinésithérapeute lançait un « bonjour, madame Duval ! », et l'infirmière un « monsieur Rambert, c'est l'heure de votre injection ». La réanimation où je me trouve comporte sept lits, alignés les uns à côté des autres. Les rideaux sont tirés la plupart du temps, mais j'ai pu apercevoir une femme obèse dans un des lits les plus éloignés, peut-être cette fameuse Mme Duval, qui passe son temps à essayer d'attraper quelque chose suspendu dans le vide, invisible au-dessus d'elle. Quant à moi, j'occupe l'extrémité gauche de la salle, le coin le plus tranquille, le plus discret. J'ai plutôt été un patient sans souci, finalement, à me contenter de faire une belle ronflette de douze ans.

Vers la fin de la matinée, on fait entrer un nouveau patient que l'on installe dans le lit parallèle au mien. Un voisin de chambrée, dont j'ai cru comprendre qu'il s'appelle Robert, mais j'ignore son nom de famille. L'homme a été opéré d'un hématome extradural, un saignement visiblement consécutif à une sacrée gamelle si j'en juge la taille de son pansement, plus volumineux qu'un turban de fakir. La forme de son nez et le lacis veineux sur ses joues ne me laissent aucun doute sur l'origine de l'accident. Mon père avait une expression pour cela : « Il ne suce pas que de la glace. » L'infirmière ne cesse de venir le gronder parce qu'il tire sur le pansement.

— Si vous continuez, je vais devoir attacher votre main ! prévient-elle.

Robert abandonne un moment la partie, puis profite de ce qu'elle a le dos tourné pour reprendre son activité. En fait, je n'ai pas l'impression qu'il veuille arracher le bandage mais plutôt qu'il cherche à glisser son index entre deux épaisseurs pour le triturer avec le pouce. Il marmonne des mots sans suite, que je ne comprends pas. Durant un bref instant, il fait pivoter sa tête dans ma direction, me voit l'observer, fait une espèce de grimace en montrant les dents, et reprend son activité. Bientôt, ses mains trouvent un autre terrain de jeu, le repli du drap qui vient se coincer entre ses deux doigts. Et c'est reparti pour un tour.

Je songe que si je n'avais pas eu cet anévrisme, c'est probablement moi qui aurais opéré mon voisin Robert. Énoncé comme cela, ça pourrait prêter à sourire.

Au fil des jours, la présence de mon voisin de lit crée une véritable distraction. Robert Dont-j'ignore-le-nom a fait de petites complications. La première, c'est quand il a fini par arracher les points de suture et qu'il a fallu le reprendre au bloc. La seconde est sortie de la bouche d'un des internes : son cœur ne fonctionne pas bien. Les médecins craignent une arythmie.

Il va falloir mettre en route un traitement protecteur, mais avec son hématome récent, ils cherchent la meilleure solution. Robert s'inquiète, il a ses deux chiens à s'occuper. Il demande à l'interne d'appeler sa voisine, et le stagiaire promet. Ce ne sera pas long, tout au plus l'affaire de quelques jours. Il râle, mais il n'a pas le choix.

— V'z'êtes là depuis longtemps ? me demande-t-il lorsque nous nous retrouvons seuls.

Comme la réanimation est relativement calme, le personnel n'a pas hésité à tirer les rideaux pour nous faire sentir un peu moins cloîtrés. Deux lits sont vides. En face de nous, de l'autre côté, Mme Duval a renoncé à attraper les mouches. Mon voisin, lui, a temporairement abandonné l'idée de déchiqueter le pansement ou le drap.

Je hoche la tête, forme le mot « douze » avec ma bouche. Je retrouve peu à peu l'usage de la parole, mais c'est encore compliqué. Robert cherche à comprendre.

— Douze jours ?

Ma tête effectue un léger mouvement vers le haut.

— Plus ? Quinze jours ?

C'est mal parti. Je fais « non », recommence. Douze. Il secoue la tête.

— Comprends pas… Plus de douze jours, c'est ça ? Mais douze quoi ? Douze mois ? Douze ans ?

Bingo. Il ferme un œil et me regarde de biais, persuadé que je lui raconte des bobards. Je reste sérieux, je fais oui de la tête.

— Eh beh !

C'est tout ce qu'il trouve à dire, mais c'est suffisant. Saisi soudain d'une idée, il vérifie que personne ne nous écoute et se penche un peu sur le côté, l'air conspirateur.

— Si ça fait un moment qu'vous êtes ici, pouvez p'têt' me dire… on peut avoir du pinard ?

— Non.

— Quoi ? Juste de l'eau ? Rien d'autre ?

Il grimace, et sa langue passe sur ses lèvres en un rictus de dégoût, comme s'il venait d'avaler quelque chose d'infect.

— De la flotte ! Merde, alors, vivement que je sorte d'ici ! lâche-t-il, malheureux comme les pierres.

J'ai du mal à garder mon sérieux. Je laisse échapper un petit rire qui me fait un bien fou. Ah ! Robert ! Pendant que tu te morfonds pour un verre de rouge qui tache, moi, j'essaie simplement de retrouver toutes mes facultés, mais j'en arrive presque à te plaindre ! Je partagerais volontiers la boisson de l'amitié avec toi, mais je prendrais le soin de choisir moi-même ma bouteille !

Lorsque Béatrice vient me voir, j'achève une de mes séances de kiné avec Serge. Il est là tous les jours, maintenant. Il apporte des petits haltères pour me faire travailler les muscles des bras. Pour détendre l'atmosphère de ces séances assez physiques, il a débarqué un beau matin avec un jeu de canards en plastique avec sifflet intégré. Devant mon regard ahuri, il m'a expliqué en rigolant qu'il attendait de moi que je les presse suffisamment fort pour obtenir une note de musique. J'ai eu du mal à le prendre au sérieux, mais en tentant de m'exécuter, je me suis rendu compte que le plastique était en réalité relativement dur et que je devais presser de toutes mes forces pour obtenir une sorte de « coin » qui m'a fait sursauter. Et, bêtement, je me suis rapidement pris au jeu pour retrouver de la force dans mes doigts et mes mains. Entre ça et la petite flûte de l'orthophoniste qui, dit-elle, va me servir à gonfler les joues pour mieux contrôler ma respiration durant ma diction, je vais devenir un véritable homme-orchestre. Le Rémy Bricka de la réa neurochir !

Le résultat commence cependant à se faire sentir, pour mon plus grand bonheur. J'ai eu droit à la visite d'un neurologue, muni d'un instrument de torture : l'EMG. Un acronyme pour électromyogramme. On vous plante plein de petites aiguilles sur un trajet nerveux et on vérifie si le courant électrique passe bien, ce qui est mon cas à gauche, un peu moins à droite, mais je n'ai pas de lésions neurologiques graves.

Mise à jour de mon carnet mental des points positifs et négatifs. Les plus : je respire tout seul, je bouge la tête, je bouge la main gauche totalement ou presque, et je remue les orteils. J'ânonne quelques mots. Voilà, globalement. Points négatifs : je ne bouge que la main. Je ne peux pas parler. Je suis incapable de rester concentré longtemps sur quelque chose, je me fatigue très vite. Gabrielle me fait travailler ma mémoire immédiate à l'aide de petits exercices de calculs mentaux. Parfois, je bute sur de simples multiplications du niveau primaire. Bon sang, combien ça fait huit fois neuf ? J'ai des moments d'absence, consécutifs à mon très long coma, comme s'il me manquait des heures dans la journée. J'ai l'impression que là-haut, dans ma boîte crânienne, c'est pas mal chiffonné, aussi rangé que ma chambre d'étudiant. Je visualise presque les chaussettes sales qui traînent derrière le lit.

Et puis, je m'emmerde. À un point qu'on ne saurait imaginer. Gabrielle m'a aussi apporté des crayons de couleurs et du papier, et elle m'encourage à dessiner. J'essaie de gribouiller des trucs qui ressemblent plus à des bonshommes patates qu'à du Michel-Ange. Mais tout ça ne dure qu'un temps.

Et j'ai peur que Béatrice s'emmerde, elle aussi, en venant me voir. Faire les questions et les réponses, au bout d'un moment, ça va.

La venue de mon épouse est le moment de distraction préféré de Robert. Lorsqu'elle apparaît, il l'observe de bas en haut avec un regard insistant qui la met mal à l'aise, s'arrêtant volontiers sur ses jambes. Elle a mis une jupe qui lui arrive aux genoux et elle porte des talons hauts. À sa demande, l'infirmière tire les rideaux pour nous isoler du reste du monde, sous le regard déçu de mon voisin par-dessus la barrière du lit. Elle reste une partie de l'après-midi, le temps de me tenir au courant des dernières nouvelles des enfants, de sa vie à Lyon, mais cette fois sans évoquer mon possible avenir dans ces lieux. Nous savons tous les deux que c'est trop tôt pour en parler.

— J'ai pu discuter avec Chardonnet au sujet de ta rééducation. Pour la première fois depuis longtemps, il est confiant. Le temps sera long, mais il n'y a aucune raison que tu demeures paralysé. Il m'a aussi confirmé qu'on allait retirer la sonde de ton estomac. Tu vas enfin pouvoir t'alimenter normalement, c'est une bonne nouvelle, non ?

C'est une très bonne nouvelle, tu veux dire. Quand est-ce qu'on se fait un barbecue dans le jardin ?

— Dès que tu seras en chambre seule et que tu n'auras plus tous ces tuyaux, Paul et Clotilde m'accompagneront. Je ne veux pas leur montrer un tel spectacle. Ce n'est pas contre toi, mais tu comprendras que de voir leur père allongé immobile au milieu de tas d'appareils qui bipent de partout à côté de personnes très mal en point n'est vraiment pas un spectacle pour eux. J'ai peur qu'ils s'imaginent certaines choses, qu'ils fassent des cauchemars. Ce ne sont que des enfants, pas encore des adultes.

Je hoche la tête. Elle a raison, mais ça ne m'empêche pas d'être extrêmement déçu. Elle semble attendre une remarque de ma part, mais je n'ajoute rien, et ça paraît la surprendre. Pourquoi ?

Elle est à peine repartie que mon voisin de lit appelle l'infirmière. J'ai cru comprendre qu'ils lui ont laissé la sonnette mais qu'elle est débranchée parce que ce brave Robert a tendance à appuyer dessus cinquante fois par jour. Lorsqu'elle vient enfin, il demande si elle peut ouvrir les rideaux afin de « discuter le bout de gras » avec moi.

— Est-ce que ça vous dérange, docteur ? me demande Françoise.

Non.

Robert me regarde comme s'il me découvrait pour la première fois.

— Sérieux ? Z'êtes docteur ? Qu'est-ce qu'un toubib vient foutre ici ?

Je ne savais pas quoi faire, alors il y a douze ans, je me suis dit : tiens, si je me claquais un bon petit vaisseau dans la tête, histoire de me mettre dans le coma ?

— Vous imaginez ? Un peu plus, vous auriez pu vous soigner vous-même !

Sa blague le fait bien rire. Redevenu sérieux, il me lance un clin d'œil et me glisse :

— Dites, la jolie nana, sans vouloir vous offenser… c'est votre femme ?

Oui.

— Ben j'comprends qu'vous soyez pressé de sortir ! Moi, à votre place, j'serais pareil !

Il pousse un long soupir.

— Remarquez, moi, c'est un peu pareil. Pas par rapport à la femme, hein ! J'en ai eu une, mais elle est morte, ça fait dix ans.

Désolé, Robert.

Je prends un air de commisération. Il hausse les épaules.

— Bah, c'est de l'histoire ancienne, je m'en suis remis, mais je ne pouvais pas rester seul. Alors j'ai pris deux chiens. C'est bien aussi, les chiens. C'est fidèle, ça vous suit partout, c'est toujours content.

Je fronce les sourcils. Je ne suis pas sûr de saisir tout à fait le rapport.

— Ce sont des épagneuls. Vous avez des chiens ? Non ? Ces bêtes-là sont tellement intelligentes. Rien que de voir leurs grands yeux quand ils vous regardent, vous n'avez pas idée de ce que ça fait. C'est pour ça qu'il faut que je sorte d'ici, vous comprenez ?

Son visage se ferme soudain.

— J'espère que ma voisine a pu passer pour s'occuper d'eux, les sortir et leur donner à manger. Moi, vous comprenez, je m'en fous, mais c'est pour eux.

Je me rends compte que Robert exprime un désir simple, basique. Sa volonté de se sortir de la maladie repose sur deux compagnons à quatre pattes. Il n'y a pas de calcul, là-dedans, juste une nécessité. Il met dans son souhait de quitter l'hôpital la raison peut-être la plus terre à terre, mais n'est-ce pas cela que je devrais apprendre moi aussi ? Gérer mes priorités ? Je dois savoir pourquoi je me bats. Ou plutôt, pour qui.

Note pour moi-même : quand je sortirai d'ici, je dois penser à acheter un épagneul. Je ne sais pas quelle taille ça peut avoir à l'âge adulte, ni ce que ça bouffe, je n'ai jamais eu d'animal domestique, mais Robert m'a convaincu.

12

C'est un ex-collègue qui se charge de l'ablation de la sonde. Xavier Chancler doit avoir six ans de plus que moi, mais il en fait beaucoup moins. Il s'est rasé le crâne. À l'époque, il commençait déjà à accuser une calvitie précoce. Sa peau est bronzée, il débarque avec un polo Lacoste bleu vif qui dévoile sa musculature imposante. Visiblement, il n'a pas arrêté de fréquenter les salles de musculation. Son sourire est une vraie pub pour du dentifrice.

Je me souviens soudain d'une discussion entre nous, en salle de détente, lorsque nous étions encore internes. À l'époque, il n'avait pas hésité à se vanter de pouvoir sortir avec n'importe quelle fille de la salle. C'est marrant que ça me revienne maintenant. Je n'ai pas l'impression qu'il se soit calmé depuis.

Il serre la main de Bernard et me donne une claque sur l'épaule à m'en décoller l'omoplate.

— Alors, sacré farceur ! Tu as assez dormi ? Je ne comprends pas comment tu as fait pour ne pas t'engraisser, à ce rythme ! La bouffe n'était pas bonne ?

Il écarte le drap, examine l'orifice de gastrostomie.

— Bon, c'est juste une petite intervention rapide. Je te fais ça ici avec les dents ou on passe au bloc ?

S'il a toujours ce genre d'humour, je ne suis pas sûr que ses conquêtes soient nombreuses. Il se tourne vers Chardonnet à mes côtés.

— Il est prêt ? L'anesthésiste est passé ?

— Oui, tout est bon. Pas de soucis.

— Si le grand chef le dit, c'est que c'est vrai ! Allez, Damien, on se retrouve au bloc ! À tout de suite !

Les brancardiers viennent me chercher, me font sortir de la chambre pour m'emporter au bloc opératoire. J'essaie de me détendre et de me dire que tout va bien se passer. Lorsqu'on est de l'autre côté du bistouri, on n'analyse pas les événements de la même façon. Je profite de mon bref passage dans les couloirs pour regarder ce qui a pu changer autour de moi. J'ai à peine entraperçu le tableau opératoire en passant, et la moitié des chirurgiens me sont parfaitement inconnus. En revanche, je suis sûr que quelques amis n'y figurent plus.

— C'est juste une petite intervention rapide, m'assure l'anesthésiste en répétant la phrase de Chancler.

Avant sa consultation dans ma chambre, je ne l'avais jamais vu. Encore un nouveau en place. Et puis « c'est juste une intervention »... Ils se sont donné le mot, ma parole ! J'aimerais bien leur dire que j'ai suffisamment opéré pour savoir ce qu'est une intervention, a fortiori si elle peut être qualifiée de rapide, mais, en réalité, je panique complètement. J'ai du mal à respirer, et comme pour le retrait de la trachéotomie, je commence à hyperventiler. J'ai une peur bleue de rester sur la table, et mon visage doit parler pour moi, à tel point que Chancler pose sa main sur ma poitrine pour tenter de me rassurer.

— Eh, Damien ! Relax, d'accord ? Tu sais que ça va bien se passer, tu n'as aucune raison d'avoir peur. Je ne suis pas en train de te dire qu'on va t'ouvrir le ventre en deux, d'accord ?

Oui, mais si la sonde se retirait mal ? Si du liquide gastrique s'échappait de l'estomac pour couler dans mon abdomen ? Si je me payais une péritonite ?

— Je croyais que tu étais pressé de retrouver la super bouffe de l'hôpital. On m'aurait menti à ton sujet ?

Je le regarde dans les yeux, et son assurance me détend un peu. Oui, vivement les plats réchauffés ! J'ai toujours le cœur qui bat à cent à l'heure, mais j'ai hâte qu'on en finisse. Je me retrouve une fois de plus sur la table, à poil. Je n'ose imaginer le nombre de personnes qui ont pu contempler en détail mon service trois-pièces depuis mon admission. Non que la nature m'ait généreusement pourvu, loin de là. Et puis, le personnel soignant en a vu d'autres. Lorsqu'on est à l'hôpital, il faut savoir perdre toute notion de pudeur. En même temps, en étant shooté par l'anesthésiste, je n'ai pas vraiment le temps de m'inquiéter de ce que les témoins de la scène vont penser.

Moi qui suis d'un naturel discret, je pourrai repasser.

Chancler avait raison, évidemment : l'intervention s'est parfaitement déroulée. Après un petit passage en salle de réveil, je suis de retour dans mon espace de vie entre les scopes, les potences de perfusion et les bips divers. Robert me salue de la main, il a perdu son turban de fakir pour un pansement plus ajusté. Mme Duval cesse un instant de capturer les mouches invisibles pour m'observer.

Me voilà enfin avec un tuyau en moins.

Le corollaire est que je suis parti pour me contenter de la nourriture de l'hôpital pendant un bout de temps. J'aurais sans doute à redire, mais se plaindre de la qualité de la bouffe lorsqu'on a survécu à une hémorragie cérébrale me semblerait un peu mesquin. Disons que ça aurait pu être pire. Mes papilles sont vaccinées par des années de restaurant universitaire et de plateaux-repas des jours de garde ; je peux désormais tout affronter. C'est une aide-soignante prénommée Ghislaine qui s'occupe de me donner la becquée, selon le jargon hospitalier. Au menu, foie de veau mixé et purée. Je serre les dents. Hors de question de bouffer du foie, rien que la vue m'incommode. Ghislaine tente de me faire entendre raison :

— Allons, docteur ! Le foie, c'est plein de fer, vous avez besoin de retrouver des forces !

C'est un peu le genre de connerie que tes parents te racontent lorsque tu es gamin, et toi, tu serres les dents en secouant la tête, alors ils te jugent capricieux. « Tu seras privé de dessert ! »

Ghislaine renonce, dépitée.

— Ce n'est pas comme cela que vous allez vous remplumer !

Je ne peux donc pas tout affronter. Le foie, c'est rédhibitoire.

Purée, fromage frais, compote. Et un peu d'eau. On m'offre même un café. J'irais bien jusqu'à demander un cigare, un alcool et l'addition, mais il ne faut pas pousser.

Gabrielle, la jeune orthophoniste, fait des miracles. J'ai la voix qui sonne comme un vieux 33-tours sur un tourne-disque Pathé-Marconi EMI. (Vous vous souvenez ? *La voix de son maître* ? Non, je ne suis pas si vieux, mais je m'en souviens parfaitement !)

Les kinésithérapeutes considèrent que je récupère plus rapidement qu'ils ne l'espéraient, compte tenu de la gravité de mon état et de l'ancienneté de mon coma. Parfois, ils hésitent en considérant que je ne suis pas apte, mais je les supplie presque de me prendre en charge. J'aimerais tant pouvoir tenir debout ! Je récupère l'usage de mon bras gauche, ce qui est amusant, quand on y songe, puisque je suis droitier. Avec de l'aide, je peux presque tenir mon gobelet en plastique pour boire mon verre. J'ai encore droit au « canard », avec son embout buccal fixé au couvercle, mais je n'ai plus d'eau gélifiée, enfin ! Ce n'est peut-être que ce que mon père appelait du « château Lapompe », mais ça vaut bien tous les nectars.

Je n'ai plus de couches de protection, ça aussi, c'est un grand progrès. Je peux demander le pistolet pour pisser un coup, je fais ça discrètement, sous les draps, ni vu ni connu. Je n'arrive cependant pas à me faire au plat-bassin. Je suis encore tributaire du personnel soignant de ce côté-là. Bordel ! Le plat-bassin, quoi ! Il faut que j'arrive à… allez, désolé, je lâche le mot : à chier, voilà, en étant couché sur le dos, les jambes relevées. Je ne sais pas si vous avez tenté un jour de le faire. Si c'est le cas, soit vous étiez hospitalisé comme moi et dans l'incapacité de vous lever et même de tenir assis – c'est encore mon cas –, soit vous étiez bourré et vous avez fait un pari… Non, impossible. Ce n'est pas que ce soit impossible de le faire, c'est que physiologiquement, anatomiquement, humainement, enfin, tout ce que l'on veut et qui termine par « -ment », l'homme n'est pas conçu pour déféquer couché. D'ailleurs, un animal non plus, il me semble, même si je ne suis pas vétérinaire. À moins de compter les créatures rampantes. Je dois parvenir à surmonter mon blocage psychique si je ne veux pas avoir droit à un lavement en dernier recours. Ce serait la suprême honte.

Note pour moi-même : tout donner dans les jambes. Il *faut* que j'arrive à tenir assis !

J'ai sonné malgré moi, indiqué que j'avais envie, et on m'a apporté cet instrument de torture en plastique blanc qui me rentre dans le dos et les fesses. Je ferme les yeux et j'imagine que je suis au fin fond de la campagne profonde, je ne sais pas, disons, la Creuse, et que je n'ai personne à plus de cent kilomètres à la ronde pour m'observer. J'en lâche un malencontreusement.

— À votre santé ! fait une voix moqueuse.

J'ouvre les yeux et je tourne la tête. J'aperçois Robert dans la même position que moi, les mains crochetées sur la potence, les genoux repliés. Instant magique. Du menton, il me désigne un endroit précis de mon anatomie dissimulé par les draps de lit.

— Vous êtes comme moi, hein ? J'y arrive pas non plus. Je veux dire, couché, c'est pas possible. Je ne sais pas comment ils font, les autres.

Cette discussion est surréaliste. Nous voilà comme deux paumés, en fait, deux rescapés de la maladie, comparant nos difficultés à satisfaire nos besoins naturels. Mon doigt effleure le bouton de la sonnette d'alarme. Dans sa précipitation, l'aide-soignante a oublié de refermer le rideau. Déjà que je n'y arrive pas, si en plus j'ai un spectateur, je vais être bon pour la canule ! Robert détourne la tête, observe la salle de réanimation. L'équipe soignante s'affaire autour d'un nouveau venu et, priorité oblige, nous a un peu délaissés. J'aperçois Ghislaine, mon aide-soignante, et j'appuie franchement sur le bouton. Elle arrive aussitôt, accompagnée d'une autre, dont le visage n'exprime pas réellement la joie de vivre à mon égard. Son nom inscrit sur l'étiquette de sa blouse me rappelle quelques souvenirs pénibles, mais je ne sais plus lesquels exactement.

Tandis que Ghislaine tire enfin le store, au grand regret de Robert qui aurait aimé continuer à bavarder, elle lève rapidement le drap pour examiner le résultat de mes efforts.

— C'est bon ? Vous avez fini ?

Son ton est de nature à constiper une assemblée de dysentériques. Non, je vais peut-être rester le cul en l'air à tailler une bavette avec mon voisin ! Revenez dans deux jours !

Elle retire le plat-bassin et va le vider, puis aide Ghislaine à me changer et à me réinstaller correctement dans le lit. Elles ne sont pas encore au pied du couchage que je sens mes paupières se fermer. Extinction des feux. Moi qui avais une extraordinaire capacité à résister au sommeil, je m'effondre au moindre effort.

— Vous avez fini ? me demande Robert de l'autre côté. Vous croyez qu'on va manger quoi, ce soir ?

Je lui réponds d'un vague grognement. Il est déçu. Tant pis.

13

Je suis en train de sacrifier à la toilette matinale lorsque Jules Jeanclin débarque sans crier gare au pied du lit, le cheveu brun impeccablement coiffé, une cravate de soie rouge et sa blouse immaculée. Il arbore un badge indiquant « Professeur J. Jeanclin – Chef de Service » assez gros pour lui barrer la moitié de la poitrine. Du temps où nous étions en concurrence pour prendre la place de Chardonnet, il avait déjà cette manie de se coller une étiquette grande comme un prospectus pour les crétins qui n'auraient pas compris qui il était. Si je n'avais pas eu cet accident, je serais peut-être au pied de ce lit, à sa place, lui à mes côtés.

Je ne l'ai pas vu depuis douze ans, et s'il a vieilli, il arbore toujours cet air hautain, cette moue légèrement désabusée, blasée même. Je suis sûr qu'il se teint les cheveux. Il n'en a pas un seul de blanc, et la couleur me paraît trop uniforme pour être honnête.

— Je viens rencontrer le miraculé ! Quand Bernard m'a dit que tu étais réveillé, j'ai eu du mal à y croire ! D'ailleurs, personne n'y croyait vraiment, je dois dire, à part ta femme et ce cher Chardonnet. Ces dernières années, il n'y avait plus que lui pour venir te voir.

L'aide-soignante a rabattu les draps et a laissé la cuvette sur la table à côté. Si j'en avais la force, je lui en balancerais bien le contenu sur sa blouse sans faux pli. Peut-être ferait-il une attaque au point d'occuper le lit à côté du mien ?

— Tu m'excuseras si je ne suis pas venu plus tôt. En ce moment, je suis débordé. J'imagine que tu comprends que ce poste de chef de service est bien trop important pour qu'on le néglige… Tiens, je dirai à Rosine que tu es réveillé, je lui transmettrai le bonjour de ta part.

Rosine Jeanclin est une petite femme effacée dont le chemin a un jour croisé celui de Jules. Tous les deux issus de familles catholiques pratiquantes pur jus, de celles qui se font une overdose de missel avant d'aller pourrir l'existence de leur voisinage, ils ont attendu de se marier pour avoir des relations sexuelles. Et encore, dans l'unique but de procréer. Jeanclin a donc fondé une famille nombreuse, et le temps que Béa et moi mettions péniblement en route nos jumeaux, Rosine avait effectué un séjour à la maternité à cinq reprises. J'ignore s'ils ont continué à ce rythme douze ans après. J'espère que non, par pitié pour elle. Une façon, me dit-il un jour, de s'assurer qu'elle ne manifesterait pas de volonté d'émancipation en voulant travailler : « Il y a assez de boulot à la maison avec les cinq enfants, et je n'ai pas le temps de m'occuper de l'intendance. »

Jeanclin fait mine de s'intéresser à mon cadre de vie, s'empare du petit panneau fixé sur le cadre métallique et lit mes constantes. Cette intrusion m'insupporte. Il est médecin, comme moi (comme je l'ai été, plutôt), il sait prendre la distance nécessaire pour déchiffrer ce que les infirmières ont inscrit, et je suis sûr qu'il le fait sans arrière-pensée, mais je ressens une profonde gêne, comme un viol de mon intimité. Peut-être est-ce dû à notre passé commun, au fait que nous avons été tous deux étudiants dans la même faculté, dans le même groupe, et internes dans le même hôpital ? Il hoche la tête, repose la pancarte et me contemple, satisfait :

— Tu as l'air de te porter comme un charme ! Voilà ce que c'est que de passer son temps à dormir pendant que les autres bossent. Je t'avoue que j'ai encore du mal à admettre ce qu'il t'est arrivé. Bon sang ! Douze ans, Damien ! Je crois que personne n'aurait misé un kopeck sur tes chances de t'en sortir, moi le premier. Dire qu'il y a encore quelques jours, tu tenais plutôt de la momie sans les bandes ! Tu te rends compte, dans ton malheur, tu as eu la chance de te retrouver dans ce qui est sans doute le meilleur service de neurochirurgie de France. Avec Bernard à sa tête et moi ensuite, que pouvait-il t'arriver de plus ? Sais-tu que tu es devenu l'attraction de tout l'hôpital ?

Il prononce ces mots sur un ton si léger que je n'arrive pas à savoir s'il est parfaitement sincère.

Il me désigne le petit cadre posé sur ma table de nuit :

— Ce sont tes enfants ? Ils ont changé ! Enfin, tu n'as pas encore pu t'en rendre compte, mais tu verras quand ils viendront te rendre visite. Ne fais pas attention s'ils font un peu, disons, la grimace. Tu n'as pas l'air encore très frais !

Il rigole, content de lui. Tiens, comme Robert, à la différence que mon sympathique poivrot n'a pas de mauvais fond. Je ne comprends pas vraiment ce que cherche Jeanclin. Il y a toujours eu une compétition entre nous : pendant nos études, notre internat et dans ce service. Mais douze ans après ? Il a marché dans mes pas depuis le début, en essayant de me dépasser. Nous avions choisi une approche différente de notre cursus, je pouvais me targuer de masters passés aux États-Unis, pas lui. Et j'avais pour moi le soutien de Chardonnet, c'est vrai. Les postes de chefs de service n'étant pas forcément attribués à un membre de l'hôpital, j'imagine son soulagement lorsqu'il a obtenu cette place, comme une revanche sur le fait qu'il ait été si souvent second.

Puis je me dis que c'est ridicule : douze ans se sont écoulés, c'est du passé, non ?

Je sors du bloc opératoire exténué. Je viens de réaliser une prouesse technique, j'ai réussi à extirper du crâne d'un jeune homme d'une vingtaine d'années une tumeur compressive qui menaçait sa vision. Pour la première fois de sa carrière, Chardonnet n'a pas osé l'opérer, il a jugé trop risqué d'intervenir. Je lui ai dit que je pouvais le faire. Après un moment de doute, il m'a donné le feu vert. Un nouvel acte chirurgical capital pour le docteur Lenseigne ! Je croise Jeanclin, lui aussi vient de terminer son intervention, mais bien moins spectaculaire que la mienne. Je suis d'autant plus ravi quand je vois sa mine déconfite.

— Alors, Jules ? Toujours fidèle au poste, je vois ? Tu vas devenir le pro de la hernie discale, ma parole !

— Fais le malin ! Je pense que c'était de la folie d'opérer ce gamin ! Tu aurais pu abîmer définitivement ses centres optiques !

— Et sinon ? Je le laissais devenir aveugle ? Tu vois, Jules, c'est ce qui fera toujours la différence entre toi et moi. Je suis un chirurgien qui ose, toi, un chirurgien qui compose. C'est pour ça que je serai toujours devant toi.

À la réflexion, peut-être pas…

— Bernard t'a dit pour mon poste ? Oui, j'imagine, vu les heures qu'il passe dans ce fauteuil depuis ton accident. Ça a été une belle opportunité, crois-moi ! La direction a su reconnaître qu'il leur fallait quelqu'un qui connaissait parfaitement le service, qui avait suffisamment la tête sur les épaules pour gérer le stress quotidien. Je comprends que Bernard ait voulu garder son poste le plus longtemps possible, mais il y a un moment où il faut savoir passer la main. Et entre nous, qui d'autre que moi aurait pu faire l'affaire ?

Punaise, mais qu'il m'énerve ! Les années n'ont visiblement pas atténué sa fatuité. J'ai presque envie de le traiter d'imbécile, mais mon langage est encore un peu limité. Alors, je lève ma main gauche – la droite est pour l'instant aussi utile qu'un chausse-pied à un cul-de-jatte – et dresse mon pouce vers le haut. Croyant que je le félicite, il paraît surpris. Un sourire se dessine sur ses lèvres. Mais mon pouce tendu se baisse pour indiquer ma direction, puis je dresse l'index pour former un deux et le tends vers lui, souriant à mon tour.

— D'accord ! comprend-il. Toi le premier, et moi le second, c'est ça, l'idée ? Je vois que le coma ne t'a pas changé, Damien. Je te concède volontiers que tu as fini le concours de l'internat en bien meilleure place que moi, mais finalement, regarde le résultat aujourd'hui. Je suis là où je rêvais d'être. Ne laisse pas la jalousie t'envahir et reconnais au moins une fois dans ta vie que j'ai raison.

Ce que j'aimerais pouvoir parler au lieu de lâcher quelques borborygmes !

Je frissonne. Je suis nu sous le drap, et l'eau sur mon corps s'est refroidie. Jules Jeanclin le remarque.

— Je vais te laisser, Damien, je ne voudrais pas que tu tombes malade à cause de moi. Je vois que tu es entre de bonnes mains, c'est le principal. Je repasserai un de ces jours, si j'arrive à me libérer! Passe le bonjour à Béatrice et aux enfants.

Il me lance un clin d'œil, fait demi-tour et se dirige vers la sortie:

— Prenez bien soin de lui, surtout, lance-t-il aux infirmières, il est encore fragile! Les hémorragies graves mettent du temps à s'en remettre, et pas toujours très bien.

Il s'arrête, revient sur ses pas et s'approche du lit.

— Crois bien que je suis désolé pour toi, Damien. Tu voyais Chardonnet abandonner le service à quelqu'un de l'extérieur? Non, n'est-ce pas? Lui comme la direction ont compris où était leur intérêt. Tu sais que j'ai les épaules assez solides pour lui succéder, et ce dès le départ. Tu ne pourras pas le nier. Si tu n'avais pas eu ce problème de santé, il t'aurait sans doute choisi, mais j'aurais fait valoir mon droit à ce poste moi aussi. Désormais, tout ce que j'espère, c'est que tu puisses sortir de là. Et tu connais Bernard aussi bien que moi, je ne lui ferai pas d'affront: si tu arrives à récupérer tes capacités, il y aura sans doute un petit poste pour toi comme consultant dans nos murs. Plus, ce serait présomptueux! termine-t-il avec un clin d'œil.

Il s'en va sur cette petite vacherie sans attendre ma réponse. Je reste tétanisé. La voix de Robert derrière le paravent me ramène à la réalité.

— Il est mal luné, ce type! Est-ce qu'on parle à un malade de cette façon, d'abord? J'te jure, on serait chez moi, à la campagne, je lui aurais lâché mes épagneuls aux fesses!

14

Ce matin, j'ai rendez-vous avec la psychiatre. Mes progrès de mobilisation me paraissent tellement lents que je déprime. C'est du moins l'opinion des infirmières, de Serge, de Gabrielle et de Carine, mon ergothérapeute. C'est apparemment aussi celle de Bernard et de Béatrice. Ils ont réussi à me convaincre de la rencontrer.

Ils ont sans doute raison. Je me sens abandonné. Ma femme me manque, mes enfants me manquent, mon ancienne vie me manque. Mais pas de la façon dont on pourrait le supposer, parce que je ne garde que des souvenirs parcellaires de ce passé. Comment quelqu'un qu'on n'a pas connu peut-il nous faire défaut ? C'est peut-être une image que j'ai d'eux, une sorte de fantasme, une idéalisation de ce que nous pourrions être, une famille normale.

J'ai réussi à me servir partiellement de mon bras droit. À force de patience et d'exercices, j'ai récupéré peu à peu l'usage de mes deux mains, et c'est une sensation incroyablement grisante, mieux que si je venais de réussir l'opération du siècle. Mon moral s'est gonflé, je me suis pris à sourire bêtement en contemplant mes doigts qui bougeaient devant mes yeux. *Ainsi font, font, font, les petites marionnettes…* Je ne peux pas les lever au-dessus de ma tête, mes épaules sont partiellement gelées, mais chaque jour apporte son lot de progressions bienvenues. Voilà de quoi se sentir bien, n'est-ce pas ? Porté par cette enthousiasmante évolution, j'ai tenté pendant dix bonnes minutes de me faire comprendre par Serge, et il a fini par saisir le motif de mon agitation : je veux arriver à m'asseoir. Cela fait un mois que je suis réveillé, un mois que je fais de l'exercice dans ce lit, que je maltraite mon corps trop longtemps immobilisé, je suis sûr que je peux y arriver. J'ai senti tout le poids du scepticisme dans le regard de mon kiné, mais il s'est abstenu de tout commentaire.

La tentative de lever a viré à la catastrophe. Je n'ai aucune force en dessous de la ceinture. Saisi de vertiges, j'ai glissé du lit, et il s'en est fallu de peu que je me retrouve allongé sur le sol. Je suis incapable de me mettre assis. Serge a dû appeler d'urgence un brancardier pour l'aider à me recoucher. À l'enthousiasme a succédé l'abattement le plus complet. J'ai replongé dans le marasme. Bernard est intervenu sur ces entrefaites et m'a passé un savon, me demandant d'arrêter de vouloir brûler les étapes.

— Bon sang, Damien ! Vous cherchez à vous casser quelque chose ou quoi ? Vous ne pensez pas que vous avez assez de problèmes comme cela ?

Béatrice aussi m'a demandé de faire preuve de patience. Mais comment le pourrais-je, alors qu'elle se montre intransigeante sur la présence de Paul et Clotilde ? Elle ne veut pas les traumatiser en les amenant en réanimation. Elle a déjà eu assez de mal avec eux par le passé, et encore récemment à l'annonce de mon réveil, pour ne pas vouloir en rajouter. Elle a demandé aux aides-soignants de bien me raser et de me peigner, et de prendre une photographie de nous deux avec son téléphone à peine moins compliqué que celui de Gabrielle. J'ai la vague sensation que nous formons un couple bizarre. Un peu comme la gentille fille qui rend visite à son grand-père en maison de retraite…

Robert a été transporté cette nuit en radiologie et n'est pas revenu depuis. Je pense qu'il a fait une énième complication, je ne serais pas surpris qu'il ait récidivé son hémorragie. Même hautement improbable, ce genre de mauvaise surprise peut toujours survenir. À moins que l'alcool y soit pour quelque chose. Une jeune interne de garde, les traits gonflés de fatigue, l'a pris en charge avec une grande maîtrise, et j'attends qu'il revienne. Il faudra que je pense à demander le nom de cette fille, si un jour je reprends le travail, pour m'attacher ses services…

Idée ridicule. Je ne suis pas près de tenir un bistouri.

J'ai demandé des nouvelles de mon voisin, mais on n'a pas su me dire comment il allait. Il a été transféré en unité de réanimation digestive, c'est tout ce que je sais. Je vais le regretter, je m'étais habitué à ses grimaces en voyant chaque jour l'absence de carafe sur son plateau-repas. Je suis condamné à rester seul dans cette foutue pièce que je prends de plus en plus en grippe.

La psychiatre a demandé que nous soyons suffisamment isolés pour converser en toute tranquillité. C'est reparti pour un petit coup de rideau. On se croirait dans un isoloir géant, sauf qu'il n'y a pas d'urne à la sortie. Je l'entends déplorer l'absence d'espace dédié, qui n'est pas propice à l'analyse, les infirmières s'excusent. Il y a bien des salles d'examen, mais elles ne sont pas prévues pour faire entrer un lit d'hôpital à l'intérieur.

— Ne pourrait-on pas le mettre dans un fauteuil roulant le temps de ma consultation ? je l'entends dire depuis l'autre côté du tissu.

— Le patient ne tient pas assis, pour le moment. Le professeur Chardonnet nous a demandé d'éviter de le déplacer dans la mesure du possible.

Je suis « le patient ». C'est assez étonnant d'entendre ce mot en parlant de moi.

— C'est fâcheux, soupire la psychiatre. Si le patient veut se confier, il risque de ne pas être suffisamment à l'aise.

Ne vous inquiétez pas, je ne parle pas.

Ses talons martèlent le sol, elle pousse le rideau et apparaît. Il s'agit d'une femme dans la soixantaine, les cheveux argentés légèrement frisés, deux énormes boucles d'oreilles en malachite verte qui attirent l'œil. Je m'empresse de me rappeler son nom parce que son visage ne m'est pas inconnu. Elle vient à mon secours en me tendant la main.

— Bonjour, monsieur Lenseigne. Je suis Flore Dumont, médecin psychiatre. À votre regard, je vois que vous vous souvenez de moi, n'est-ce pas ?

Oui, je vois ! Un pan de ma mémoire me revient, et ça fait presque un bruit de déchirure, comme du papier.

— Damien, vous connaissez le docteur Dumont ? me lance Chardonnet.

— Son nom me dit quelque chose, mais je ne la situe plus… Ah ! si, ça me revient ! Nous nous sommes croisés plusieurs fois dans les couloirs de l'hôpital. C'est une psy, non ?

— Oui. Elle anime une conférence sur la prise en charge des patients en hospitalisation prolongée et sur leur soutien psychologique

ainsi que sur celui des familles. J'aimerais que vous y assistiez, Jeanclin et vous.

— Écoutez, Bernard, je n'en vois pas réellement l'intérêt. Nous sommes des chirurgiens. Une fois opéré, le patient sort de mon champ relationnel. La suite ne me concerne pas.

— Si, elle vous concerne, Damien. Je vous l'ai déjà répété à plusieurs reprises : vos patients ne sont pas que des numéros à qui l'on file un coup de bistouri. Il y a l'humain avant, pendant et après. Ils sont inquiets, ils attendent de vous autre chose qu'une simple consultation rapide avant le bloc. Et leur famille a également besoin de vos conseils et de votre écoute.

— Je n'ai pas vraiment le temps, en ce moment…

— Vous allez le prendre ! C'est un ordre. J'en ai parlé à Jeanclin, et il va se rendre à cette conférence. Dois-je vous rappeler certaines de vos… erreurs de jugement vis-à-vis du personnel ? Je ne tiens pas à ce que cela recommence, et je ne tiens pas à ce que des familles viennent se plaindre à leur tour. Être un bon médecin, être un bon chirurgien, c'est aussi et surtout être quelqu'un d'humain ! Vous verrez, Flore Dumont est une personne formidable, vous ne pourrez qu'apprécier son discours.

Bernard avait raison. Je prends conscience aujourd'hui à quel point cette relation d'échange est primordiale. J'ai sans doute opéré bon nombre de patients qui auraient eu besoin de plus que d'une simple décision chirurgicale, qui attendaient surtout que je les rassure et leur explique plus clairement ce que j'allais faire. Ils avaient besoin d'une écoute, d'une oreille attentive, prête à entendre leurs doléances, leurs espoirs et leurs craintes. Je ne leur ai pas donné cette réponse. Pourtant, Flore Dumont avait parfaitement raison : le monde médical, et surtout le chirurgical, manque parfois d'empathie. Et je découvre que moi aussi, j'en ai besoin.

— Comment vous sentez-vous aujourd'hui ?

Ma tête balance de droite à gauche.

— Pouvez-vous parler ?

Je hoche surtout la tête et j'utilise un alphabet. Sinon, j'ai commencé à travailler avec l'ergothérapeute. Je trace des lettres sur du papier avec un crayon, encore très maladroitement, et de la main gauche. Si je bouge les doigts à droite, je n'ai pas encore assez de maîtrise pour serrer le stylo. Je peux également murmurer oui et non. C'est peu, n'est-ce pas ? Mais ça, la psychiatre va devoir le deviner. Elle est perplexe. Habituellement, c'est plutôt le patient qui s'exprime et le médecin qui l'écoute. Si je dois coucher sur papier tout ce qui me passe par la tête, ça va prendre des heures.

En même temps, je ne suis pas pressé.

— Y a-t-il des sujets que vous souhaiteriez aborder avec moi, monsieur Lenseigne ?

Oui.

— Parfait, voyons ce que nous pouvons faire. Est-ce que cela concerne votre présence ici ?

Oui.

— Pouvez-vous me montrer ce que vous êtes capable de faire depuis votre réveil ?

Je remue les orteils et les jambes. Je bouge la tête. J'agite les mains. Je gonfle les joues et j'expulse l'air en formant quelques lettres : le « A » comme si je soufflais sur des lunettes, le « B » et le « P » qui font le même bruit de bouchon qui saute. Le « S » qui traîne sur ma langue.

— Vos progrès sont étonnants ! Vous pouvez être fier de ce que vous avez réussi.

Ma main gauche papillonne le long de ma cuisse jusqu'à trouver le bloc-notes et le stylo qui y est attaché. Je serre péniblement le corps de plastique entre mes doigts gourds et commence à tracer. Un mot se forme maladroitement. Flore Dumont se penche pour lire ce que j'essaie de lui dire.

— Vos enfants vous manquent ?

Oui. Non. Elle fronce les sourcils.

— Je ne comprends pas le sens de votre réponse, monsieur Lenseigne.

Mes mâchoires se contractent. Comment lui faire comprendre que oui, ils me manquent, mais que tant qu'ils ne m'ont pas vu, ils ne peuvent pas être dégoûtés par mon aspect ? J'ai si peur de voir le rejet dans leurs yeux que j'en viens presque à me dire qu'il vaut mieux ne jamais les revoir. Je suis fatigué, vraiment. Lorsque Béatrice est à mes côtés, j'ai l'impression que ce n'est plus la même femme. On dirait que nous cherchons tous les deux à nous persuader qu'il ne s'est rien passé durant toutes ces années, que je l'ai simplement quittée la veille. Je suis terrifié à l'idée de ce qu'il peut nous arriver si jamais je reste définitivement cloué dans ce lit, si même je parviens à me tenir dans un fauteuil roulant. Je suis terrifié à l'idée de devenir un boulet pour elle.

Ma frustration est énorme. Je tente de tout noter sur le papier, ma main tremble, je déchire le papier, le stylo m'échappe. La psychiatre se penche pour le récupérer et me le tend, mais je refuse, je ferme les yeux et tourne la tête.

Je ne veux pas qu'elle me voie pleurer.

— Nous reparlerons de tout cela un peu plus tard, m'assure-t-elle en se relevant.

Elle se rend dans le local des infirmières et demande mon dossier. J'entends presque le bruit de la mine de son stylo courir sur le papier.

— Commencez par lui donner un comprimé au repas du soir, leur dit-elle. Puis un chaque matin. Et en cas d'agitation, quinze gouttes de…

Le nom se perd dans le brouillard. Pour m'éviter de penser, rien de tel qu'un peu de chimie, n'est-ce pas ?

15

J'ai demandé et finalement obtenu une potence afin de pouvoir me redresser, mais je n'ai pas encore assez de force pour y arriver. La plupart du temps, d'ailleurs, l'anneau est replié en hauteur au-dessus de la barre de fixation, ce qui la rend inatteignable. Serge a froncé les sourcils en la voyant, il n'a rien dit, mais je le soupçonne d'en avoir touché un mot aux infirmières. Il arbore un nouveau tee-shirt chaque fois qu'il vient s'occuper de moi, le dernier en date est à l'effigie des Rolling Stones et porte l'indication « Hyde Park Live – 2013 ». Ça fait du bien de se rendre compte que certaines choses sont immuables. Les Stones existaient déjà quand j'étais gamin !

Note pour moi-même : je pense que je pourrais replonger vingt ans dans le coma (mais grands dieux, non !) qu'il y aurait toujours un kiné avec un tee-shirt des Stones…

En lien avec Gabrielle, Carine, mon ergothérapeute, me fait travailler les doigts afin de récupérer ma préhension fine. À l'aide de papier et de mes crayons, je commence par des mots simples, ce qu'elle appelle des « mots-tiroirs » : oui, non, soif, faim, manger, selles, urine… Moi, j'aurais plutôt tendance à écrire « pipi » et « caca », comme les gamins, mais elle ne goûte pas mon humour. Les deux femmes m'encouragent à poursuivre mes efforts de dessin, sans m'arrêter à mon graphisme qui s'apparente encore à celui d'un enfant. Carine me rapporte des petits supports antiglisse pour me permettre de mieux tenir les stylos et les feutres. Je n'ai pas l'habitude d'utiliser ma main gauche, mais je dois m'y faire. Je tente de dessiner des cerveaux en coupe, face, profil, des trajets nerveux et circulatoires… en fait, de grosses patates irrégulières avec des serpentins de couleurs, mais c'est déjà mieux que rien. Des pans entiers de coupes anatomiques me reviennent en mémoire. La faiblesse de mes doigts droits et ma fatigabilité rapide m'inquiètent toujours autant, mais lorsque Béatrice constate mes efforts, elle m'encourage et me ramène tout un tas de calepins et d'autres crayons de couleurs. Je la soupçonne de recycler les vieux cahiers des enfants. D'ici à ce que je me mette à dessiner Blanche Neige ou faire des mandalas, il n'y a qu'un pas. Elle est persuadée que mon amélioration me conduira bientôt à sortir de réanimation pour occuper une chambre d'hospitalisation plus classique. Dans ma précipitation pour redevenir l'homme que je ne suis plus, je m'échine à en demander chaque jour davantage à mon corps meurtri. Parfois, les douleurs musculaires m'arrachent des grognements, je sens l'ankylose me gagner. Mais il y a toujours ce bon sang de foutu plat-bassin qui me perturbe. Ma prochaine étape, ma prochaine victoire. Les jambes ont plus de mal.

Pour le reste, j'arrive presque à manger seul et sans aide. J'aimerais bien occuper mes journées à lire ou à faire quelque chose, mais les infirmières et les aides-soignants de réanimation ont autre chose à faire que des parties de cartes ou de petits chevaux avec un de leurs malades, fut-il un brillant chirurgien.

La psychiatre m'encourage à me trouver des occupations pour donner un nouveau sens à mon existence. Elle cherche cependant à me mettre en garde sur un engouement trop violent, trop brutal : le fait de me remémorer des pans de ma formation, de mon métier, ne signifie pas automatiquement que je pourrai reprendre ce même métier en faisant abstraction du passé. Je voudrais lui prouver qu'elle a tort, que je suis capable d'être autre chose que cet homme au fond de son lit. Pour moi, pour Béatrice et pour mes enfants.

Aujourd'hui, Françoise est arrivée avec une nouvelle collègue aide-soignante. Ghislaine est en congé, c'est donc elle qui doit s'occuper de ma toilette. Encore une chose que je déteste. Je peux réussir à me laver le visage, la poitrine et les parties intimes – avec du mal –, mais je ne peux pas atteindre les jambes et les pieds, et bien entendu, le dos. J'entends prononcer son prénom, Sonia, par les filles de la réanimation. Son nom apposé sur le devant de sa tunique a une consonance italienne, et effectivement, elle est un peu typée, grande brune à la peau mate et aux yeux noirs. Mon regard s'attarde plus qu'il ne devrait sur sa poitrine. Ah ! le fantasme du personnel soignant nu sous la blouse ! Que ne l'ai-je entendu pendant des années d'études et de stage ! Une idée ridicule mais qui, comme toute légende urbaine, a fait son nid dans l'esprit des gens crédules pendant des années. J'aurais sans doute mon lot d'histoires un peu croustillantes à raconter. Peut-être le ferai-je si… *quand* je sortirai d'ici. Je dois cependant admettre que Sonia est plutôt agréable à regarder. Je devine sans peine une personne qui doit passer pas mal d'heures en salle de sport à maltraiter les machines pour éliminer la moindre once de graisse. Elle tire les rideaux, revient avec une cuvette remplie d'eau et me demande si je veux commencer par me laver le visage et la poitrine. J'accepte volontiers. Elle a un sourire, m'installe le plus confortablement possible, sa poitrine effleure la mienne lorsqu'elle se penche pour tirer sur l'oreiller.

Et quelque chose en moi se manifeste soudain.

Je sens un picotement en bas du ventre, dans un endroit bien précis. Je ferme les yeux et serre les fesses afin de me contrôler. Peine perdue. J'ignore s'il s'agit d'une simple réaction physiologique involontaire ou de mon esprit qui me joue un tour. Sonia me retire ma blouse fendue, me propose d'enfiler ensuite un haut de pyjama si j'en ai un, ce que j'ignore complètement. Lorsqu'elle écarte les draps pour me laver les jambes, elle dévoile à ma grande honte une érection que je ne peux absolument pas contrôler et fait mine de ne pas s'en apercevoir. Je ne suis ni le premier ni le dernier à qui ce genre d'incident arrive, mais je me sens mortifié au plus profond de mon âme. Je voudrais lui dire que je suis désolé, mais mon langage est encore pauvre. Je me contente de tenter de murmurer.

— Ne vous en faites pas, c'est naturel. Vous voulez que je vous abandonne quelques minutes le temps que tout ça soit calmé ?

Je n'ose pas la regarder.

— Oui… rcii…

Elle me sourit et disparaît derrière le rideau. Il ne manquerait plus que Jeanclin vienne me rendre visite et me trouve la queue dressée comme un mât de cocagne, il serait bien capable de me prendre en photo pour un exposé sur les réactions érotomaniaques des comas prolongés. Rien qu'à cette idée, toute excitation retombe à vitesse grand V. Dieu merci ! Je me lave du mieux que je peux, et lorsque Sonia revient, l'épisode honteux n'est presque plus qu'un souvenir.

Visiblement, il n'y a pas que les mains qui fonctionnent de nouveau.

La toilette terminée, j'ai la surprise de voir que Béatrice m'a laissé quelques pyjamas. Je ne les connais pas, j'en déduis qu'elle a dû les acheter lorsque j'ai ouvert les yeux. Ils me rappellent un peu ceux de mon grand-père, en flanelle à larges carreaux, un peu vieillots. La taille n'est pas non plus adaptée, mais je ne peux pas lui en vouloir, elle a dû se baser sur celle de mes chemises à l'époque où j'étais encore en forme. Désormais, je flotte dedans. Il ne me manque que les charentaises, et l'illusion est parfaite. Je l'aurais bien signalé à ma femme, mais elle n'a pas pu se libérer cette semaine. Elle a appelé le service pour me faire passer le message. Ses contraintes professionnelles l'ont obligée à se rendre quatre jours en Angleterre. Je suis déçu, contrarié, même, qu'elle fasse passer son travail avant moi. J'espérais qu'elle comprendrait à quel point j'ai besoin de sa présence alors que je suis cloué au lit.

Alors que ma journée s'achève, j'ai droit à la plus belle des surprises depuis très longtemps, celle qui vaut tous les antidépresseurs possibles. Le téléphone du service se met à sonner. Éva décroche et me l'apporte avec le sourire.

— C'est pour vous, docteur ! Votre femme !

Je coince le portable contre mon oreille non sans en avoir apprécié la modernité absolue et souffle un « allô » qui traîne un moment sur la dernière voyelle.

— Damien ? C'est Béa ! Écoute, je ne te retiens pas très longtemps, c'est juste pour te dire que je suis rentrée de Londres. Je vais pouvoir venir ce week-end… Bon, je ne devrais pas te le dire, mais j'ai cru comprendre que tu allais quitter la réanimation pour une chambre seule dans le service. Tu vas être mille fois mieux, là-bas !

Je mets un moment avant de prendre conscience de ce que ses propos sous-entendent. Quitter la réanimation. Ce qui veut dire…

— J'ai quelqu'un qui voudrait te parler. Attends, je te la passe…

Bruits de fond, téléphone qui change de mains, puis un souffle court, presque haletant, comme si mon correspondant venait de courir le marathon. Une toute petite voix, minuscule, chevrotante, presque un filet, me résonne à l'oreille.

— Allô… papa ? C'est Clotilde…

Mon cœur s'arrête de battre. Ma gorge se serre. J'étouffe. Un sanglot me déchire la poitrine, et ça fait tellement de bruit que l'infirmière se précipite, croyant que je suffoque. Elle me voit le visage défait, les larmes qui m'aveuglent. Je tente un mouvement de la main pour lui dire que tout va bien, qu'elle n'a pas à s'inquiéter.

— Maman a dit… on viendra… bientôt… On va te voir enfin…

Elle doit lâcher le téléphone, parce que je ne l'entends plus distinctement, juste les éclats de ses pleurs dans le lointain. Puis une voix d'homme reprend la communication. Cette fois, ça ne peut être que Paul.

— Ça va ? On va venir…

Je serre toujours le combiné pendant de longues minutes, sans arriver à prononcer une seule parole, et il faut qu'Éva vienne récupérer le téléphone pour que je comprenne enfin que je n'entends plus que le vide d'une communication coupée sur un excès d'émotion.

16

Bernard Chardonnet passe me voir dans la journée. Il me semble parfois qu'il est la seule attache qu'il me reste avec mon passé de médecin. De mes anciens condisciples d'internat, ceux qui formaient notre petit groupe de travail, combien savent que je suis cloué dans ce lit ? Bernard en a parlé à Aurélie, qui est passée en réanimation, et j'imagine qu'elle a dû tous les alerter. Je préférerais qu'ils ne viennent pas me voir dans cet état.

Bernard suit mes progrès de près, qu'il juge considérables en si peu de temps. Je le soupçonne d'y être pour quelque chose. Astreint à une séance biquotidienne d'exercices de diction par une Gabrielle aussi persévérante qu'intransigeante, je peux désormais participer à une conversation en usant de quelques mots simples. Je mange seul, je bois seul, je me lave une partie du corps seul – l'expérience traumatisante ne s'est pas renouvelée, fort heureusement –, et je tiens presque assis. *Presque*, parce que mes jambes ont encore du mal à fonctionner, et mon bras droit refuse encore de me soutenir.

Je lui trouve mauvaise mine, les traits un peu tirés, mais il adopte toujours ce ton protecteur envers moi. Dans les flashs qui me reviennent en mémoire, j'ai toujours de lui cette impression d'homme profondément bon, plus attaché à la clinique qu'à la batterie d'examens complémentaires, pour qui un patient est avant tout M. Dupont et Mme Dubois plutôt que le neurinome de la 12 et la hernie de la 8. Je me rappelle des visites où il n'hésitait pas à ponctuer ses questions d'un mot aimable, d'un encouragement. Je ne me souviens plus si je procédais de même, mais ce dont je suis sûr, c'est que Jeanclin ne doit pas être de cette école.

— Comment ça va, aujourd'hui, Damien ?

— Va… et vous… Bernard… petite… mine.

Un jour, je m'exprimerai presque normalement. Voilà, c'est décidé. Comme les enfants disent : quand je serai grand. Pour le moment, mon débit reste cruellement haché. Si j'étais un personnage de bandes dessinées, je serais Porky Pig.

Bernard balaye ma remarque d'un geste de la main.

— Les soucis habituels. Solange doit se faire opérer de la hanche après-demain, c'est Bourdieu qui s'en occupe. Vous vous souvenez de Bourdieu, n'est-ce pas ? Un grand échalas à lunettes, avec ses pantalons de bloc toujours trop courts ?

— Oui ! Jamais… tenue à… sa taille.

— C'est toujours le cas !

Une hanche, c'est une intervention courante, nous le savons tous les deux. Et puis, à moins que son état de santé ne se soit dégradé – ce qui est toujours possible, cela dit –, Solange doit encore avoir la forme pour subir la pose d'une prothèse.

Chardonnet se penche en arrière afin de s'assurer que personne ne le voit, me fait un clin d'œil et tire d'un petit sac un objet soigneusement emballé dans du papier d'aluminium. Ce n'est pas très en accord avec les conditions d'asepsie de la réanimation, mais dans le regard de mon ancien patron brille une lueur joviale, infantile, bravant l'interdit.

— Tenez ! fit-il. Elle vous l'avait promis ! Mais mangez-le avant que les infirmières le voient !

Il me pose le petit paquet à portée de main. Avant même de l'ouvrir, je sais ce qu'il contient. Une énorme bouffée de nostalgie m'envahit tandis que je sens l'odeur de la pâtisserie me monter aux narines. Le fameux gâteau aux pommes caramélisées de Solange Chardonnet. Je l'enfourne dans ma bouche, me retenant de l'avaler tout rond, savourant la suavité du fruit, la douceur du sucre, le moelleux de la génoise. Je me retrouve soudain étudiant dans l'appartement du septième arrondissement, dans l'immense salon aux moulures vieillottes, assis devant une pile de copies à l'heure de la pause gourmande. *Merci, Solange. Merci du fond du cœur.* Mon visage s'étire en un large sourire de contentement que je lance à Chardonnet. Tout à l'heure, l'aide-soignante découvrira quelques miettes sur les draps, froncera les sourcils mais ne dira rien.

Bernard tente de répondre à mon sourire mais reste soucieux. Je sens que quelque chose le mine. Chardonnet est celui qui m'a mis le pied à l'étrier, c'est mon maître. Après toutes ces années, je me rends compte de l'estime que j'ai encore pour lui, et c'est un sentiment profondément humain qui me rassure et me fait penser, compte tenu des souvenirs pas toujours folichons que me renvoie ma mémoire, que je ne suis peut-être pas totalement mauvais.

— Je crois que Solange débute une démence, souffle-t-il. J'ai demandé à un ami de l'examiner. J'ai peur qu'elle soit atteinte d'Alzheimer.

— Vous… trompez… peut-être…

Nous savons pertinemment lui et moi que, même si notre raisonnement peut être faussé par la proximité avec le patient, lorsque celui-ci nous touche personnellement, nous gardons le diagnostic sûr. Je voudrais le rassurer, comme il a dû rassurer Béatrice et comme il le fait pour moi tous les jours entre deux consultations. Je relève le bras pour lui serrer la main.

— Confiance…

Bernard s'ébroue et se redresse :

— Bon, ce n'est pas ce que je voulais vous dire en venant ici ! En dehors de ce gâteau, je vous apporte une excellente nouvelle. Vous quittez la réanimation. J'ai vu avec le service, votre état ne le justifie plus, vous ne pouvez pas recevoir du monde comme vous le désirez, et la poursuite de votre rééducation sera plus facile en secteur. Et puis, Jeanclin me tanne tous les jours pour récupérer votre place. J'ai veillé à ce que vous ayez un lit dans mon secteur privé afin d'être tranquille. Comme je vous l'ai dit, j'assure encore quelques consultations. Que voulez-vous, on ne peut pas se défaire de ce qu'on a fait durant toutes ces années !

Je proteste pour la forme. Comme beaucoup de spécialistes, Chardonnet possède quelques lits privés dans un établissement public. Ça n'a jamais choqué personne, visiblement. J'ai toujours connu cela, même en étant simple étudiant.

— Jeanclin ne m'emmerdera plus avec ça ! En plus, vous retrouverez du personnel qui vous connaît bien, vous avez travaillé avec eux… avant.

Les quelques regards froids que j'ai cru déceler chez certains soignants me reviennent en mémoire, et je grimace. Pas sûr que je sois pressé à l'idée d'en comprendre la raison.

— Jeanclin… pas vous…

Chardonnet réfléchit un instant à ce que je veux dire.

— Vous voulez dire qu'il ne décide pas pour moi ? Bien sûr ! Mais vous le connaissez aussi bien que moi, il a toujours eu ce mal de reconnaissance depuis qu'il est étudiant. Lorsque vous êtes arrivés tous les deux dans mon service, il a pris votre présence comme un motif de compétition. Soit dit en passant, compétition bien illusoire : vous avez toujours été bien meilleur que lui.

Cette remarque flatteuse devrait me remonter le moral, elle me le mine, au contraire. C'est dans des moments pareils que l'on peut mesurer l'immense gâchis d'une vie brisée. Chardonnet se lève, me pose sa main sur l'épaule.

— Je vais préparer tous les papiers pour vous faire sortir de là rapidement, Damien ! À vous l'espace et le grand air ! Béatrice n'aura plus aucune excuse pour venir sans les enfants !

Mon changement de chambre s'effectue presque dans la précipitation. Je ne vais pas dire que je quitte la réanimation avec regret mais, au fil des jours, je me suis habitué à un certain nombre de rituels qui finissent par être rassurants. Je me rappelle que le « train-train » m'horripilait, je voulais toujours que les choses bougent, que les projets soient achevés avant même d'être entamés. Je mets ce changement sur le compte de mon coma. Éva, la petite infirmière brune, vient me serrer la main avec une larme d'émotion et m'assure qu'elle passera me voir avec Françoise. Après tout, le secteur hospitalier est juste à côté de la réanimation, ce n'est pas comme si je changeais d'hôpital, et puis, elle n'est pas prête à abandonner l'homme qui a fait entrer le service dans le Guinness. Je cache assez mal mon émotion. Ça aussi, ça a changé.

Note pour plus tard : je promets de tomber sur le poil du premier qui osera critiquer une infirmière ou un aide-soignant du service.

Deux brancardiers débarquent en poussant leur brancard d'un air décidé. Pour des raisons pratiques, les lits de réanimation ne quittent jamais la salle. Ils sont désinfectés soigneusement après le passage d'un malade avant leur réutilisation. Celui que j'abandonne a eu le temps de s'habituer à ma présence, il y a comme une empreinte indélébile. Le premier brancardier ajuste l'alèse, installe son chariot à côté de moi en remontant la hauteur de la couche pour éviter de trop se baisser. Par réflexe, j'attrape la potence.

— Laissez-vous faire, monsieur ! m'enjoint-il. Lâchez la potence, elle ne vous servira à rien ! Mettez vos deux mains sur la poitrine, croisez vos bras et ne bougez pas ! On y va à trois !

Je décolle littéralement des draps pour me retrouver propulsé sur le revêtement dur et froid. Un des deux types rabat l'alèse sur mes pieds et débloque la roue du brancard. Absurde moment d'émotion en comprenant que je quitte définitivement l'endroit qui m'a servi de cadre de vie durant toutes ces longues années. L'aide-soignante a déjà emporté mes maigres affaires dans ma nouvelle chambre. Je me retrouve dans le couloir, la porte se referme sur douze ans, quatre semaines, deux jours et dix heures d'existence. Dans le couloir, quelqu'un m'interpelle :

— Eh, toubib ! J'suis rev'nu ! On pourra rediscuter, hein ?

Je reconnais sans peine mon voisin de lit, Robert. Il est toujours là ! Il a pu quitter le service de gastro-entérologie pour regagner la neurochirurgie. Il a décidément la peau dure !

J'envie sa position, debout dans le couloir avec une canne tripode, un kinésithérapeute le faisant marcher quelques pas. Je lui adresse un petit signe de la main.

— Il était avec moi en réanimation, explique Robert à son kiné. Vous saviez qu'il a passé douze ans dans le cosmos et qu'il est médecin ? C'est à peine croyable ! Dire qu'il y en a qui se plaignent… Vous le connaissez ?

Chose étrange : Robert est persuadé que je suis le plus à plaindre. Cette assertion éveille en moi des sentiments contradictoires, et j'ai soudain honte de m'être lamenté. Il y a toujours plus grave que soi.

La chambre m'évoque de nouveaux souvenirs. Je reconnais cette espèce de papier immonde, à grain, recouvert de cette peinture vert très pâle ; les néons diffusant une lumière crue ; le revêtement de sol gris perle ; les prises murales pour l'oxygène ; et le vide. Mobilier fonctionnel, tablette, table de nuit, fauteuil bordeaux. La porte sur le côté menant au coin toilette et salle de bains que je ne suis pas encore près d'utiliser. La fenêtre verrouillée – nous sommes au quatrième étage – distille une lumière un peu triste par le store coulissant beige. Il ne fait pas réellement beau. Le chauffage est moindre que dans la réanimation, du moins j'ai cette sensation, mais peut-être provient-elle du fait que la chambre est assez grande et vide. J'ai droit à un poste de télévision fixé au mur en face du lit, et la télécommande est à portée de main. Je note que l'écran est extra-plat, si plat qu'on a l'impression qu'il va se briser en deux au moindre choc.

Les brancardiers m'installent sur le lit en effectuant la manœuvre inverse. Pour un peu, je volerais presque. Je m'étais plusieurs fois posé la question lorsque je les voyais amener un patient au bloc, je sais désormais quelle sensation on éprouve lorsqu'on vous balade d'un brancard à un lit.

— Bonne journée, monsieur, fait le premier en cédant la place aux infirmières.

Je réponds par un vague « merci », mais ils sont déjà partis. Les infirmières passent vérifier que tout est en ordre. L'une d'entre elles fixe une nouvelle pancarte au pied du lit afin d'y reporter les constantes tandis que sa collègue s'empare de mon bras pour passer le brassard de tension. L'appareil gonfle en émettant une série de vibrations.

— Cent dix, soixante, « pulses » soixante-dix, fait-elle à celle qui est restée au pied du lit.

Le stylo glisse sur le papier. Elle récupère le dossier posé sur mes draps, déroule le câble de la sonnette pour me la poser contre la main droite.

— Gauche… vous… plaît…

Avec un soupir, elle déplace la sonnette. Je la remercie.

— Boire… vous… plaît…

— Les aides-soignantes vont vous apporter une carafe d'eau, répond sèchement l'infirmière au stylo.

Elles vérifient rapidement que tout est parfait et sortent sans se retourner. Pourquoi ai-je toujours l'impression que certaines filles du service m'en veulent ? C'est difficile à expliquer, je ne peux pas croire qu'il y a quelque chose qui traîne encore après ces douze ans et qui ne me revient pas en mémoire. On dirait qu'elles cherchent à m'éviter, et, lorsqu'elles sont obligées de travailler avec moi, elles le font avec un manque d'enthousiasme qui contraste avec celui de Françoise, Éva ou encore Ghislaine. Plusieurs fois, j'hésite à prendre mon cahier pour poser la question. Je ne sais pas comment la formuler. Pourquoi certaines filles me font-elles la tête ?

Les gants en latex claquent lorsque je les retire. Ils rejoignent le masque, et je balance le tout dans la poubelle au pied du lit sans prendre le temps de l'ouvrir totalement. Je suis content, l'intervention s'est bien passée, la cicatrice est belle et non infectée. Je rabats sommairement le pansement que j'ai ouvert pour observer l'incision, et je passe à la salle de bains pour me laver les mains.

— À dix centimètres près, c'était parfait ! me lance l'infirmière.

— C'est à moi que vous parlez ?

— À qui d'autre ?

Son ton m'agace aussitôt. J'ai quitté le bloc pour venir contrôler les résultats de mon opération et je n'aime pas qu'on vienne me casser les pieds pour rien.

— C'est quoi, votre problème ?

— Mon problème, c'est plutôt le vôtre, docteur Lenseigne ! Si vous ouvriez la poubelle, vos gants ne se retrouveraient pas sur le sol.

— Vous n'avez rien d'autre à faire que d'emmerder les gens ? J'opère, moi, je ne fais pas le ménage. Laissez ça aux agents de service, ils sont payés pour ça. Et si ça vous dérange tant, vous n'avez qu'à vous baisser, vous n'en mourrez pas !

— Je ne suis pas votre femme de ménage ! rétorque-t-elle, furieuse. Et vous auriez pu me dire que vous passiez, je viens de refaire entièrement le pansement du patient et je vais être obligée de tout recommencer !

— C'est bon, ce n'est qu'un pansement, ça ne vous prendra pas la journée pour le refaire, si ?

Je me tourne vers le patient qui a suivi notre échange, ahuri.

— Punaise, je ne sais pas ce qu'elles ont, en ce moment ! Elles ont les hormones qui les travaillent ou quoi ? Tout ça pour une malheureuse paire de gants et un foutu bout de compresse !

— Ça ne se passera pas comme ça ! me lance l'infirmière en quittant la chambre.

— C'est ça, allez vous plaindre à votre surveillante…

Une nouvelle fois, un flash, une bribe de souvenir pas très reluisant qui me laisse de moins en moins d'interrogations sur mon comportement.

Note pour moi-même : deux nouveaux objectifs à atteindre. 1 : réussir à parler autrement qu'à la manière d'un robot rouillé. 2 : découvrir jusqu'où j'ai pu aller avec le personnel… et réussir à m'excuser en prouvant que j'ai changé.

Je me retrouve seul dans le silence. Mes doigts effleurent la télécommande, s'arrêtent, hésitent. Téléphone portable, téléviseur. Dans un monde aussi clos que cet hôpital, j'ai déjà subi deux chocs visuels qui me donnent l'impression d'être un dinosaure débarquant du crétacé. Si j'allume ce poste, que vais-je découvrir ? Douze années de culture de retard. Je réfléchis afin de mettre mes idées en place. Voyons, qui est… qui *était* le président de la République en 2008 ? Nicolas Sarkozy avait succédé à Jacques Chirac après deux mandats de ce dernier. Aux États-Unis, c'était George Bush. Douze années… Je me demande soudain ce qu'ils sont devenus. Pour la première fois, j'ai peur de ce que je vais découvrir.

On frappe à la porte, je tourne la tête vers la sortie, oublie la télécommande.

— Oui ! lancé-je d'une voix que je m'efforce de rendre ferme.

Béatrice apparaît, les traits tirés, l'anxiété se lit sur son visage. Elle n'est pas seule, c'est ce qu'elle m'a promis. Mon Dieu ! Douze ans ! Je vais enfin retrouver mes enfants et je ne les connais même pas !

17

Après une rapide inspection de la chambre, mon épouse s'approche du lit, un sourire crispé sur les lèvres. Elle s'arrête devant moi et m'observe un instant. Depuis sa dernière visite, elle doit me trouver changé. J'ai sans doute meilleure mine, j'ai recommencé à manger plus régulièrement, Chardonnet m'a prescrit un régime hypercalorique, comme s'il voulait faire de moi un futur Mister Univers. L'orifice de trachéotomie est en bonne voie de fermeture, un simple petit pansement protège la cicatrice, et je n'ai plus aucune perfusion branchée à mes veines. D'un geste rapide, elle bascule en avant, me prend dans ses bras, effleure mes lèvres des siennes et se redresse avant que j'aie pu avoir le plaisir de prolonger notre contact. J'ai le sentiment d'avoir embrassé une pierre. Je me morigène intérieurement. C'est idiot. Nous sommes aussi stressés l'un que l'autre.

Il y a douze ans, on s'aimait éperdument. Nous avions réussi à surmonter de multiples épreuves ensemble, elle avait confiance en moi, et moi en elle.

Mais c'était il y a douze ans… Un amour peut-il se dissoudre avec le temps ? Les sentiments peuvent-ils se déliter comme meurent les neurones, sans jamais pouvoir ressusciter ? De notre union ne demeure peut-être qu'un vague pastel que le temps a fait pâlir. La vérité est que je ne sais pas comment l'aborder. Il y a forcément quelque chose d'altéré entre nous, nous devons apprendre à composer avec ce qu'il m'est arrivé, c'est impossible de tout effacer… En serons-nous capables ?

— Te voilà enfin sorti de réanimation ! Lorsque je t'ai parlé au téléphone, je t'avais dit que Bernard m'avait prévenue du jour, mais qu'il ne voulait pas que je t'en parle, il préférait te réserver la surprise. Comme je devais prévoir notre venue, il a été plutôt gentil de me le dire à l'avance. En tout cas, cette chambre est nettement mieux, tu vas te sentir bien, ici. Ce sera moins bruyant qu'en réa.

Elle s'interrompt, jette un œil sur le petit cadre posé sur la table de chevet et sur les dessins enfantins que j'ai gardés. J'ai veillé à ce qu'ils soient du voyage, et ils sont désormais collés sur le mur à mes côtés.

— Sont… peu… avec… moi… tous… jours. Avec… toi.

Je fixe la porte de la chambre entrouverte. Je devine la présence de mes deux enfants dehors, qui attendent. Leur mère a dû leur dire de patienter un instant, le temps de se rassurer sur mon état. Béatrice devine ce que je ressens et, d'un geste qu'elle ne maîtrise pas, elle pose ses deux mains sur mon bras et le serre.

— Écoute, avant toute chose… je ne sais pas ce que tu as pu imaginer depuis ton réveil. J'avais toujours eu l'intention de t'amener un jour les enfants. Pendant les premières années, lorsqu'ils étaient vraiment trop petits et que tu étais dans le coma, sans que l'on sache si tu t'en sortirais, j'ai pensé que ce n'était pas possible qu'ils te voient dans cet état. Je leur ai montré des films que nous avions faits ensemble pour qu'ils connaissent ta voix, ta silhouette. Mais je ne pouvais pas leur montrer dans quel état tu étais. J'ai fait ça pour leur bien, Dam', je ne voudrais pas que tu croies une seconde que j'ai été une mauvaise mère. J'ai fait ce qui me semblait le plus juste et le moins traumatisant pour eux. Je suis sûre que tu aurais fait la même chose ! D'ailleurs, tu as vu leurs dessins. Ils ne t'ont jamais oublié.

— Peu… vieux… dessins.

— Avec l'âge, les enfants ne dessinent plus !

— Pas… photo… Béa… pas… une seule.

— Tu ne les as jamais vus auparavant, réfléchis, Dam' ! Qu'as-tu pensé en les voyant sur celles que je t'ai passées ? Et je ne voulais pas que mes enfants soient exposés devant tout le monde, c'est du domaine du privé !

Elle a dit « mes enfants ». Ça me blesse. Elle se rend compte de sa maladresse, mais il est trop tard. Elle a raison, pourtant ! Quel spectacle aurais-je offert, allongé les yeux clos, un tuyau me sortant de la gorge et un autre de l'estomac, totalement inerte, le teint blafard ? Sans ces machines, je serais mort. En fait, ils m'auraient vu mort.

Ils ne devaient pas me voir ainsi.

La psychiatre, Flore Dumont, m'a mis en garde contre mes réactions lorsque je rencontrerais mes enfants :

— Vous ne devez pas les idéaliser pour ensuite regretter qu'ils ne soient pas ce que vous aimeriez qu'ils soient.

— Je… connais… même pas !

— Damien, ils ont eu leur propre existence avec leur mère durant douze ans. Ils ont une personnalité qui leur est propre, vous ne pouvez pas remettre ça en question.

— Alors… je fais… qqquoi ?

— À vous de trouver votre place dans cette nouvelle équation, pas seulement en tant que simple existence subjective, mais bien en tant que personne réelle.

Je hoche la tête de bas en haut.

— C'est… que… je suis, nnnon ?

Béatrice se lève du bord du lit, va jusqu'au couloir et ouvre la porte en grand. Une tête apparaît. Une jeune fille, l'œil interrogateur, mais surtout baigné de larmes. Elle est suivie d'un garçon qui me paraît immense, gauche, visiblement mal à l'aise.

— Paul, Clotilde, dites bonjour à votre papa…

— Damien ?

La voix de Béatrice est tendue au téléphone. Je suis en pleine consultation ; d'habitude, elle ne m'appelle pas au travail. Et le type en face de moi n'a pas l'air de comprendre de quoi il souffre.

— Béatrice ? Excuse-moi, je suis en pleine…

— Il faudrait que tu rentres.

— Maintenant ? Écoute, j'ai une journée chargée, les opérations ne se feront pas toutes seules.

— S'il te plaît.

— Ça ne peut pas attendre ?

— Tout de suite ! Je t'en prie !

Elle raccroche avant de m'en dire plus. Ça m'inquiète, il y a de l'urgence dans sa voix. Ma femme a toujours eu la tête sur les épaules, il lui en faut beaucoup pour s'affoler. Puis je prends conscience de ce que son appel peut signifier. Accaparé par le travail, je la néglige pas mal ces derniers temps, alors que c'est précisément en ce moment qu'elle a le plus besoin de moi. Il y a d'autres choses que je n'ai pas abordées avec elle, j'ai parfois l'impression que notre couple prend un peu l'eau… J'appelle la secrétaire et lui demande de reporter mes rendez-vous.

— Et moi ? demande le patient encore assis devant moi.

— Vous ? Je vous laisse le choix : soit je vous opère dans les jours à venir, soit vous êtes mort !

Son visage vire au gris devant la brutalité de ma réponse, mais je n'en ai cure. Je prends ma voiture et rentre au plus vite à la maison. Béatrice m'attend dans le salon ; je n'avais pas remarqué qu'elle avait si mauvaise mine. Elle a subi deux fausses couches, et le traitement pour la stérilité la rend malade comme un chien. Elle a dû vomir l'équivalent de son poids depuis le début des médicaments. Elle a à peine la force de tendre le bras pour m'indiquer une pochette posée sur la table. Elle rentre du service de radiologie. Mon cœur se serre car je sais ce que contient cette pochette, même si j'ignore le résultat. Il y a cependant une lueur que je n'ai pas vue depuis bien longtemps dans ses yeux, et je n'ose y croire. Je manque de déchirer la pochette pour sortir l'échographie. Les lettres s'emmêlent, les mots s'entrechoquent, j'arrive à peine à saisir la conclusion : grossesse bichoriale biamniotique d'évolutivité satisfaisante…

Des jumeaux. Béatrice attend des faux jumeaux.

— S'il y a un garçon, ce sera Paul, murmure-t-elle.

— Et une fille, Clotilde, je fais en écho.

Pourquoi ai-je soudain l'impression d'être un soldat qui revient de la guerre à l'autre bout du monde ? J'ai beau lutter, je craque. Ma vue se brouille. Je regarde à travers un rideau humide ces deux jeunes que je découvre pour la première fois. Le garçon (Paul, bordel, il s'appelle Paul !) est le portrait de sa mère, tandis que Clotilde est ma version exacte en féminin. Lui a les cheveux en bataille, un peu gras, un début d'acné qui lui tatoue le front. Il est vêtu d'un survêtement et d'un bas de jogging informe. Elle a enfilé une veste en jean, un pantalon qui la moule trop à mon goût – instinct paternel réprobateur qui naît soudain en moi ? –, elle est un peu maquillée et porte des chaussures de sport dont je reconnais la forme. Des Stan Smith ! Bon sang, je mettais ça quand j'étais étudiant ! Ils sortent encore ce modèle ?

Nous nous regardons en chiens de faïence, comme les inconnus que nous sommes les uns pour les autres. Ma bouche s'ouvre, j'articule un :

— Bonjour… les… enfants ! Ça… vv… vva ?

Avant que le trop-plein d'émotions ne me submerge. J'éclate en sanglots bruyants et incontrôlables. Leur ombre traverse la pièce et s'arrête à deux pas, incapable de décider ce qu'ils doivent faire. Alors oui, Béatrice a dit « c'est votre père », mais ils se retrouvent en face d'un être de chair, une réalité désormais tangible et non une chimère. Je tends les bras à l'aveuglette. Clotilde se jette sur moi, manque de m'étrangler. Elle pleure à l'unisson en braillant des « papa ! » d'une voix chevrotante. Puis, Paul finit par se décider, s'approche à son tour et s'assied sur le lit pour que je puisse le prendre dans mes bras. Il se raidit imperceptiblement, je ressens son malaise presque physiquement. Comment se comporte un pré-ado ? Comme je me comportais à son âge ? J'avais l'impression d'être déjà un homme, il ne fallait surtout pas que je laisse passer la moindre faiblesse. Je sais aux tremblements de son corps qu'il étouffe ses pleurs parce qu'il ne veut pas que je le découvre comme ça, mais mes propres larmes m'aveuglent. Puis, Béatrice nous rejoint, et pendant quelques minutes au goût d'éternité, nous restons soudés, nous sommes à nouveau une famille.

Clotilde, Paul, je voudrais tellement vous dire… Par où commencer ? J'ai tellement de choses à rattraper ! On ne saurait se contenter d'un simple : « Alors, et les études, tu es en quelle classe ? » Je m'entends lâcher un « vous m'avez manqué ! » qui sonne faux à mes oreilles. Je n'ai aucun mot pour exprimer ce que je ressens. Le temps est suspendu entre nous. Je voudrais qu'il ne bouge plus, que toutes les horloges du monde cessent d'avancer pour me laisser profiter de cet instant. « *Sed fugit interea, fugit irreparabile tempus…* », disait Virgile. Il fuit sans nous laisser la moindre chance de le rattraper.

Béatrice se détache, puis c'est au tour de Paul. Clotilde reste encore accrochée à mon cou comme une noyée à sa bouée. Elle finit par s'asseoir en me tenant la main.

— C'est drôle ! lâche-t-elle entre deux reniflements. Je ne pensais pas que ça se passerait comme ça !

— Et… pensais… quoi ?

— Je ne sais pas. Pendant des années, maman nous a parlé de toi. D'abord en nous disant que tu étais à l'hôpital, puis, quand nous avons été plus grands, de ce qui t'était arrivé. Que tu étais inconscient et que tu ne pouvais pas nous entendre ni nous voir. J'ai lu des tas de trucs sur le coma, j'ai voulu comprendre, j'ai appris que quelqu'un dans cet état pouvait ressentir des émotions, mais…

— Clotilde ! lance sa mère.

— J'y crois pas ! Je réalise pas encore que tu es là, que tu existes vraiment ! C'est dingue !

« Dingue ». Voilà une expression à laquelle je ne m'attendais pas. Ma vie suspendue se résume à une expression : c'est dingue. Mon train de retard semble prendre des wagons supplémentaires chaque jour qui passe. Les heures défilent, le soir tombe, je suis soûl de mots, et pourtant, j'ai l'impression de ne rien avoir entendu ou compris de ce qu'ils me disaient, surtout ma fille. Certains de leurs propos pourraient paraître banals, mais pas pour moi : chaque mot compte, chaque intonation, chaque hésitation dans le ton. Nous passons du temps qu'il fait à leurs devoirs scolaires, des copains-copines à la maison, de leurs passe-temps à ce qui les ennuie. Mon esprit est en surcharge, incapable d'en absorber davantage, pourtant, je continue à les écouter. Jamais je ne m'en laisserai.

À l'heure de la séparation, nouveau déchirement, nouvelle raison de me battre, pour eux, cette fois. Pour pouvoir les retrouver. Clotilde sort de son petit sac à dos un carnet qu'elle me tend. C'est le genre de produit que l'on vendait à mon époque dans les papeteries – je suppose que ça doit toujours être le cas. L'étiquette du prix a d'ailleurs été arrachée à la va-vite, la trace collante n'a pas complètement disparu.

— Je n'ai pas eu le temps de faire ça très bien, mais j'espère que ça te fera plaisir.

Elle tourne la tête vers sa mère, qui acquiesce.

— C'est juste un album photo de nous trois. Pour que tu puisses nous avoir avec toi. Comme ça, tu nous connaîtras un peu mieux la prochaine fois.

— Merci… Je regarde…

— On te promet de revenir bientôt !

Elle m'embrasse en m'étreignant. Paul hésite presque, me serre la main avant de comprendre ce qu'il se passe, et m'embrasse gauchement sur la joue.

— À bientôt, papa.

Un dernier baiser de Béatrice, et je me retrouve seul, en proie à des sentiments mitigés. Je ne suis pas triste, mon cœur déborde de plaisir, prêt à éclater. Ce moment valait bien la peine que je sorte du coma. Mais lorsque je mesure le chemin qu'il me faut parcourir pour intégrer leur vie, j'ai la vague impression que je n'arriverai jamais à trouver ma place.

18

Ma famille n'a pas encore atteint l'extrémité du couloir que je me jette sur l'album de Clotilde. Ne sachant pas quoi me dire, comment exprimer ce qu'elle ressent, elle a compilé des photographies, d'elle pour la plupart, même si je reconnais également Paul et Béatrice dans un instantané de ses 12 ans. Des photos de bébé, puis de petite fille, jusqu'à l'adolescente qu'elle est devenue. Elle a ponctué chaque cliché d'une phrase maladroite, parce que je sens qu'elle a été un peu prise de court pour avoir pleinement le temps de réfléchir. J'ai droit à des commentaires classiques comme « vacances à La Réunion », qui me permet non sans un pincement au cœur de comprendre que finalement Béa a tenté d'avoir une vie normale, mais aussi quelques images amusantes, lorsqu'elle fait la grimace en montrant son appareil dentaire avec le message « ça y est, je ressemble à Jaws dans *James Bond* ! ». Elle a réussi à m'en mettre une vingtaine, que je regarde sans relâche, tournant et retournant les pages dans un sens puis dans l'autre. Un sourire étire mes lèvres et vient sécher mes larmes. Clotilde est incroyablement futée et organisée, elle a réussi à résumer les douze années qui nous séparent par une série d'éléments essentiels. Rien ne manque, en ce qui la concerne. Je regarde les années et les destinations qu'elle indique sur les différentes pages :

La Réunion, les Antilles, Cuba, Afrique du Sud… Une bouffée de fiel me brûle la gorge : visiblement, ils ne se sont pas inquiétés de mon état de santé ! Bouffée qui laisse place rapidement à la raison : cloué dans un lit depuis toutes ces années, avec autant de communication qu'une plante verte, qu'espérais-je en retour ? Je n'étais même pas conscient. Puis-je vraiment en vouloir à Béatrice de ne pas avoir passé ses jours à mon chevet, suspendant sa vie ? Sur les clichés, Clotilde est resplendissante, heureuse. Je lui dois cela. Je ne dois pas perdre cela de vue : elle a élevé seule nos jumeaux et leur a donné une vie saine. Je lui en serai éternellement redevable.

Puis, une nouvelle voix cherche à s'infiltrer. Elle a l'accent de la jalousie. Qui a pris toutes ces photographies lorsqu'ils sont tous les trois ? Béatrice est-elle partie seulement avec les enfants ? Un visage cherche à se dessiner, j'en perçois les contours, vagues, mais je sais de qui il s'agit. Lecouvreux, bien sûr, Marc le playboy. (Tiens, est-ce qu'on utilise encore ce terme, de nos jours ?)

Serrant le livre de Clotilde contre ma poitrine, je m'efforce de penser à autre chose. La télécommande m'attire toujours. C'est l'heure du grand bond vers l'inconnu. Je zappe d'une chaîne à l'autre, finis par m'arrêter sur l'une d'entre elles. Le journal de 20 heures est indiqué en gros sur l'écran. Je monte un peu le son.

J'ai d'abord la vision de deux hommes l'un à côté de l'autre, le premier fait indiscutablement américain, le cheveu blond filasse et la moue dédaigneuse. À ses côtés, le second a des allures de gamin fraîchement sorti d'une école supérieure. « En marge du sommet, le président français Emmanuel Macron et son homologue américain Donald Trump se sont longuement entretenus sur la situation en Irak et surtout en Syrie après la décision du retrait des troupes américaines… » J'observe attentivement les deux visages aux sourires de façade destinés à la presse. L'Américain a un nom qui ne m'est pas inconnu, je crois en avoir entendu parler, mais je le pensais dans les affaires. Ou à la télévision. Venant d'un pays qui a élu un acteur, plus rien ne me surprend. Le Français, par contre, ne m'évoque rien, à part un interne de chirurgie que j'ai eu sous ma responsabilité pendant un peu plus d'un an. Bon sang ! Quel âge peut-il avoir ? Et la guerre en Irak ? Elle n'est donc pas finie ? Les noms des anciens chefs d'État me reviennent en mémoire. Que sont-ils devenus ? J'appuie sur la sonnette, il me faut des réponses. Une aide-soignante apparaît quelques instants plus tard.

— Oui, bonsoir ! Vous avez besoin de quelque chose ?

Je lui montre la télévision, les deux politiques, je tente de lui poser une salve de questions. Dans le galimatias de mots, elle ne comprend qu'à demi ce que je veux lui dire. Elle fronce les sourcils :

— Écoutez, je n'ai pas vraiment le temps de discuter politique à cette heure-ci, docteur Lenseigne !

— Vous… plaît ! la supplié-je.

Elle soupire mais consent à répondre à quelques-unes de mes demandes. Elle me parle trop rapidement, enchaîne des faits, au hasard de ses pensées, je saisis des noms parfaitement inconnus, d'autres que je n'imaginais pas, elle s'embrouille devant mon insistance, mélange les dates, ne sait plus, hésite.

— Il y a tellement de choses, je ne suis pas sûre d'être la bonne personne pour répondre à vos questions.

Je la remercie. La tâche qui m'attend m'effraie. Bouger un bras ou une jambe me semble soudain une bien petite chose lorsque je mesure l'étendue de la culture générale qu'il me faudra réacquérir. C'est un puits sans fin. Je poursuis mon réapprentissage avec le journal télévisé. Tiens, les régions de France ont changé, elles aussi ? On parle de politiques, de personnalités, d'événements culturels qui me paraissent totalement abscons. Le journal se clôt et est remplacé par une page de publicité. Nouvelles voitures. Nouveaux téléphones. Nouveaux objets connectés. Je passe d'une chaîne à l'autre afin de me soûler d'annonces, moi qui détestais cela par le passé. J'ai droit à une information sur le film du soir, inédit à la télévision car sorti il y a un an. Désolé, mais il y a un moment que je n'ai pas mis les pieds dans une salle. Je me demande, parmi les acteurs et les actrices que j'aimais, ceux qui sont morts et ceux qui sont encore en vie. *Tempus fugit*... J'éteins le poste et me replonge dans les photographies de ma fille. Je dois trouver un moyen d'organiser mon cerveau, chaque chose en son temps, comme disait mon père. Tant qu'à faire, je pourrais demander à Béatrice de m'acheter le dernier exemplaire de l'*Encyclopaedia Universalis* pour me tenir au courant. Je m'amuserais mieux avec l'Almanach Vermot, mais je n'apprendrais guère de choses sur l'évolution du monde.

Un ordinateur. Il me faut mon ordinateur portable, mon Powerbook avec une connexion Internet. J'imagine qu'ils doivent pouvoir me fournir ça dans le service. À condition que Béa ne l'ait pas revendu...

19

Après quelques instants d'hésitation, je reconnais avec joie la surveillante du service lorsqu'elle pénètre dans ma chambre, sourire aux lèvres. C'est une femme aux cheveux bruns qui commencent à grisonner, assez forte, pas très grande. Je me souviens d'elle comme étant une femme à poigne, avec qui j'ai eu par le passé quelques prises de bec au sujet d'hospitalisations. Elle aime profondément son métier et elle a à cœur de faire le maximum, autant pour les malades que pour le personnel dont elle a la charge.

— Alors, docteur Lenseigne ! Il suffit que je m'absente quelques jours pour que vous vous mettiez à faire des vôtres ! Ce n'est pas très sérieux, tout ça !

Elle s'approche et me serre la main.

— Trêve de plaisanterie, je suis ravie de vous revoir parmi nous.

— Moi… aussi… madame… Desnoyers…

— Ne me dites pas que vous aviez oublié mon nom, je serais vexée !

— Non… j'ai… peu… de mal… articuler.

— Bon sang ! Après douze ans, comment voulez-vous qu'il en soit autrement ? En même temps, ça nous aura fait des vacances !

La voilà qui éclate de rire. J'ai quand même l'impression qu'elle est émue, comme je le suis, plus souvent depuis mon réveil. Mon coma a-t-il changé mes ressentis, mon empathie ? C'est une question à creuser. Elle m'assure qu'elle va me pousser à travailler avec l'orthophoniste sans relâche, qu'elle se montrera sans pitié et qu'il ne faut pas que j'espère passer le reste de ma vie dans un lit à me faire dorloter et torcher par les aides-soignantes. Le terme me heurte sur le moment, mais je comprends qu'elle le fait exprès. Elle veut éveiller la fierté qui dort en moi et qui, elle, ne semble pas encore totalement sortie du coma. Ce qui veut dire aussi que, pour le moment, elle ne me reconnaît pas encore tout à fait.

— Vous allez voir passer quelques personnes qui bossaient avec vous il y a douze ans. On a eu une réunion hier, lorsque le professeur Chardonnet nous a signifié qu'il vous récupérait. Ça a été un choc pour certains ! Pensez donc ! En plus, on vous récupère docile comme un agneau, ça change ! Ah ! ça, ce n'est plus vous qui passez les visites, désormais ! Il va falloir nous écouter ! Tiens, j'ai appris qu'à peine arrivé, vous m'en avez déjà accaparé une avec la télé !

— Juste… comprendre… la télé… politique… nouveaux objets…

— Je vais vous faire apporter les journaux et les magazines, ça devrait vous aider un peu.

— Madame… Desnoyers…

— Vous m'appeliez par mon prénom, à l'époque, docteur Lenseigne. Vous avez dû l'oublier…

— Dites… j'ai toujours… travaillé… avec vous… n'est-ce pas ?

— Dès que vous êtes arrivé ici, bien sûr ! De vrais inséparables !

— J'étais… comment ? Comme… chef ?

Desnoyers se tait et m'observe, la tête inclinée. Elle se demande si je la teste ou si, au contraire, je suis sérieux. Lorsqu'elle se met à parler, elle choisit ses mots :

— Écoutez, docteur, je ne sais pas si le moment est véritablement bien choisi pour parler de ça. Vous devriez vous reposer, pour le moment. Ce n'est pas à vous que je vais expliquer qu'après de très gros problèmes de santé, d'autant plus avec un coma prolongé, il faut savoir se ménager.

— Mais… vraiment… besoin de… savoir…

— Oh ! J'imagine qu'on peut dire que vous étiez un emmerdeur… Non seulement vous saviez ce que vous vouliez, mais en plus il vous fallait avoir toujours raison, coûte que coûte ! Après, j'ai travaillé avec pas mal de patrons. En dehors du professeur Chardonnet qui est une crème, vous avez tous vos petites manies, parfois assez déplaisantes. La particularité de certains, lorsqu'ils ont fini leurs études, c'est qu'ils imaginent que des années plongées dans des bouquins remplaceront toujours l'expérience sur le terrain. Et ça, ce n'est pas vrai.

— Donc… avec l'équipe ?

Son visage change. Elle hésite entre me dire la vérité et me ménager. J'essaie de lui faire comprendre le comportement de certaines personnes, le côté distant, voire hostile, à mon encontre.

— Allons, docteur Lenseigne, personne n'est hostile ! Ne vous faites pas de fausses idées comme ça !

— Pourtant…

— La vérité, c'est que vous avez été un bon chef de service, en particulier grâce à Bernard Chardonnet. Vous étiez à bonne école ! Mais vous avez également été odieux, parfois. Et méprisant avec certaines infirmières ! Oh ! je ne suis pas surprise, comme je vous l'ai dit, beaucoup de jeunes chirurgiens brillants comme vous s'imaginaient que leurs connaissances les plaçaient au-dessus du lot, et que le fait de distribuer des médicaments et refaire des pansements faisait de vous un subalterne. Plusieurs filles se sont plaintes, l'une d'elles a demandé sa mutation. Ça nous a valu une belle crise, entre vous et moi ! Ça a été jusqu'à la direction, il a fallu que le professeur Chardonnet s'en mêle !

Flash brutal.

— Ce n'est pas tolérable !

La voix de Viviane Desnoyers résonne. Elle est furieuse, et sa main s'abat sur son bureau pour marteler ses propos.

— Nous avons déjà eu cette discussion, et je constate que rien n'a changé ! Ça ne peut plus continuer comme ça, docteur Lenseigne ! Je suis désolée de vous le dire, mais plusieurs infirmières se sont plaintes, dont une encore cette semaine !

— Si vous croyez que je n'ai que ça à faire, d'écouter les jérémiades de votre personnel ! Je suis chirurgien, pas nounou ! Leurs états d'âme, ce n'est pas mon problème !

— C'est le mien lorsque vous vous permettez ce genre de réflexion blessante devant tout le monde ! C'est injuste, vous le savez parfaitement !

— Qui s'est plainte, encore ? Oh ! laissez-moi deviner : comment s'appelle-t-elle, déjà ? La Lamarre, c'est ça ?

— Oui, et c'est Élise Lamarre, pas « la Lamarre » !

— Quand je demande qu'une personne soit préparée pour le bloc, elle doit l'être ! Je ne suis pas là pour vérifier si le travail est fait !

— Il aurait été fait si vous n'aviez pas décidé de changer votre planning à la dernière seconde ! Mon infirmière a été appelée pour aider en urgence en réanimation. Vous connaissez le protocole, c'est le professeur Chardonnet qui l'a mis en place, et vous l'avez ratifié.

En cas d'appel de la réa, les infirmières les plus proches doivent se rendre immédiatement sur place !

— En attendant, mon patient n'était pas prêt.

— Ça ne justifiait pas que vous la traitiez de « petite conne » devant tout le monde ! Je vous préviens, docteur Lenseigne, j'en ai parlé au professeur Chardonnet. Il est hors de question que je tolère cette attitude envers mon personnel.

— Apprenez-leur à bosser, alors ! Nous ne sommes pas dans un jardin d'enfants !

— Comment osez-vous ? Vous n'avez pas tous les droits !

— Ici, je suis indispensable ! Si je n'opère pas, des gens meurent. Votre petite cruche, je vous en trouve des dizaines prêtes à venir bosser ici rien que pour la réputation de ce service !

— La réputation du professeur Chardonnet, oui ! Vous êtes un mufle, docteur Lenseigne, je ne crois pas que quiconque ait encore longtemps envie de travailler avec vous !

— Eh bien, vous les enverrez à Jeanclin…

Battement de cils. Déjà, le flash s'estompe. Elle observe ma réaction aussi incrédule qu'horrifiée et se radoucit :

— Enfin, visiblement, ces souvenirs-là ne sont pas revenus. Ce n'est peut-être pas plus mal, finalement. On dira qu'après douze ans, il y a prescription.

Elle retouche machinalement l'angle de la couverture et quitte la chambre.

— Je repasserai vous voir plus tard. Soyez sage, surtout !

Oh ! non, vous vous trompez lourdement, Viviane. Ils me reviennent peu à peu, et c'est encore pire.

Je ne peux pas les inventer. Au fond de moi, je suis persuadé que chacun d'entre eux est véridique. Et cette distance que je ressens vis-à-vis de Béatrice, ne proviendrait-elle pas de cela ? Un type odieux au travail n'a pas de raison d'être le plus charmant et le plus prévenant des époux à son domicile.

Après le réveil difficile du coma, voilà le réveil difficile face à la réalité. La surveillante ne m'a dit que la vérité, et encore, peut-être pas tout. Comment me comporter avec le personnel soignant, après ça ? Le petit nuage sur lequel je flottais vient de crever brutalement. C'est une partie de moi que j'aurais souhaité n'avoir jamais connue. L'idée que j'ai pu être l'égal d'un Jeanclin me débecte mais m'enseigne également une chose : s'il m'en veut autant, et son discours lors de notre rencontre tend à le prouver, alors je devais me comporter comme lui. C'est peut-être pour cela que je n'ai encore croisé aucun collègue depuis mon réveil. J'ai repris connaissance récemment, certes, mais celui que j'ai l'impression d'avoir été pendant douze ans a dû attirer pas mal de visiteurs, tout du moins au début. Avec les années, la visite inquiète a laissé place à la visite obligée, puis résignée. Comme celles, de plus en plus espacées, de Béatrice, qui ne sait maintenant plus comment se comporter devant moi. Il faut bien que la vie continue malgré tout, et on se dit qu'on a fait son devoir moral en venant contempler ce corps immobile et branché de partout, dont les yeux désespérément clos ne cherchent même plus à capter votre regard. À combien de passages estime-t-on sa pénitence ? Cinq, dix ? Cinquante ? Beaucoup plus ? Qu'aurais-je fait si mon épouse s'était trouvée dans ce lit à ma place, alors que je progressais dans les échelons de la renommée médicale ? Aurais-je pris un congé sabbatique pour m'occuper d'elle et de mes enfants, ou, comme je le redoute de plus en plus, pétri de suffisance, aurais-je continué à bosser comme un forcené en prétextant qu'il s'agissait d'un moyen de surmonter ma peine ?

Douze ans, c'est bien assez pour (re)faire sa vie. Se marier, avoir des enfants, se séparer, divorcer, se remarier… Toi, Damien, qu'aurais-tu fait ?

Qu'aurais-tu fait ?

Décidé à me torturer jusqu'au bout, je me pose une ultime question qui va me tenir éveillé de longues heures : et si je m'étais comporté de la sorte avec elle ? Si ces souvenirs d'amour n'étaient finalement qu'un leurre ?

20

Gabrielle est pleine d'entrain ce matin.

— Nous allons retravailler la prononciation de certaines lettres qui vous causent pas mal de tracas, comme le B, le P et le T ! Et aussi travailler un peu sur cette tendance à bégayer.

— D'accord.

À mon grand désarroi, et même si ce n'est pas très important, j'ai découvert récemment que le bégaiement survenait à chaque moment d'intense émotion. Il s'associe à une perte de la parole. J'ai aussi du mal à rédiger sur papier les idées qui me viennent à l'esprit. Si chaque jour apporte son positif dans ma récupération de mon autonomie, il s'accompagne immanquablement de la survenue de nouveaux problèmes. Je ne pense pas qu'en d'autres circonstances je me serais arrêté à si peu, mais ma réserve émotionnelle est très vite atteinte.

La psychiatre a tenté de me rassurer :

— C'est une conséquence de votre réadaptation à la vie normale après un si long coma. Le fait que vous passiez par des phases d'abattement et des phases d'hyperexcitabilité témoigne de votre labilité thymique.

En gros, tout comme je réapprends à parler et à être autonome – et je l'espère bientôt, à marcher – je dois réapprendre à gérer mes émotions. Elle voudrait surtout connaître mon ressenti sur ma situation, mais ma parole reste pauvre et erratique.

— Je vais majorer le traitement antidépresseur, m'a-t-elle dit. Et y ajouter un anxiolytique… Damien, a-t-elle ajouté en voyant ma mine défaite, vous n'y arriverez jamais tout seul ! Cessez de croire que vous êtes invincible, personne ne l'est. Vous avez peut-être été un jour Damien Lenseigne, neurochirurgien émérite, mais aujourd'hui, vous êtes un autre homme. Cessez de ne vivre qu'en vous raccrochant au passé. Vous devez aller de l'avant, pour votre famille. Vous avez un fils et une fille qui comptent sur vous, ils viennent de vous redécouvrir. Surtout, ne les décevez pas. Je modifie ma prescription et je viens vous revoir la semaine prochaine, nous sommes d'accord ?

Cher journal, voici l'histoire d'un ex-neurochirurgien obligé de vivre dans un hôpital à la merci de toute une équipe de soignants, entre infirmières, kinésithérapeutes, ergothérapeutes, orthophonistes. Vous prendrez bien un petit Lexomil pour calmer vos angoisses ?

Je me sens vieux et inutile. Filez-moi de la mort aux rats et qu'on en finisse ! Qu'est-ce que j'en ai à foutre de savoir comment on prononce le B et le P, Gabrielle, merde ? Si c'est juste pour dire « bordel » ou « putain de merde ! », je suis sûr que j'arriverai à me faire comprendre !

Mon orthophoniste est d'une patience d'ange avec moi. Je dois reconnaître que je suis souvent tout ce qu'on veut sauf sympathique lors de ces moments de déprime. Elle me tend un mouchoir avec un petit sourire. Sur le coup, je ne comprends pas. Puis, ma vue se brouille suffisamment pour que je saisisse que je suis en train de chialer devant elle comme un gamin.

Merde ! Je voudrais qu'elle disparaisse pour ne pas me voir dans cet état. Je sens que les mots vont s'emmêler dans ma tête et que je vais être incapable de prononcer une seule parole.

— Lorsque j'étais encore gamine, me dit-elle, mes parents étaient souvent absents en raison de leur travail. La plupart du temps, je me retrouvais chez ma grand-mère. Elle se prénommait Renée. Elle avait eu une attaque – c'est ce qu'on disait à l'époque. En fait, un AVC –, soit quelque chose d'assez proche de ce qui vous a amené ici. Elle avait du mal à parler et ne se déplaçait plus qu'avec une canne. Elle était percluse d'arthrose, elle souffrait le martyre, mais elle s'efforçait de se battre pour mon frère et moi, même si nous n'étions pas très sympas avec elle. On était des gamins et on se moquait de sa bouche de travers et du fait qu'elle articulait mal. Mais on l'aimait, parce qu'elle était toujours là pour nous. En fait, elle disait qu'il fallait se battre pour quelque chose…

Je la laisse raconter son histoire. Sur le moment, je me renfrogne, je pense qu'elle est trop cousue de fil blanc, c'est le genre de conneries qu'on essaie de faire gober à un sale môme récalcitrant.

Je suis sans doute un sale môme récalcitrant.

Mais il y a quelque chose dans le ton de Gabrielle qui me fait sentir qu'elle me dit la vérité.

— Un jour, je suis rentrée de l'école en pleurs parce que j'étais harcelée. Vous voyez, la fille avec de grosses lunettes ? Bref… Le lendemain, j'ai cru rêver. J'ai vu débarquer ma grand-mère avec son corps tout tordu, sa bouche de travers, sa main soudée à sa canne. Elle a apostrophé ceux qui m'ennuyaient en leur disant qu'ils auraient dû avoir honte parce que si elle était là et qu'elle pouvait remarcher, c'était grâce à moi, alors qu'eux ne savaient rien faire de leur vie. Ils sont restés figés, comme des idiots. Et ils ne m'ont plus jamais embêtée.

Elle se tait, perdue dans ses pensées. J'insiste.

— Et… ensuite ?

— Des années plus tard, elle a eu un deuxième AVC. On l'a transportée à l'hôpital, elle a fait un Mendelson[1]. On nous a dit que c'était fini. Eh bien, vous savez quoi ? Je suis allée la voir, elle était étendue sur son lit, elle a ouvert les yeux. Elle ne pouvait plus bouger, ou à peine, mais elle a quand même pu me faire un signe de la main, un pouce dressé, et un clin d'œil. C'était sa façon à elle de me faire comprendre qu'il fallait aller de l'avant.

Elle se redresse, les mains sur les hanches, et me toise, soudain furieuse :

— Il y a dans cet hôpital un homme qui n'a pas la moitié de votre âge et qui est atteint de fibrodysplasie ossifiante[2]. Je ne vous ferai pas l'affront de vous dire de quoi il s'agit.

Je hoche la tête, misérable.

— Eh bien, cet homme passe son temps à remonter le moral des autres patients, alors que c'est lui qui devrait être soutenu ! Il essaie de blaguer alors qu'il peut à peine respirer ! Qu'est-ce que vous croyez qu'il dirait, s'il vous voyait ? Je vais vous dire : douze ans, c'est quasiment la moitié de son espérance de vie. Ici, vous êtes Damien Lenseigne, victime d'un accident hémorragique par rupture d'anévrisme. Vous n'êtes pas le professeur ou le docteur, que sais-je, mais un patient que j'essaie de sortir de son carcan ! Alors, si vous renoncez dès le départ, tout ce chemin n'aura servi à rien !

---

[1] Syndrome d'inhalation bronchique, passage de liquide gastrique dans les bronches.

[2] Maladie de l'homme de pierre ou de Münchmeyer, ossification progressive de toute la musculature et des tendons.

— Je crois… que… compris… la leçon…

— J'espère bien ! Prêt pour la suite ? Parce que, je vous préviens, je ne vais pas vous lâcher d'une semelle ! Quand nous en aurons fini, vous serez tellement bavard qu'on vous suppliera de vous taire !

Elle reprend sa mimique.

— Maintenant, regardez-moi. Serrez la bouche au niveau des lèvres, gonflez un peu les joues et expulsez l'air. Ça doit faire… comme un pet !

Elle me regarde. Je rigole.

Gabrielle, vous avez raison. Je vous dois bien ça. Et peut-être aussi à votre grand-mère, comme à l'homme atteint de cette maladie orpheline. À Robert, qui attend de retrouver ses chiens et son quart de rouge.

Ainsi qu'à ma famille. *Surtout* à ma famille.

B, P, T, et on recommence…

21

En changeant de chambre, j'ai changé de kinésithérapeute. Le nouveau s'appelle Romain. Après Bernard Chardonnet qui continue à me goinfrer de trucs hyperprotéinés, Romain s'est chargé de redévelopper tout ce que mon corps compte de muscle. Je serai bientôt prêt à affronter Rocky Balboa. Lorsque j'ai tenté de le lui faire remarquer, il s'en est amusé.

— On a encore du chemin à faire avant d'y arriver ! Même dans le sixième, il vous mettrait une raclée !

— Six ? M'en… souviens… plus.

— Il y a même eu un *spin-off* avec le fils de Creed, depuis.

— J'ignorais… ça… Un *spin-off*… c'est quoi ?

— Un film dérivé de la série originale.

— Oh ! Vous… savez, je… n'ai pas… eu trop… le temps… Un peu… occupé ces… dernières années…

Je lui ai glissé un clin d'œil, et il a souri. En fait, je n'ai jamais été trop cinéma, en particulier lorsque je suis devenu chef de clinique assistant.

Il a eu raison sur un point : il y avait encore du boulot. Son travail intensif a d'abord porté sur les membres supérieurs. Il m'a fallu deux mois pour maîtriser à nouveau le bras gauche, le droit restant à la traîne. Par contre, les tentatives de verticalisation se sont soldées par des échecs. Béatrice m'a dit que ça allait revenir, mes enfants m'ont dit que ça allait revenir, Bernard m'a dit que ça allait revenir, même si pour ce dernier, ses propos se faisaient machinaux et ses visites plus rares. J'en ai déduit que Solange lui causait des soucis.

Je me souviens de ma première rencontre avec Romain : la coupe en brosse, une boucle d'oreille et un tatouage représentant un corbeau posé sur un crâne qui déborde de la manche de sa tunique, il est taillé comme un rugbyman. Je déteste les tatouages et les boucles d'oreilles chez les hommes, mais je n'avais pas intérêt à le faire sentir, parce qu'avec mon gabarit de gambas oubliées dans la poêle à frire, je risquais de ne pas faire le poids entre ses bras.

Ma réaction m'a posé problème. J'ai eu un réflexe de recul en voyant ses dessins, et du coup, je me demande comment je me serais comporté, *avant*. Aurait-il eu droit à une remarque désobligeante de ma part, puisque d'après la surveillante, je pouvais me montrer odieux ? La honte qui m'étreint est à la mesure de mon rejet. Je vais devenir paranoïaque à penser que tous ceux que je croise ont des raisons de m'en vouloir. Et puis, merde ! Son tatouage est beau, voilà, c'est dit ! Je me le répète plusieurs fois dans ma tête pour bien me l'imprimer et me coller mentalement un coup de pied au cul pour arrêter d'avoir ce genre de pensées.

Note pour plus tard : quand je sortirai d'ici, je trouverai un salon de tatouage et j'irai m'en faire un. Sur l'épaule. Un tout petit, pour commencer. Enfin, pas très gros, juste assez pour qu'on puisse le voir. J'ignore si ça fait mal, en plus… Non, je ne suis pas douillet ! Quelque chose de discret, pas comme ce corbeau et ce crâne qui me paraissent gigantesques… Juste un petit. Pour me montrer que j'ai changé de vie. J'ai le temps de réfléchir à ce que je ferai.

Fidèle à son habitude, Romain débarque pile après le petit-déjeuner et la toilette.

— Je vous emmène en salle !

Mes jambes sont la partie de mon corps qui m'inquiète le plus. J'ai recouvré l'usage de la parole, celle de mes deux bras et de mes mains. Mon appétit ne se porte pas mal, Dieu merci… Bon, j'ai encore droit à ce foutu plat-bassin parce que je suis incapable de tenir sur mes jambes. C'est également ce qui préoccupe Romain, qui a décidé d'employer les grands moyens.

Lorsqu'il parle de la salle, il s'agit en fait d'un espace destiné à la rééducation sur appareils. Il est l'œuvre de Chardonnet, qui a décidé il y a de cela une vingtaine d'années d'équiper le service comme un « avant-poste » de réadaptation. Il a toujours été persuadé que plus on force le corps à se mobiliser après un accident neurologique, plus les chances de récupérer sont importantes. Je me rappelle son inauguration en grande pompe, avec tout ce que l'hôpital comptait comme praticiens et comme personnel. Chardonnet avait voulu s'occuper de tout, mais il avait vite été débordé et avait finalement envoyé sa secrétaire chercher du champagne. La pauvre, ne buvant pas d'alcool, avait pris au hasard en limitant les dépenses, ce qui nous avait valu de boire un affreux liquide plein d'amertume.

Étonnant, ce dont je peux me souvenir.

Romain a fait appel à un brancardier, et à deux, ils me mettent assis sur le bord du lit. Depuis quelques jours déjà, il m'oblige à m'installer ainsi pour tester mon équilibre. Les premiers essais ont été catastrophiques, je suis retombé en arrière, mais j'arrive désormais à tenir plusieurs minutes et à remuer les jambes. Pas beaucoup, certes, mais assez pour contempler d'un air surpris les deux baguettes qui s'agitent presque malgré moi.

On m'apporte un fauteuil roulant. Je me raidis instinctivement, je me souviens de la dernière tentative, et je ne suis pas très sûr d'avoir envie de m'offrir une nouvelle balade dans cet engin.

— On est… vraiment… ob… obligés ?

Le regard que me jette Romain en réponse à ma quasi-supplique m'empêche de geindre. Il ne lâchera pas. L'un des deux hommes m'explique ce qu'il attend de moi :

— Vous allez passer votre bras autour de mon cou et pivoter sur le côté pour glisser vos fesses de l'alèse au fauteuil. Nous sommes d'accord ? On y va à trois.

Si je n'étais pas si mort de trouille, j'aurais presque envie de rire, tant ces gestes et ces injonctions me rappellent des souvenirs fugaces d'études de médecine et de stages hospitaliers. Je m'exécute maladroitement, j'ai l'impression de traîner deux branches mortes en lieu et place de mes jambes.

Le brancardier me pousse sur le fauteuil. Ce n'est qu'au moment de franchir la porte de ma chambre que je m'aperçois que, pour accéder à cette salle, il va falloir traverser tout le service. Et passer devant plusieurs personnes qui se souviennent de moi. Je n'ai plus rien de vaillant. J'ai au moins la dignité d'être vêtu un minimum : à chacune de ses visites avec les enfants, Béatrice me rapporte du linge propre qu'elle a conservé dans le fond d'une armoire. Certains ont dû y séjourner un sacré moment, d'ailleurs. J'ai sur moi un affreux survêtement dont j'ignorais l'existence et qui me va avec la même élégance qu'un sac à patates sur un mannequin haute couture. La question du poids est cruciale, ici. J'ai une tenue pour une personne de quatre-vingts kilos, et je dois en faire cinquante au maximum.

Et, bon sang, je déteste les survêtements ! C'est pas possible, elle a dû emprunter ce truc à son père ou à je ne sais qui ! Je ne peux pas avoir enfilé un machin pareil un jour ! Ou alors, j'étais bourré et j'ai perdu un pari.

Le fauteuil tremble légèrement, et sa roue gauche couine. Il faudrait songer à le changer, ou à graisser un peu l'essieu... Tiens ? Je deviendrais bricoleur ? Moi qui ai une sainte horreur de changer ne serait-ce qu'une ampoule ? Ce couinement désagréable me donne l'impression d'assister à une procession funéraire. Une vision incongrue de vieux western défile devant mes yeux. Un corbillard, les habitants qui se signent en me regardant passer, le vent qui fait voler les *tumbleweed*...

Personne ne m'observe particulièrement. Ici, je ne suis qu'un patient parmi les autres... Fierté mal placée ? Tout au plus une agente d'entretien, les bras chargés d'une réserve de papier, me jette un œil machinal, puis plus insistant lorsqu'elle comprend qui je suis. Par bonheur, elle est seule dans le couloir, les autres sont en chambre ou bien trop occupés pour remarquer mon passage. *The end.*

Lorsque je pénètre dans la salle, des collègues de Romain travaillent avec deux patients. Le premier porte encore les stigmates d'un accident vasculaire cérébral qui lui dévie la bouche du côté gauche. Je m'imagine le trajet nerveux depuis son encéphale traumatisé, les lésions croisées, le visage du côté de la lésion, le corps de l'autre. Il a presque plus de mal à attraper le poids qu'à le soulever, ayant tendance à faire des gestes amples et maladroits. Le second me dévisage de sa large trogne un peu moins rougeaude depuis qu'il est au régime sec.

— Hé ! c'est l'toubib ! Alors, docteur, vous v'nez faire un peu de lever de fonte avec nous ?

— Pas… encore, Robert… Comment… vont… les chiens?

Il se renfrogne un peu.

— Bien, heureusement! Ce sont mes voisins qui s'en occupent, mais ils me manquent. Ils m'ont envoyé une photo, elle est sur ma table de chevet, je vous la montrerai! Si j'arrive à me débrouiller tout seul, peut-être qu'ils me laisseront sortir…

Il met beaucoup d'espoir dans sa voix.

— On y est! me lance Romain. On va commencer par des exercices sur la table pour raffermir les cuisses et les mollets, ensuite on pourra utiliser les contrepoids pour les bras. Et si tout se passe bien, on pourra tenter un lever avec appui, c'est d'accord?

Le même discours depuis deux mois, seuls les lieux changent. Je commence à en avoir ras le bol de répéter toujours les mêmes gestes. Je ne peux m'empêcher de soupirer.

— Si encore ça servait… à quelque chose… Ça fait deux longs mois que vous vous… échinez à me secouer les jambes dans tous les… sens comme on remuerait un mirabellier et que vous n'obtenez… aucun résultat! Votre prédécesseur n'a pas… plus réussi!

Je suis en colère contre ces deux jambes qui ne veulent rien savoir.

Romain ne répond pas, il se contente de me fixer, et je mesure l'immense déception dans son regard. Comme dans celui de Béatrice et des enfants.

Il fait beau. Ma femme semble de bonne humeur, Paul et Clotilde me parlent du dernier film qu'ils ont vu au cinéma. L'aide-soignante a ouvert la fenêtre de la chambre pour laisser entrer un peu de chaleur dans la pièce. J'entends presque les oiseaux gazouiller.

— Tu ne devrais pas rester enfermé comme ça, me dit Béatrice. Tu ne veux pas aller faire un tour dehors ?

Je n'ai pas le temps de répondre qu'elle se dirige vers la sortie pour demander à l'infirmière d'appeler les brancardiers. Le fauteuil roulant prend la poussière dans un coin de la pièce et me nargue à longueur de journée. J'ai entamé une guerre psychologique avec lui pour savoir qui cédera le premier.

— C'est… inutile, ça n'ira pas.

Béatrice s'arrête sur le pas de la porte.

— Comment sais-tu que ça n'ira pas ? Tu n'as pas encore essayé !

— Oui, ça serait génial ! approuve Clotilde. Tu dois t'ennuyer, tout seul dans ta chambre !

— Mais, bon sang ! En quelle langue je dois… vous parler ? Vous voyez bien… que c'est… impossible ! Je me… casse la… gueule… à chaque fois !

J'ai parlé tellement sèchement que Béatrice demeure bouche bée. Paul arrête de se ronger les ongles et me dévisage comme s'il avait affaire à un fou, et Clotilde a les yeux qui brillent de larmes à peine contenues. Je voudrais faire marche arrière, mais c'est trop tard.

— Je suis… désolé… Ce n'est pas…

Je lis dans les yeux de mes enfants que ce n'est impossible que parce que je veux que ça le soit. Ils sont persuadés que je pourrai le faire. Et dans ceux de Béatrice, comme une surprise, presque une accusation : « Je t'ai connu plus battant par le passé, tu n'étais pas du genre à renoncer aussi facilement. »

Oui, il n'y a eu que de la déception dans leur regard. La même, exactement la même que je vois maintenant dans celui de Romain.

Je ne suis pas à la hauteur de ce qu'on attend de moi.

Les brancardiers vont s'approcher d'un instant à l'autre pour me lever et m'installer sur la table d'exercice. Je vais bouger les jambes, un peu, puis on me recollera dans ce fauteuil pour regagner ma chambre, comme un petit vieillard. Si c'est ce que je veux, je ne sortirai jamais d'ici.

Alors quelque chose se déchire en moi. Je fixe ces deux foutues barres parallèles qui ont l'air de se moquer de moi, de me dire que je n'y arriverai jamais. J'entends presque leur ricanement et leur « même pas cap' ! ». Je tends la main vers elles.

— Vos barres… Collez-moi… dessus, tout… suite.

— Monsieur Lenseigne, c'est encore trop tôt, vous n'avez pas marché depuis douze ans. Même avec les centaines d'heures de kiné dont vous avez bénéficié et qui vous ont permis de récupérer de la souplesse dans vos muscles, la plupart sont atrophiés. Vous n'allez pas tenir debout. Votre main droite n'est pas assez solide.

Je pousse des deux mains sur les roues du fauteuil roulant, manquant de me coincer les doigts dans les rayons. Ça commence mal. J'arrête le siège à la limite des barres, je bloque le frein et je tends les doigts pour attraper les deux tiges de bois qui me narguent.

— Damien !

— Ffffoutez-mmmoi… la ppppaix, bordel !

Ça y est, je commence à bégayer. Mais je m'en fous parce que c'est là, en moi. C'est le moment. Je dois essayer tout de suite, parce que sinon, je n'en aurai plus le courage. Ce n'est pas seulement une question de brûler les étapes ou non, c'est une lutte contre moi-même, contre une foule de frustrations, c'est aussi une punition que je m'inflige après les propos de la surveillante. *Tu voulais faire le fier ? Maintenant, tu paies !* Je me tracte sur les deux barres, mes bras protestent devant l'effort mais ne me lâchent pas. Peut-être que quelque part en moi, des centaines de petites cellules, musculaires, sanguines, que sais-je, ont compris l'enjeu de ce moment. Je tire tout ce que je peux, mes fesses se lèvent du fauteuil, et me voilà suspendu aux barres, coincées sous mes aisselles. L'effort m'a donné incroyablement chaud. Le brancardier effectue un mouvement dans ma direction afin de prévenir ma chute, mais Romain l'arrête d'un geste. Je l'ai voulu, à moi de me débrouiller. Tous sont suspendus à ce que je vais pouvoir faire. Je ramène les deux jambes, d'abord comme on tirerait un tronc hors de l'eau, puis je les abaisse lentement. Pieds au sol, plantes bien droites, pas d'attitude vicieuse, Damien ! Je ne veux pas de déviation en varus ou en valgus, pas de jambes à la Lucky Luke, comme disait parfois Chardonnet. Les deux pieds semblent soudés sur le revêtement, ils ne veulent plus bouger. Tout mon poids est porté par mes bras.

Tu vas bouger, saloperie !

Le pied gauche s'élève de quelques centimètres. Il s'avance. Se pose un peu plus loin. Le pied droit se fait prier. Je ne vais pas pouvoir tenir longtemps suspendu sur ces barres, mes bras tremblent et faiblissent. Je serre les dents, envoie toute mon énergie dans ce membre qui ne doit pas être mort. Il ne doit pas !

— Bbbouge, bbbordel !

J'ai hurlé. Le collègue de Romain pousse un cri de surprise. Robert me regarde avec des yeux ronds en lâchant un « oh ! la vache ! » sonore. Le pied droit se lève à son tour et se déplace. Et je m'effondre dans les bras de Romain qui veille au grain.

Deux pas. J'ai fait deux pas.

22

Ces deux pas ont été suivis par d'autres, et croyez-le ou non, j'en ai bavé ! Plusieurs fois, je me suis écroulé, perclus de fatigue et de courbatures, à deux doigts de supplier mon kinésithérapeute de me laisser crever où j'étais. Mais Romain ne m'a pas laissé tomber. Il m'a relevé chaque fois, avec le même entrain, la même bonne humeur. Il ne tire jamais la couverture à lui, il sait me féliciter, mais sans excès, appuyant sur le positif pour mieux faire passer le négatif.

Avec lui, comme avec Gabrielle, et avant, Françoise, Éva, et tout le personnel qui m'entoure, je redécouvre le rôle de chacun. Je sais ce qu'est l'attente, parce que, derrière, il y a une personne qui est peut-être débordée. Comment ai-je pu oublier ça ? Mes années d'études et de pratique m'ont essentiellement inculqué la notion d'excellence, de compétition. Je devais être le meilleur, en tout, quitte à marcher sur les autres. Ne comptait que la reconnaissance de mes pairs. Avec les jours qui passent, et dans ma nouvelle situation, les langues se délient. J'écoute les bruits de couloir. On parle de moi, combien j'ai changé, combien je suis patient – dans tous les sens du terme – désormais, moi qui pouvais me montrer impulsif plus souvent que de raison. Romain, lui, ne m'a pas connu, il a donc un regard vierge sur ma personne. Mais lui aussi entend certaines rumeurs à mon sujet, et lorsque je lui pose des questions franches et directes, il élude avec le sourire. Est-ce que je suis encore considéré comme un connard ? Personne n'a dit cela. On dit plutôt que je n'étais pas toujours facile à gérer, que j'avais « mes têtes ». Avec certaines infirmières, tout se déroulait bien, avec d'autres, c'était le conflit. Impossible de me rappeler pourquoi.

Je comprends aussi que Jules Jeanclin a conservé ce caractère hautain et autoritaire. C'est un excellent chirurgien, je ne peux pas lui contester ce fait, mais il ne passe jamais me voir. En coulisse, il se murmure qu'il est excédé des attentions qu'on me réserve, alors que je ne suis plus opérationnel et que le véritable crack de l'unité, c'est lui.

— À se demander si l'excellence du service repose sur un type qui a passé le tiers de sa vie dans le coaltar plutôt que sur l'importance des gestes techniques !

Ces propos m'ont été rapportés récemment. Je voudrais bien lui dire que je n'ai pas demandé à avoir cet aller simple pour le Grand Néant et que j'aurais mille fois préféré continuer à opérer et prendre la place de chef de service au départ de Chardonnet.

La surveillante, Viviane Desnoyers, reste pour le moment mon véritable lien avec le passé. Elle n'hésite pas à venir me saluer. J'ai vite compris qu'elle ne m'avait jamais craint et qu'elle avait su passer outre mon orgueil. Je lui demande de me parler des années où j'étais en passe de remplacer Chardonnet. Elle m'apporte quantité de journaux et de magazines. La salle d'attente du rez-de-chaussée regorge de ce genre de presse où figurent la pilule miracle contre la cellulite et les règles douloureuses, les vingt conseils ventre plat de l'été présentés par des mannequins quasi anorexiques qui, pour maigrir, doivent perdre un os, comme avait coutume de dire ma mère, et les photographies volées de la dernière star à la mode. En moins de temps qu'il n'en faut pour le dire, je deviens un expert dans les déboires de Brad Pitt et les mensurations de Kim Kardashian (je ne sais même pas qui est cette fille !), mais je ne sais fichtrement pas comment le monde tourne.

De temps en temps, Viviane arrive avec *Le Figaro*, *Libération* ou la presse locale. Je dévore chaque page dans une faim inextinguible de rattraper mon retard. Grâce aux petits instruments antiglisse de Carine, l'ergothérapeute, je parviens à tenir un stylo avec lequel j'écris inlassablement des remarques sur ce que je peux lire. Je me reconstitue mon encyclopédie personnelle. Mon long coma a changé un certain nombre de perceptions de mon propre corps : j'ai dû réapprendre à écrire, et je commence à me débrouiller presque aussi bien de la main gauche que de la droite, ma main directrice.

Je n'ai plus aucune idée de qui dirige quel pays. J'apprends que les conflits n'ont cessé d'éclater partout sur la planète, entraînant des milliers de morts. Abasourdi, je découvre des faits divers horribles, comme l'attentat de *Charlie Hebdo* et celui du Bataclan, à côté desquels d'autres, plus cocasses, paraissent anodins. Parfois, la surveillante vient combler quelques lacunes, parfois, c'est Romain, entre deux séances de massage. Il débarque désormais avec son téléphone portable encore plus grand et plus plat que celui de l'orthophoniste, j'ai l'impression qu'il trimballe un livre de poche. Il a une enceinte portable, en forme de cylindre, je n'ai jamais vu un truc aussi petit et qui contraste avec le gigantisme de son téléphone, et il diffuse toute la musique qui passe sur les ondes. Je confirme que tous les goûts sont dans la nature. J'apprends qu'Aznavour et Johnny Halliday sont morts, moi qui les croyais indestructibles. Je suis choqué d'apprendre le décès de Michael Jackson. Putain ! David Bowie ! Des acteurs, français ou étrangers, des hommes et des femmes politiques, des musiciens, des jazzmen. Des médecins réputés… J'ai l'impression qu'une hécatombe s'est produite en quelques années.

J'ai demandé à Desnoyers de joindre Béatrice pour qu'elle puisse me rapporter mon ordinateur et mon iPod. Ça l'amuse. D'après elle, ce baladeur n'existe plus, ses fils utilisent désormais leurs téléphones.

Encore un, merde ! Steve Jobs !

J'attends les visites de ma famille comme un rituel parfaitement établi. Le plus souvent le samedi, à cause des cours de Clotilde et de Paul. Ils viennent passer l'après-midi en ma compagnie, et je ne refuse plus le fauteuil roulant. Je sais combien c'est compliqué pour eux de sacrifier leur week-end pour venir jusqu'à Paris. Je ne voudrais pas les dégoûter et les voir arriver à contrecœur. Déjà qu'ils ne viennent pas souvent… Béatrice promet chaque fois de passer avec les enfants sans me fixer de date à l'avance. Elle prétexte parfois un voyage imprévu pour remettre sa visite à plus tard… Il faut bien qu'elle travaille.

En attendant, je les ai au téléphone. C'est une maigre consolation, je voudrais tant que mes enfants soient là tous les jours ! Mais ils n'habitent plus à côté, et j'ai conscience qu'ils ont aussi leurs études. J'essaie de me passionner pour tout ce qu'ils font, encouragé par la psychiatre. Flore m'a apporté un ou deux manuels sur la psychologie de l'adolescence afin de mieux les comprendre, et je n'hésite pas à demander autour de moi comment cela se passe lorsqu'on a des enfants de cet âge.

Lors de ses visites, Béatrice est souvent soucieuse. J'aimerais que nous discutions, mais elle ne m'en laisse pas beaucoup le temps. J'ai l'impression qu'elle me fuit.

Une autre source d'inquiétude me vient : dans le coma depuis douze ans, quel est désormais mon statut aux yeux de la loi ? Je ne suis plus salarié, je n'ai peut-être plus de compte en banque, Béatrice et moi avions convenu de nous marier sous le régime de la séparation des biens, s'il m'arrivait malheur… comme j'étais prévoyant ! J'étais quand même loin d'imaginer que je me ferais une rupture d'anévrisme après une partie de jambes en l'air ! J'avais bien souscrit à plusieurs assurances-vie afin de protéger l'avenir de mes enfants. Que sont-elles devenues, si je n'ai pas été capable de les alimenter ?

Romain débarque dans ma chambre avec un ustensile métallique que je reconnais aussitôt.

— Allez, hop ! On va se préparer pour le marathon de Paris !

Il m'a fourni une canne de marche. Un tripode pour assurer ma stabilité. Je préfère presque le fauteuil roulant, du coup. C'est un truc de vieux.

— Je… peux pas… utiliser ça !

— Et pourquoi pas ?

— C'est pas… pour…

— Pas pour vous ? Oh ! que si ! Et vous allez l'utiliser tous les jours, Damien, jusqu'à ce que vous puissiez vous en passer !

Il me regarde et me désigne l'objet de plastique blanc sous le lit.

— Sinon, c'est rebelote le plat-bassin !

Je le fixe avec des yeux ronds – mon père aurait dit « des yeux de merlan frit ». Comment est-il au courant ? J'ai dû lui en parler sans m'en rendre compte. Si la vie est faite de petites victoires, celle de ne plus avoir à déféquer couché dans un bac en plastique fait partie des triomphes.

Je traîne encore ma jambe droite. Cette saleté ne veut rien entendre. La gauche a quasiment tout récupéré, mais la droite persiste à me jouer des tours, comme s'effondrer subitement alors que je quitte mon lit pour aller pisser. Elle est du genre à me susurrer : « Eh ! N'oublie pas que je suis là pour te rappeler que tu n'es plus comme avant ! Il faut compter sur moi et ma bonne volonté ! » Le bras droit fatigue aussi plus vite, et je me paie des céphalées à répétition que le paracétamol ne soulage plus. Je me suis fait un auto-examen neurologique. Je ne semble pas souffrir d'un problème intracrânien, mais j'attends la visite de Bernard pour lui en parler. Je pense qu'il va me proposer de passer une IRM de contrôle. Ça fait un moment que je n'en ai pas eu, d'ailleurs.

Je suis en train de regarder la télévision, un reportage sur le Viêt Nam, une destination que je m'étais juré de découvrir en compagnie de Béatrice, lorsqu'on frappe discrètement à ma porte. Sur le moment, il me semble avoir rêvé. Je baisse le niveau sonore. Les coups se répètent.

— Oui ! Entrez !

La porte s'ouvre lentement. J'aperçois un jean, une paire de Converse, des cheveux longs sans attache et un sac à dos volumineux. Ma gorge se serre, ma vue se brouille. Clotilde. Ma Clotilde est venue !

— Mais… comment…, je bredouille.

Elle pose délicatement son sac sur le fauteuil, retire sa veste et se fige contre le matelas, un peu mal à l'aise. Elle étudie mon corps en détail pour s'assurer qu'elle ne va pas me faire mal et se décide enfin à m'embrasser. J'ai à peine le temps de me cramponner qu'elle s'effondre sur moi et je l'entraîne sur l'oreiller. Je peux serrer ma fille dans mes bras, sentir ses cheveux, les caresser, l'embrasser jusqu'à la suffocation.

— Mais tu es… tttt… toute seule ? Comment es-tu… venue ici ? Et où… est ttt… ta mère ?

Elle s'assied sur le bord du lit, se mord les lèvres.

— Elle ne sait pas, elle est partie. J'ai raconté des bobards. Pour te voir.

23

La décision de ma fille me laisse bouche bée. Je sens venir les emmerdes à vitesse grand V. Elle n'a pas 15 ans, bordel !

— Tu te… rends compte… de ce… que… tu as ffffait ?

Elle aurait pu se faire agresser par n'importe qui, et ni Béatrice ni moi n'aurions été au courant !

Elle soupire.

— Oh ! ça va, c'est bon ! Qu'est-ce que tu veux qu'il m'arrive ? C'est le TGV ! On croirait entendre maman !

Tandis que je cogite sur les suites à donner, elle se lève, ouvre son sac et me sort mon vieux Powerbook avec son chargeur et une souris, ainsi que mon iPod.

— J'ai dû les recharger tous les deux, remarque-t-elle. Maman les avait placés dans un carton quand on a déménagé, et elle ne les avait jamais sortis depuis. J'en ai profité pour télécharger un peu de musique dessus, parce que, je ne veux pas dire, mais c'était un peu le désert, là-dessus. T'écoutais quoi comme musique, quand t'étais jeune ? Là, il y a un peu de tout, des trucs que j'aime… et puis un ou deux films sur l'ordi, avec des jeux. Par contre, tu devrais installer un mot de passe, là-dessus.

— Clotilde…

— C'est vrai ! De nos jours, tout le monde met un code sur ses appareils. Oh ! je t'ai mis aussi un antivirus, on ne sait jamais.

— Les Mac… ne chopent… jamais de… virus, je m'entends lui répondre, répétant un slogan vieux de douze ans – j'ignore si c'est encore le cas. Clotilde, comment… as-tu fait… pour venir ?

— Je te l'ai dit, j'ai pris le train ! Maman a un abonnement pour faire Lyon-Paris régulièrement, pour son travail et pour aller voir papy.

Mon beau-père est encore de ce monde. Première nouvelle. Il doit bien avoir dépassé les 90 ans, désormais. Béatrice est la plus jeune, elle a un frère et une sœur dont je me contrefous. Réalité implacable. J'ai rompu les liens qui m'unissaient avec son frère alors que nous étions deux amis de faculté, et le reste de sa famille ne m'a jamais aimé. Son père me considérait comme un parvenu – avec le recul, il n'a peut-être pas tout à fait tort – et sa mère, pas assez bien pour sa fille. Béatrice Lenseigne, née De Langlois, est issue d'une très vieille famille d'aristos bon chic bon genre, là où mes ancêtres ont traîné leurs godillots dans la boue des champs. Le fait que j'aie atteint une certaine réussite sociale ne lui a pas suffi.

— Ton grand-père… mais, et… ta grand… mère ?

— Elle est morte quand j'avais 5 ans, c'est ce que m'a dit maman, je n'en ai aucun souvenir. Papy, lui, dit toujours qu'elle est morte à cause de vous deux, déclare Clotilde.

— Comment ça ?

— Il dit que maman n'a pas eu le rang qu'elle était en droit d'avoir.

Ce vieux salopard ! Si je le tenais, je le… Oh ! je sais ! Je le clouerais au lit avec un plat-bassin fixé au cul, qu'il perde un peu de sa superbe !

Note pour moi-même : penser à interroger Flore un jour pour avoir une explication sur cette fixation à propos du plat-bassin.

— Maman embauche une baby-sitter lorsqu'elle doit s'absenter plusieurs jours. Comme papy vit tout seul et qu'il est vieux, elle vient souvent dans la capitale, parfois avec nous, mais souvent toute seule. Parce que, entre nous, c'est pas toujours très fun, chez papy.

Je l'embrasserais rien que pour cette phrase. Elle est bien ma fille !

— Elle vient aussi pour le travail.

— Ça fait… longtemps ?

— Ben oui. Depuis qu'on a quitté Paris.

Et durant tout ce temps, elle n'a pas trouvé une minute pour faire chaque fois un crochet par l'hôpital pour me rendre visite, en particulier depuis que je suis réveillé… Je me rappelle la fille d'un patient qui appelait tous les jours et se fendait d'une unique question : « Comment va-t-il ? » Son père avait fait un infarctus du tronc cérébral et vivait dans l'inconscience. Avec le temps, elle n'attendait plus qu'une chose, que le médecin lui annonce qu'il était décédé.

— Et quand elle revient, elle est souvent avec Marc. Ils travaillent tout le temps. En fait, maman travaille du matin au soir. Lorsqu'elle est fatiguée et énervée, elle nous sort son speech, genre « j'ai passé beaucoup de temps étant plus jeune à être proche de vous, je le suis toujours, mais je dois penser à ma carrière ». Elle nous dit qu'elle est seule à nous élever et que l'argent doit bien rentrer pour vivre. C'est un peu énervant, à force.

Marc. Lecouvreux.

— Et lui… il est… comment ?

— Assez sympa et plutôt gentil avec nous. C'est juste un ami de la famille, quoi !

— Mais… il est… souvent… là ?

— Souvent, oui. Toutes les semaines ou presque. Dès fois, il vient pour bosser, et ils passent des heures à se taper des tonnes de chiffres, genre le travail que je ne risque pas de faire un jour.

— Juste… pour le… travail ?

— Ben, en fait, il nous a emmenés en vacances partout. Tu as vu les photos de l'album ? C'était avec lui. Il loue une chambre pour maman et nous, et une pour lui de l'autre côté.

Une question me brûle les lèvres : est-ce que Béatrice le rejoint parfois dans la chambre ? Est-ce qu'il dort sur place à la maison ? Mais j'ai devant moi une gamine de 14 ans, et ce n'est certainement pas à elle de répondre.

Je me rappelle aussi que les Lecouvreux sont originaires de Lyon. C'est Marc qui me l'a signalé lors de notre première rencontre. Dire que je suis contrarié est un euphémisme : mon épouse est partie en vacances avec nos enfants et le fils de son patron. Si cela s'est su dans notre entourage, je suis passé pour le cocu de service, même si Clotilde semble affirmer qu'il ne s'est jamais rien passé entre eux.

— Paul ne jure que par lui. Il adore tout ce qui est voitures, courses automobiles, tu vois ? Il nous a emmenés au Grand Prix de Monaco et lui a offert une balade sur circuit en Ferrari. Il le trouve génial.

— Et toi ?

— Il est un peu collant. Tu sais comment je l'appelle ? (Elle pouffe.) Le beau gosse « ultra-violetisé ». C'est un mot que j'ai inventé ! Qu'est-ce que t'en penses ?

— Je n'aurais… pas trouvé… mieux !

Paul aime les sports mécaniques. Si je n'étais pas dans ce foutu lit, est-ce que j'aurais pu lui offrir une virée en Ferrari ? J'aurais peut-être même pu m'en offrir une, après tout ! Le problème, c'est que je n'ai jamais été très fan de voitures. Pour moi, c'est un moyen de déplacement pratique. Une voiture, c'est un moteur, quatre roues – pas nécessairement du même côté, comme disait je ne sais plus quel humoriste – et un volant. Le reste, c'est du gadget.

— Moi aussi… *j'aurais pu*… acheter une… Ferrari !

— Mais Marc Lecouvreux a aussi une Aston Martin, objecte Clotilde, comme celle de James Bond, d'après Paul. Il est en extase quand il en parle.

Merde. Dans mon garage, à l'époque, je devais avoir une 407. Pas mal de kilomètres. J'aimais bien cette voiture. Elle a dû être revendue depuis belle lurette. Et c'est une Peugeot. Pas une Aston Martin. Remerde. Comme James Bond.

— Et toi… tu aimes… les voitures… ?

Elle hausse les épaules.

— Bof ! Je préfère aller faire du cheval. Mais depuis qu'on est à Lyon, je n'ai pas encore pu en refaire.

Note pour plus tard : quand je serai sur pied, il faudra que j'emmène Paul faire du circuit automobile et Clotilde faire du cheval. Et surtout, ne pas me tromper en inversant les sports.

— J'ai dit à la nounou que j'allais voir mon grand-père.

— Elle n'a… rien dit ?

— Je lui ai montré un mot de maman. (Elle lève les yeux au ciel et fait une moue.) Bon, en fait, j'ai imité l'écriture et la signature de maman, et la baby-sitter n'y a vu que du feu.

Cette gamine ira loin.

Elle a fourré dans son sac tout ce que j'avais demandé à sa mère, de quoi se changer, et elle est partie. Paul a bien regimbé, mais elle lui a dit que s'il caftait, elle le dénoncerait à sa mère en parlant de la console qu'il planquait dans son armoire.

— Maman… a acheté… une console ?

— En fait, il en a eu une pour son anniversaire, avec des sous de papy. C'est la dernière 3DS. Mais comme il a eu de mauvaises notes, elle a confisqué la console et les jeux. Sauf qu'il a trouvé un moyen de fouiller dans ses affaires pour la récupérer, et c'est son pote Ewan qui lui prête des cartouches.

— C'est quoi… exactement… une 3DS ? Pour moi… la DS… c'est une… voiture…

Je dis cela sur le ton de la plaisanterie, mais elle le prend très au sérieux.

— Enfin, papa ! C'est une console Nintendo ! Tu vas pas me dire que tu ne connais pas ça !

Tu sais, ma fille, à l'époque, je n'avais guère le temps de jouer aux jeux électroniques. Peut-être même que je n'avais le temps pour rien d'autre que le travail, en fait. Est-ce que je t'aurais accompagnée pour faire du cheval ? Je n'en suis pas sûr. En tout cas, je découvre que j'ai une fille qui fugue en imitant la signature de sa mère et un fils qui est accro aux jeux vidéo et qui, lui, ment ! C'est quoi, la prochaine étape ?

Elle désigne le petit album photo qu'elle m'a donné lors de notre première rencontre et qui ne quitte jamais ma table de chevet.

— Tu aimerais que je t'en fasse un autre ? demande-t-elle. Avec des photos plus récentes ?

— Ce serait… génial ! Je découvre… que je ne… sais rien… de toi. De vous, en fait.

— Houlà ! S'il faut que je te raconte tout, ça va être galère ! J'aurai jamais fini avant un siècle, au moins !

Je ne me souvenais plus du sens de la démesure des ados. Pendant de longues minutes, elle me raconte sa vie scolaire, ses amies…

— Non, laisse tomber, je n'ai pas de petit copain. Les mecs au collège sont tous des gros lourds.

Discours à mon avis identique si je pouvais interroger Paul concernant les filles.

— Sinon, je fais du handball dans une équipe de la région. J'aime bien, c'est cool. Je te l'ai dit, je faisais du poney quand on habitait encore à Paris mais, pour le moment, je n'ai pas repris. Un jour, Paul et moi, on est rentrés de l'école, et maman nous a annoncé qu'elle avait mis la maison en vente. Elle était trop grosse pour nous trois.

— Tu ne… regrettes pas ?

— Maman dit que c'est pour notre bien parce qu'elle ne supporte plus la pollution. Elle nous a dit qu'on n'avait pas les moyens de rester à cause du prix de l'immobilier. Et puis, je crois qu'elle cherchait aussi un immeuble.

— Un… immeuble ?

— Oui, pour installer la société. Elle a dit que ça coûterait la peau des fesses de vouloir rester à Paris, et que Lyon est mille fois mieux.

— Et tu… es… contente ? Vous… habitez où ?

— Dans la banlieue de Lyon. La maison est sympa. Super grande aussi, mais avec un seul étage, et un grand jardin tout autour, au moins aussi grand que l'ancien. C'est Marc qui l'a aidée à la trouver. Maman a dit qu'elle était plus pratique. Elle nous a dit aussi que tu pourrais venir t'installer plus facilement.

Depuis ton réveil, elle nous parle de faire des travaux au cas où tu aurais besoin d'un fauteuil roulant.

Cette information me laisse perplexe. Lorsque Béatrice a abordé le sujet la toute première fois, dans mon esprit, j'ai cherché à comprendre si les travaux allaient commencer parce que j'étais réveillé, ou s'ils avaient été envisagés depuis longtemps. Depuis le déménagement, en fait. Vu ce que me dit ma fille, je privilégierais la première hypothèse. Ça veut dire qu'elle n'a peut-être pas renoncé à reprendre notre vie commune, comme avant.

— Tu comptes venir quand, en fait ?

— Dès que… je pourrai mettre… un pied dehors… Si je… peux… venir.

— Ben, c'est ta maison à toi aussi, non ? répond Clotilde, surprise de ma remarque.

C'est peut-être un peu plus compliqué que cela.

Clotilde sort soudain de sa poche son téléphone portable, regarde les messages qui s'affichent sur son écran et se met à tapoter avec ses deux pouces à une vitesse hallucinante qui me laisse pantois. Comment parvient-elle à réaliser ce prodige ? Je la regarde, songeuse, mes yeux s'attardent sur le moindre centimètre de peau de son visage, cherchant ce qui vient plus spécifiquement de moi. Elle me sourit, le sourire de quelqu'un qui ne comprend pas tout à fait ce qui lui arrive. Elle relève la tête de son écran et me demande :

— Papa, j'aimerais te poser une question… Quand on est dans le coma, est-ce qu'on pense ?

— Je ne sais… pas. Aucun souvenir…

— Tu ne te souviens pas de nous, alors ? Ou de maman ?

— Quand c'est… arrivé, tu avais… deux ans… à peine. On ne se… connaissait pas…

— Et maintenant ? Est-ce que tu es déçu ?

Les larmes me viennent aux yeux. J'ai une capacité lacrymale infinie.

— Non, jamais !

Je la prends dans mes bras, et nous restons enlacés un moment sans rien dire. Je finis par regarder ma montre à contrecœur. L'heure passe. Que va-t-elle faire, ce soir ?

— Je pourrais peut-être rester ici avec toi ? Juste cette nuit ?

— Tu ne… peux pas. C'est… une chambre… d'hôpital.

— C'est relou ! Si tu préviens maman, c'est sûr qu'elle va me tuer.

— Ta mère ne te… tuera pas, Clotilde. Par contre, elle va être… folle d'inquiétude si… Paul vend la mèche… ou la nounou lui parle.

— Paul n'a pas intérêt à cafter !

— Et la nounou ?

Là, elle ne trouve rien à redire, sinon un « c'est pas juste ! »

J'aimerais lui dire que la vie l'est rarement.

24

Ça n'a pas été l'apocalypse, mais il s'en est fallu d'un cheveu. J'ai fini par faire admettre à Clotilde qu'elle ne pouvait pas rester avec moi et qu'elle devait à la fois prévenir sa nounou et sa mère. Elle n'a aucune envie d'aller passer la nuit chez son grand-père non plus, le vieil homme est devenu aigri avec le temps, mais ça reste la meilleure solution pour elle, d'autant qu'il est celui qui habite le plus près de l'hôpital. J'ai juste une crainte en ce qui concerne ses capacités à conduire un véhicule alors que le jour tombe. La mort dans l'âme, je lui demande de me prêter son téléphone portable – elle m'a bien fait comprendre que tous les jeunes de son âge en ont un, ce dont je doute –, et je compose le numéro qu'elle m'indique. J'essaie d'expliquer à la baby-sitter que Clotilde est avec moi et qu'elle va aller passer comme prévu la nuit chez mon beau-père. Ma voix est trop saccadée pour qu'elle comprenne, aussi ma fille prend le relais d'un air las. Je compose ensuite le numéro de Béatrice, laisse sonner un moment, finis par tomber sur le répondeur. J'hésite à laisser un message, puis je me lance en biaisant un peu la vérité :

— Béatrice, c'est... Damien. Oui, je sais... tu vas... être surprise d'entendre... ma voix au... téléphone, mais je vais... faire vite pour te… rassurer. Clotilde est passée… me voir. Elle voulait… tenir compagnie… à ton père qui n'est pas… au mieux… de sa ffforme, elle a fait un ccc… crochet par… l'hôpital.

La fatigue me guette, et l'émotion me gagne. Je sens que ma voix n'est plus aussi assurée.

— J'attends de sssavoir si ton pppère… vient la chercher… sinon, j'appelle… un tttaxi. Voilà… J'espère que tout… va bien. Ttt… tu me mmmanques… je t'aime.

J'ai eu un peu de mal à prononcer ces derniers mots, comme si je n'y croyais plus moi-même.

Au moment où je vais couper, une voix s'élève dans l'appareil :

— Damien ?

— Oui, Béatrice… sssuis là… ne t'inqu… qu… quiète pas, tout va bbbien…

— Passe-moi Clotilde !

Le ton est impératif. Je tends le portable à ma fille. Je perçois les éclats de voix de ma femme, visiblement furieuse. Clotilde fait la grimace, ses yeux se mettent à briller un peu trop, sa respiration s'accélère. Elle finit par exploser, en un cri qui me surprend et me fait sursauter.

— Maman ! C'est mon père ! Je ne l'ai jamais vu avant ! C'est comme si je le découvrais pour la première fois, tu ne vas quand même pas m'empêcher de lui rendre visite ! J'ai besoin de le connaître ! Il est tout seul, personne ne vient le voir !

Elle me retend l'appareil, dégoûtée.

— Elle veut te parler…

Béatrice reprend :

— Je ne sais pas ce qui est passé dans le crâne de cette gamine, râle-t-elle. Ni ce qu'elle est allée imaginer.

— Écoute, ce n'est pas… si grave…

— Mais ça aurait pu l'être ! hurle-t-elle. Est-ce que tu te rends compte qu'elle n'est pas majeure ? N'importe qui aurait pu l'agresser !

Béatrice se fait les mêmes réflexions que moi, mais je ne veux pas entrer dans son jeu.

— Bon, elle est... en sssécurité, d'accord ? Elle a... fait une... grosse ccconnerie... mais elle s'excuse. Elle s'en vvveut... et je suis sûr... qu'elle ne... recommencera pas.

— Pour ça, il n'y a pas de danger ! me jette ma femme d'un ton qui m'inquiète.

— Suis content de... l'avoir vue. Vous me... manquez tous... les jours qui... pppassent entre... quatre murs de la ch... ch... chambre... sont longs... tu n'as pas idée. Elle... fait preuve... d'humanité. Tous les gggosses font... des... conneries.

— Ah bon ? Parce que tu t'y connais en matière d'éducation, à présent ?

Pourquoi m'agresse-t-elle ainsi ?

— J'ai été gggosse... et toi aussi.

— Je n'ai jamais fait de fugue, moi ! Et je n'ai jamais obligé une personne âgée qui ne voit plus très clair à sortir la voiture le soir pour aller me chercher ! Ce sont deux vies que tu mets en jeu, Damien !

— Je peux... appeler un tttaxi...

— Comment ? Avec quel argent ?

— Ton pppère... règlera à... l'arrivée... c'est bon, tu fffferas... un chèque en retour ! Je ne vois pas... où est le ppproblème... franchement !

— Tu n'as jamais vu où étaient les problèmes, Dam'. C'est bien ça, le truc... On en reparlera plus tard, repasse-moi Clotilde.

Elles conviennent finalement que le grand-père va venir la chercher. Ma fille n'arrive pas à retenir ses larmes.

— Tout ce que je voulais, c'était être un peu avec toi ! pleurniche-t-elle. Maintenant, je ne sais pas quand je pourrai te voir, maman va me punir !

— Je suis désolé… mais dis-toi… que c'est pour ton bien ! Écoute… je vais tâcher de… voir ta mère et… discuter avec elle, pour que tu… vvviennes plus souvent. Ou alors, je vais… discuter avec Chardonnet, si… je peux être transféré… dans un autre hôpital… près de chez vvvous. Ça te vvva… comme ça ? Tu n'auras plus… à courir le moindre risque pour venir…

— Tu ferais ça ? Partir d'ici ?

— Vous êtes… ma fffamille ! C'est la ssseule chose… qui compte.

Elle est restée à mes côtés, assise sur le lit, le temps que mon beau-père arrive. L'aide-soignante frappe à la porte pour nous dire que Clotilde est attendue par son grand-père. De Langlois ne cherche même pas à venir me saluer, prétextant être garé en double file. Cette attitude équivoque choque tellement Clotilde qu'elle refuse de quitter la chambre tant qu'il ne viendra pas lui-même. Je l'invite à laisser tomber, mais elle refuse. Elle est sacrément têtue.

De fait, elle me rappelle quelqu'un.

De Langlois finit par passer une tête dans la chambre. Je le reconnais à peine tant il a vieilli et s'est voûté. Son visage a blanchi et s'est crevassé, comme un plâtre mal lissé et qui aurait trop vite séché. Il entre en s'appuyant sur une canne.

— Tu viens, Clotilde, on y va !

Sa voix est aussi sèche et racornie que lui. Nous nous dévisageons. Même après toutes ces années, je peux ressentir son mépris à mon égard. J'estime avoir rendu sa fille heureuse, je lui ai donné deux petits-enfants en parfaite santé, mais ce n'est pas encore assez pour lui, parce que je ne suis pas « né ». Au jeu du « qui flanchera le premier », j'ai décidé que c'était moi qui remporterais la manche. Il finit par détourner le regard.

— Ah ! Lenseigne ! fait-il, bourru. Béatrice m'a dit que vous étiez sorti du coma. Après toutes ces années, qui aurait pu le croire ?

— Personne, à... l'évidence. Mais je ne... me suis jamais laissé... abattre, c'est dans mmma... nnnature.

— Je vois ça... C'est bon, Clotilde ? Tu as pris tes affaires ?

Ma fille passe son sac sur ses épaules, m'étreint longuement en m'embrassant. Je lui rends son étreinte en essayant d'emporter avec moi les atomes de sa présence. Comme il existe une persistance rétinienne, je voudrais une persistance psychique et physique, mais c'est impossible.

— Je reviendrai toujours te voir, aussi souvent qu'il le faudra ! lance Clotilde, un regard de défi en direction de son grand-père. À très bientôt !

— J'espère pour vous que ça continuera à aller, fait De Langlois en guise d'au revoir.

— Vous pppouvez... compter... sur moi !

Cet avertissement, un rien bravache, le fait se retourner brièvement avant de refermer la porte.

Je suis à nouveau désespérément seul. Je vais avoir une explication franche avec Béatrice la prochaine fois qu'elle passera me voir. Il faut que je m'exprime mieux, que ma voix ne tremble plus. J'attrape le premier journal qui traîne et lis les titres à haute voix. Mais l'émotion m'a tellement éreinté que je n'y arrive plus. Chaque lettre s'accroche à ma bouche comme si ma langue n'était qu'une plaque de velcro. J'ai l'impression d'avoir tout perdu des séances d'orthophonie. De rage, je jette le journal par terre, attrape ma canne tripode et me mets à faire les cent pas dans ma chambre. Je marche sans tenir compte non plus des recommandations de Romain et j'attrape vite mal aux jambes, puis au bras et au dos. Je finis par m'écrouler sur les draps, épuisé, vaincu, trempé de sueur, avec cette phrase qui tourne en boucle dans mon esprit, comme une litanie : « Tu n'as jamais vu où étaient les problèmes, Dam'. C'est bien ça, le truc… »

Mais qu'est-ce que Béatrice a voulu me dire ?

25

Depuis quelques jours, mon mal de tête ne cède pas. Il a plutôt tendance à empirer.

J'en parle à l'infirmière lors du passage des médicaments. Moi qui avais déjà du mal à avaler ne serait-ce qu'une aspirine, je suis servi. J'ai un traitement pour le cholestérol, pour la tension, un pour la circulation sanguine, un antidépresseur, un anxiolytique, des antalgiques à la demande. J'ai aussi un ou deux sachets pour la constipation, un collyre et un correcteur d'hyposialie – un terme barbare pour dire que je manque de salive. Je suis capable de pleurer des litres de flotte sur une simple contrariété, mais j'ai la bouche sèche… Allez comprendre. J'en ai encore bien un ou deux autres que je me contente de gober, suivant la prescription de Bernard, en bon petit patient modèle.

Avec tout ce que j'ingurgite, j'ai l'impression qu'il me suffirait de pencher la tête en arrière pour me transformer en distributeur de Pez.

Flore a appris la visite de ma fille, elle s'est donc aussitôt présentée à mon chevet pour me demander comment j'ai vécu cette rencontre. Je n'ai pas envie de lui confier cet instant unique qui n'appartient qu'à nous. J'ai vécu un moment d'osmose avec cette gamine de 14 ans, comme jamais je n'en avais vécu auparavant. Il y aura des après, mais celui-ci est particulier.

— Je ne vous demande pas le détail, Damien. Effectivement, certaines choses n'appartiennent qu'à vous. Mais vous le dites vous-même, c'est une première. Comment appréhendez-vous ce nouveau rôle de père ?

Il me fascine et il m'effraie en même temps. Je regrette de ne pas avoir pu tout enregistrer pour me repasser la bande. Comme j'aimerais avoir une machine à remonter le temps ! Jamais je ne la verrai grandir, faire ses premiers pas, je ne l'accompagnerai pas à l'école, je ne lui ferai pas réciter ses poésies ni apprendre ses leçons. Jamais je ne partagerai ses rires et ses pleurs, ses joies et ses chagrins d'enfant. Jamais je ne jouerai avec elle au monstre aux chatouilles, à cache-cache, à la dînette. Tout ce que j'ai perdu défile devant mes yeux, et je me remets à pleurer, sans honte. Pas besoin de larmes artificielles. La psychiatre pose sa main sur la mienne.

— Il ne faut pas se contenter du passé, Damien. Songez à tout le beau qu'il vous reste à vivre ensemble ! Chaque jour est une nouvelle découverte. Vous avez vu tout ce que vous avez appris d'elle ?

Oui, elle a raison. Le passé est le passé, je ne le retrouverai jamais, mais il me reste le présent et le futur. Ces quelques heures en sa compagnie ont été grisantes, j'aspire à établir le même contact avec Paul. Lui parler de ses passions, de ses envies, de ses rêves.

Note pour moi-même : tâcher de me renseigner sur les voitures de sport actuelles, leurs spécificités, afin de ne pas paraître trop ringard aux yeux d'un adolescent de 14 ans. Parce que j'en suis resté à la Ferrari 308 de *Magnum* et que, depuis, il y a eu du progrès.

L'infirmière me prend la tension, la température, et me propose de m'apporter un autre cacheton en attendant de voir si la douleur diminue. Je sais qu'elle ne cédera pas, elle a même plutôt tendance à augmenter. Je suis inquiet. Dans ce lit d'hôpital qui constitue mon unique univers de vie, j'ai tendance à devenir hypocondriaque, je me fais des films sur le moindre symptôme que je ressens. Je ne peux pas en vouloir à la soignante, elle fait son travail, elle ne va pas alerter un médecin chaque fois que j'ai quelque chose qui fonctionne de travers. Je suis *un patient*, pas *le docteur*. Mais ce mal de tête me cause de plus en plus de souci. Je passe peut-être trop de temps sur l'écran de mon portable à tenter de mettre par écrit mes souvenirs qui me reviennent par bribes. Viviane Desnoyers se renseigne pour savoir si je peux obtenir un rendez-vous avec l'ophtalmologue, m'en obtient un par miracle – elle a dû user de son influence, et je suis ennuyé de profiter un peu du système – et j'ai fait la navette en fauteuil roulant jusqu'au bâtiment adjacent à celui des neurosciences. Un grand échalas avec un accent roumain prononcé m'a accueilli et m'a fait passer une batterie de tests.

— Vous êtes presbyte et un peu hypermétrope ! Et votre tension est un peu haute. On va surveiller tout ça. En attendant, je prescris des lunettes de correction, et on contrôle la tension dans six mois.

Encore un truc qui part en sucette. La vue qui baisse. En même temps, Bernard a toujours porté des lunettes, ça ne l'a jamais empêché d'opérer.

Je n'ai pas l'impression de mal dormir non plus, mais je me sens épuisé en permanence. J'en parle à Bernard, mais il me semble absent, et je crains que la santé de Solange, sa femme, ne se soit davantage détériorée. Il m'apporte tout de même un gâteau aux pommes.

— Solange est… encore aux fourneaux ? Dites-lui de… se ménager.

— C'est Noémie qui l'a aidée. Elle n'est jamais aussi bien que quand elle est dans la cuisine. Je suis obligé de la freiner un peu, sinon… (Il se tapote le ventre.) Je vais finir par exploser.

— Elle a toujours… été une excellente… cuisinière, Bernard.

— Oui, mais moi, je ne bouge plus autant qu'avant.

— Et l'opération ?

— C'est prévu. Nous sommes décidés à la faire. Elle ne peut plus marcher tellement elle a mal, par moments, mais elle ne dit rien. Elle souffre en silence.

— Embrassez-la… pour moi.

— Je n'y manquerai pas. Je vais tâcher de vous dégotter un rendez-vous pour une IRM cérébrale, afin qu'on sache ce qui occasionne ces céphalées.

Je lui fais signe que cela n'a rien d'urgent, pour le rassurer. Je ne veux pas ennuyer non plus l'infirmière générale qui en fait déjà beaucoup pour moi. Nous n'avons guère eu l'occasion de revenir sur notre discussion à propos de mon caractère lorsque j'étais assistant chef de clinique, mais il me semble qu'elle en tient compte : je n'ai pas vu passer non plus les anciens du service, le personnel soignant qui travaillait déjà lorsque je sévissais dans le bloc opératoire. Il faut croire que, pour certains, douze années, c'est trop peu pour oublier. À moins qu'ils se sentent mal à l'aise de venir me voir encore maigre comme un clou.

Béatrice débarque dans le service en tout début d'après-midi. Elle a mauvaise mine, je dirais même qu'elle est crevée. Elle balaie rapidement mes interrogations de la main, c'est juste un problème de transport de pièces détachées en provenance de Chine, certains lots sont défectueux, elle n'a pas envie d'en parler. Malgré ces maudites céphalées qui m'empêchent de réfléchir, je décide de mettre les choses au clair le plus rapidement possible :

— Écoute… au sujet de Clotilde, je voulais te dire… je ne sais pas… ce qu'il lui a pris, je m'en rends… compte, c'était… dangereux pour elle. Suis désolé que… tu aies pu te… faire du souci. Après douze ans… dans le cosmos… je tourne encore un peu au… ralenti.

Elle hoche la tête.

— En tout cas, ça m'a fait… un bien fou. Je me suis senti… revivre. Ne lui en veux pas… trop, tu… promets ? Je la comprends, j'aurais… fait la même chose… à son âge. Enfin, si j'avais… découvert mon père après tout ce temps…

Elle ne répond pas. Ce silence me met mal à l'aise. Son regard en dit cependant long sur son étonnement. Elle ne s'attendait pas à cet acte de contrition de ma part, comme si elle découvrait que j'étais capable de reconnaître mes torts. Je crois d'ailleurs me rappeler que, naguère, les rôles étaient inversés.

Béatrice me parle, et je ne réponds pas. Ça fait de toute façon un moment que je ne l'entends plus. Je me comporte de plus en plus à domicile comme je me comporte au travail : mes décisions ne sauraient connaître d'appel.

— Damien ! Est-ce que tu vas m'écouter, à la fin ?

Je consulte le courrier récupéré dans la boîte aux lettres : de la publicité, une invitation à un symposium, de la publicité. Je me contente d'un bref hochement de tête de temps à autre. Le ton monte entre nous. La coupe en verre, souvenir de notre mariage, quitte la table et s'écrase sur le carrelage avec un bruit de tonnerre en explosant en un millier de fragments, et ma femme hurle, hors d'elle. De quoi me parle-t-elle ?

— La maison me coûtait trop cher, lâche-t-elle.

— Pardon ?

Je n'ai pas saisi ce qu'elle me disait. Il va falloir que j'appelle l'infirmière pour qu'elle me file un cachet. Ma vue se trouble, et j'en ai presque la nausée. Moi qui n'ai jamais eu mal à la tête de toute ma vie, je suis servi !

— Notre maison. Elle me… elle nous coûtait trop cher. Au début, j'ai songé à la garder, bien sûr, et puis je me suis dit que, de toute façon, si tu sortais de là, tu ne pourrais plus y vivre. Trop d'escaliers à gravir, trop de couloirs étroits. Et si jamais tu ne marchais plus, si tu devais rester en fauteuil roulant ? Et puis, lorsque s'est présentée cette promotion à Lyon, je n'ai pas hésité. Je savais qu'en plus, tu n'avais jamais vraiment aimé notre habitation, tu disais toi-même que tu l'avais achetée pour rendre tes collègues verts de jalousie. Nous avions la plus grosse maison de tout le quartier, c'est sûr, mais je ne m'y suis jamais sentie chez moi. À Lyon, par contre, j'ai pu décorer comme je le souhaitais, la rendre chaleureuse, pratique, gaie. Tout le contraire de l'ancienne. Et puis, tu y avais ta chambre, tout était prévu pour que tu puisses te déplacer. Il suffisait de quelques petits travaux pour faire circuler un fauteuil roulant.

Je n'aime pas beaucoup cet imparfait.

— Les années qui se sont écoulées m'ont fait comprendre que rien ne serait plus comme avant. J'ai d'abord pensé que tu ne pourrais jamais t'en sortir, puis que si par miracle tu parvenais à survivre à cette épreuve, tu ne quitterais jamais les structures de soins. J'ai dû réapprendre à vivre, moi aussi. Pour Paul et Clotilde. Leur montrer que j'étais là. Me substituer à toi, endosser le double rôle de père et de mère, ne jamais faiblir. J'ai dû faire des choix. Déjà, lorsque nous avons vendu la maison, je me suis arrangée pour continuer à verser sur tes différents plans. Tu avais souscrit une assurance qui a pris en charge une partie de l'éducation des enfants. J'ai tenu à ce que, si toi aussi tu avais besoin d'argent, tu puisses en profiter. Les prix sont peut-être élevés dans la région lyonnaise, mais ce n'est rien en comparaison de là où nous habitions. J'ai fait emballer tes affaires pour les stocker dans la nouvelle demeure. Elles y sont toutes, enfin, les principales. J'ai dû faire un choix, là encore, garder l'indispensable et me débarrasser du superflu. Tout est là-bas, qui t'attend.

La discussion prend une direction qui ne me plaît guère. Béatrice cherche-t-elle à gagner du temps, ou bien tient-elle à m'expliquer son attitude à mon égard ?

— Tout ça, me dit-elle enfin, c'est pour dire que je ne sais plus trop où j'en suis. Je crois que je ne comprends pas bien ce qu'il nous arrive, les enfants non plus. Paul est très perturbé, j'ai été appelée par son collège. Depuis qu'il a appris ton réveil et qu'il t'a vu, ses notes sont catastrophiques. J'envisage de le faire de nouveau suivre par un psychologue. Il y a quelques années, j'avais dû y avoir recours. Ce… ce n'est vraiment pas facile, Damien. Bien sûr, ce n'est la faute de personne, on va dire que c'est le destin. Disons que c'est une nouvelle équation qui vient perturber une vie déjà pas très simple.

Une équation ? Je ne serais donc qu'une équation ?

— Et… tu proposes… quoi ?

— Il faudrait peut-être nous donner plus de temps…

— Tu ne veux plus… que je vous voie ? J'ai besoin de vous, Béatrice ! J'ai manqué… toute la jeunesse… des enfants, tout ce qu'ils ont fait… je ne rattraperai… jamais ! Et Clotilde ne semblait pas… plus ppperturbée que cela… au contraire ! Je lui ai dit qqque… j'envisageais de dddemander à me… rrrapprocher de Lyon pour mmma… rrrééducation.

Béatrice fronce les sourcils.

— C'est peut-être prématuré, non ? En plus, tu ne connais personne là-bas, et la maison n'est peut-être pas encore adaptée à ton handicap ! On pourrait en rediscuter ?… Qu'est-ce que tu en dis ?

Qu'est-ce que tu as dit ? Elle me parle, ou je rêve ? Je n'entends pas sa voix. Je la vois floue. C'est comme si j'étais ivre. Les céphalées éclatent dans mon crâne avec une violence inouïe, mes ongles se plantent dans l'accoudoir du fauteuil pour tenter de me retenir de glisser. Je m'enfonce inexorablement vers un trou immense qui vient de se creuser dans le sol. Béatrice se lève, elle m'attrape par le bras, cherche à me retenir. Elle commence à paniquer. Elle se met à hurler. Je la distingue vaguement courir vers le couloir, appeler à l'aide. Plusieurs personnes se précipitent dans la chambre. Un médecin. Un confrère ? Non, je ne comprends pas ce que vous dites, docteur. On me relève, on me couche. Pose de perfusion dans mes veines mille fois meurtries. Les freins du lit sont déverrouillés. On m'emporte je ne sais où.

Je comprends soudain.
Merde.
Ça recommence…

26

Agitation. Corps ballotté dans tous les sens. Lumières vives. Bruits. Plongée dans une boîte… Scanner cérébral. Puis, de nouveau des déplacements. Portes battantes qui s'ouvrent et se referment derrière moi. Transfert du lit à la table, à trois ! Un… deux… trois ! Blouses vertes, masques sur le visage… Anesthésiste… *Ça va aller, Damien, ne vous inquiétez pas, ce n'est pas aussi grave que la première fois. On va passer par voie fémorale, pas de scalp, cette fois-ci !* Le chirurgien. Il vient de me parler. Ce n'est pas Chardonnet, ce n'est pas Jeanclin. Où sont-ils ? Pourquoi me laissent-ils entre les mains d'un type que je ne connais pas ? Et s'il foire son intervention ? Mes paupières deviennent lourdes, mes sens s'émoussent, tout devient flou autour de moi. Béatrice ! Clotilde ! Paul ! Une bouffée de rage m'envahit. C'est tellement injuste, je n'aurai pas eu le temps de les connaître ! J'aperçois une foule de visages qui se pressent autour de moi pour me regarder et me parler. Il y a mes parents, mes grands-parents, mes anciens amis de faculté, d'autres visages encore, vagues, qui s'évaporent avant d'avoir eu le temps de se fixer.

Y aura-t-il un tunnel de lumière tout au bout ?

Je n'existe plus.

Lumière vive. Encore ces bips de réanimation. Un rêve? Un premier réveil? Et si j'avais imaginé tout cela? Retour à la case départ. L'ouverture de mes yeux se fait avec une bouffée de panique qui provoque le déclenchement des alarmes du scope. Je veux bouger mes bras et mes jambes, et…

Et je les bouge! Dieu merci, je ne suis pas paralysé!

C'est Françoise qui apparaît à mes côtés, Françoise qui me sourit et blague: « On va finir par croire que vous ne voulez plus nous quitter, docteur! »

Elle coupe l'alarme, réajuste mon oreiller. Mes mains filent sur mon crâne, inspectent le cuir chevelu où les cheveux ont commencé à repousser. La sensation de poil dru et de démangeaison que cela procure me rassure. J'ai par contre un compressif sur la fémorale droite: celui qui m'a opéré n'a pas jugé utile de me rouvrir le crâne comme une boîte de conserve, Dieu merci! Il a sans doute remonté la circulation pour aller me poser un clip vasculaire, ce que, dans mon jargon, on appelle un coil – et le terme me revient spontanément.

— Je vais chercher le chirurgien, prévient Françoise.

Elle revient au bout d'une demi-heure en compagnie d'un type que je n'ai jamais vu… sauf penché sur moi en train de me réconforter. Sans le masque, il arbore une mine assez sympathique. Ses cheveux bruns frisés et ses pommettes rondes lui donnent un air de chérubin descendu de son ornement de pierre. Il me serre la main, une poigne franche.

— Bonjour, Damien! Je suis le docteur Xavier Boussicault, neuroradiologue. Nous n'avions jamais eu l'occasion de nous rencontrer jusqu'à présent, si l'on excepte notre bref échange au bloc. Comment vous sentez-vous, cher confrère?

— Dans le potage… C'est vous qui… m'avez opéré ? Je pensais à Chardonnet ou… Jeanclin.

— J'ai pris contact avec Chardonnet, c'est lui qui vous a confié à moi. Jeanclin n'était pas disponible non plus.

— Que s'est-il… passé ?

— Pour faire simple : une brèche au niveau de votre intervention. Un anévrisme secondaire qui est venu comprimer les structures cérébrales, avec hématome. C'est ce qui explique vos céphalées et vos troubles de la compréhension et du langage. Nous avons décidé de ne pas vous faire subir une deuxième craniotomie, donc nous sommes passés par voie fémorale en montant un coil sur place. L'intervention s'est parfaitement déroulée, vous êtes définitivement à l'abri désormais. Vous allez sans doute souffrir de céphalées pendant encore quelques jours, mais ce n'est rien.

— Ma femme ?

— Elle s'est affolée en vous voyant perdre conscience, elle a appelé les secours. Disons qu'elle vous a sauvé la vie une nouvelle fois !

Je soupire en fermant les yeux. Derrière mes paupières se dessine le détail de la vascularisation cérébrale. Je voyage dans mon propre crâne, je suis les méandres des vaisseaux et des circonvolutions, à la manière d'un pilote d'hélicoptère volant en rase-mottes au-dessus d'une vallée. Une question me démange.

— Dites, Xavier, je peux vous demander un truc ?

— Bien sûr !

— Est-ce que… c'est fini ? Vraiment fini ?

Il me regarde avec un petit sourire et me tapote l'épaule. Comme Bernard, tiens.

— Vous connaissez le cerveau aussi bien que moi, voire mieux, Damien. Il y a longtemps qu'il n'a plus de secret pour vous.

Vous savez donc qu'on ne peut jamais dire jamais. Mais à votre place, je ne m'en ferais pas trop. C'est du costaud, là-dedans, ajoute-t-il en tapotant ma boîte crânienne, ce n'est pas de la bouillie. Tout ce que j'ai vu m'a rassuré. Tous vos vaisseaux sont nickels. Si vous avez un rythme de vie sain et sans excès, il n'y a aucune raison que ça récidive.

Je ne suis pas croyant pour un sou, mais aujourd'hui, je le deviens.

Dieu merci. Une seconde chance m'est offerte, je ne dois surtout pas la gâcher. On me permet de vivre pour retrouver mes enfants, je ne les ai pas perdus !

Xavier Boussicault parti, je m'interroge. EMI, acronyme pour Expérience de Mort Imminente. Certaines études tendent à prouver qu'elle existe réellement. J'avoue que le bon cartésien que je suis a du mal à croire à ça, néanmoins… Que signifient tous ces visages que j'ai vu passer devant mes yeux lorsque j'étais au bloc opératoire ? Je distingue encore mes parents et mes grands-parents, ils souhaitaient me faire passer un message. « Accroche-toi », peut-être ? Ce que j'ai pu voir ou lire s'efface comme fumée dans le vent, me restent de vagues impressions. Une foule de souvenirs que mon traumatisme a occultés. Et puis, un prénom surgit du passé, me heurte en plein visage. Alexandra. Se dessine une silhouette fine, les cheveux châtain clair, un visage agréable un peu allongé. Son portrait cherche à se superposer à celui de Béatrice. Ma femme m'a dit quelque chose lorsqu'elle est venue il y a quelques jours – ou quelques semaines ? Je ne sais plus.

Tu n'as jamais vu où étaient les problèmes, Dam'. C'est bien ça, le truc…

Je commence à saisir. À mesurer l'immense gâchis. Me revient en mémoire cette période où tout semblait aller au plus mal entre Béatrice et moi, où nous avions l'impression que notre route se divisait en deux embranchements impossibles à éviter, et que chacun tirait de son côté. Elle me reprochait mon obnubilation pour le travail, mon désir avide de reconnaissance, mon absence d'empathie envers ses propres envies de réussite. Je lui reprochais hypocritement son manque de soutien. Je me réfugiais le plus souvent possible à l'hôpital, cumulant les gardes, dépassant les heures de travail. Parfois, je prétextais une réunion entre confrères pour ne pas rentrer. C'était au cours de l'une d'entre elles que j'avais croisé Alexandra, une brillante interne. Nous avions sympathisé autour d'un verre ou deux. Je l'avais revue plusieurs fois et, un soir, je n'étais pas rentré chez moi. Lorsqu'au petit matin je m'étais éveillé, nu, collé contre son corps, j'avais voulu étouffer le sentiment de culpabilité en me disant que je n'étais qu'en partie responsable de cette situation, que c'était inéluctable.

Alexandra avait choisi de partir pratiquer la médecine à Montpellier. Une séparation sans heurts pour elle, consciente que ce n'était qu'une passade. Je ne lui avais jamais dit que j'étais marié, elle ne me l'avait jamais demandé.

Deux mois plus tard, Béatrice faisait une dernière tentative de traitement contre la stérilité.

Cela fait si longtemps que je l'avais oubliée. Pourquoi ai-je pensé à Alexandra maintenant ? Je n'ai plus jamais eu de ses nouvelles. La bouffée de culpabilité passée, je me ronge les sangs : et si, en débarrassant la maison, Béatrice était tombée sur un souvenir d'elle ? Je suis incapable de me remémorer si j'ai pu garder son adresse, son numéro de téléphone, une photographie. D'avoir vu la souffrance de ma femme sans son désir ultime d'enfanter m'a brutalement ouvert les yeux, et plus rien d'autre n'a compté ensuite. J'ai compris que je pouvais la perdre à tout moment. Et là encore, Chardonnet est arrivé en homme providentiel et m'a contraint à prendre plusieurs jours de repos pour m'occuper d'elle. J'ai toujours pensé qu'elle n'en avait jamais rien su, que c'était un moment d'égarement qui ne se reproduirait pas.

Je n'ai jamais vu où étaient les problèmes… Peut-être qu'ils étaient là depuis longtemps, sous mon nez, et que je ne m'en suis pas rendu compte.

Depuis combien de temps Béatrice souffrait-elle en silence, sans rien me dire ?

27

Assis au pied du lit, Chardonnet oscille en permanence entre le soulagement de me voir enfin tiré d'un mauvais pas et l'état de santé de son épouse. L'opération de Solange s'est parfaitement déroulée, mais depuis l'anesthésie, ses capacités mémorielles se sont considérablement dégradées.

— J'ai dû dissimuler toutes les clés du logement et, malgré cela, je ne sors pas tranquille de chez nous. Solange essaie d'ouvrir les fenêtres, manipule les boutons de la cuisinière, laisse couler l'eau. Elle se lève en pleine nuit pour cuisiner et, lorsque je la réprimande, elle me dit qu'elle n'a rien préparé pour mes cours de l'après-midi.

— C'est peut-être… temporaire… suite à l'anesthésie.

— Je ne crois pas. Je vais lui faire un bilan cognitif, mais je ne me fais pas trop d'illusions.

Je ne réponds pas. Je sais parfaitement ce qu'est la maladie d'Alzheimer, j'ai vu mon grand-père en souffrir et disparaître de cette saleté. J'aurais aimé que Bernard et Solange ne la subissent pas eux aussi ; ce sont des êtres à part, ils comptent tant pour moi.

— En tout cas, ne croyez pas vous en tirer à si bon compte ! ajoute-t-il. Je pense que plus un commerçant du quartier ne possède de pommes sur son étalage, alors, si vous pensez que je vais être le seul à manger de son gâteau, vous vous trompez ! Bon sang ! Je vais finir par en rêver la nuit, de ce fichu gâteau !

Fidèle à son habitude, il pose une main sur mon épaule et m'assure que tout va bien se passer pour moi. Je cherche mes mots pour le soulager, mais ils me manquent. Aucune orthophoniste – aussi douée Gabrielle fût-elle – ne pourrait me venir en aide. Et pourtant, elle et mon ancien patron sont responsables de ce regain de volonté qui m'anime. Je ne dois pas me plaindre ! Je suis capable de m'en sortir.

Béatrice est repartie à Lyon, en récupérant Clotilde au passage. Je prends conscience que, plus que n'importe qui d'autre, ma fille me manque horriblement. C'est une raison suffisante pour avancer. Je reprends les exercices de kinésithérapie et ceux d'orthophonie. J'ai l'impression que c'est sans fin. Parfois, durant la nuit, je rêve – ou plutôt, je cauchemarde – que j'ai une nouvelle hémorragie cérébrale. Que je deviens sourd, muet et aveugle. Je sens le contact des mains des soignants autour de moi, mais je ne peux plus les entendre ni communiquer. Plusieurs fois, je me réveille en sursaut, trempé de sueur ; il me semble que j'ai poussé des hurlements à plusieurs reprises. L'infirmière de nuit est passée pour me proposer un autre anxiolytique. Je refuse, jusqu'à ce que l'épuisement me fasse capituler, et j'accepte le cachet supplémentaire qu'elle me tend sur les conseils de la psychiatre. Une cochonnerie à laquelle je ne veux surtout pas m'habituer. *Ce n'est que temporaire*. C'est aussi pour essayer d'étouffer l'angoisse qui me ronge un peu plus chaque jour. Je ne suis plus inquiet en ce qui concerne ma rééducation motrice : j'ai retrouvé l'usage de mes membres, et même si ma jambe droite demeure plus raide et m'oblige à boiter, je n'ai besoin de personne pour me déplacer ou aller prendre ma douche. Assis, je précise, parce que je ne suis pas sûr de tenir assez longtemps sur mes pieds.

L'angoisse est ailleurs.

Je finis par me raisonner en me convainquant que je ne risque plus rien, que je ne vais pas refaire d'hémorragie. Boussicault est un crack, je suis sûr qu'il m'a tellement filmé l'encéphale qu'il pourrait presque se prendre pour Waze – c'est Clotilde qui m'a parlé de cette application – à l'intérieur de mes vaisseaux. Et le clip vasculaire est là pour assurer ma sécurité. Je suis le Robocop de la neurologie, ah, ah, ah ! Je ris de tout et de n'importe quoi pour tenter de surmonter cette peur.

Car l'angoisse est ailleurs.

Le verdict est sans appel. Je le sentais venir depuis quelque temps, j'ai voulu me persuader que c'était dû à la fatigue, aux émotions, à tout un ensemble de facteurs extérieurs, mais la vérité m'oblige à reconnaître que je faisais fausse route.

Je ne parviens pas à récupérer ma mémoire et mon esprit logique.

Lorsque je travaille la prononciation des mots, les lettres, que je fais de petits exercices de calcul mental, l'orthophoniste me félicite de mes progrès. Mais je ne crois pas qu'elle soit dupe. J'ai perdu ce qui faisait de moi un as de la chirurgie, je suis incapable de réfléchir à long terme, je fatigue très vite et je perds le fil de la conversation. Gabrielle enrage de me voir tenir ces propos :

— Bon sang ! Comment voulez-vous récupérer en quelques semaines toutes vos facultés qui n'ont pas été utilisées pendant douze ans ? Personne ne le peut, le maître mot est : patience !

— Ça ne… fonctionnera jamais. On ne fait pas… un cerveau… neuf avec un… vieux.

— Ça ne fonctionnera pas si vous refusez d'y mettre du vôtre et que vous choisissez de vous lamenter ! Commencez par vous concentrer sur des exercices simples, et nous les compliquerons à mesure de votre progression. Il n'y a pas d'alternative.

Même si je ne la comprends que trop bien, je sais que jamais plus je ne pourrai être médecin. La vie, cette putain d'existence, a filé depuis bien longtemps sans m'attendre. Pendant que le monde traçait en Lamborghini sur une quatre-voies, je me coltinais un chemin vicinal en Traban… Le calcul est vite fait. Et je ne sais rien faire d'autre.

J'aurai beau me dire que je pourrai, le moment venu, servir d'assistant opératoire, éventuellement donner des consultations en hôpital de jour, je ne pourrai pas retrouver mon statut.

J'ai survécu là où d'autres sont morts, et la seule chose qui m'importe, c'est mon statut ? Ça pourrait prêter à sourire, n'est-ce pas ? Mais je ne sais rien faire d'autre ! Vanité et fatuité de la position sociale. Sorti de mon rang, je deviens inutile. Un fardeau. Je lutte pour me sortir d'une situation sans issue.

Finalement, je reprendrais bien une louche d'antidépresseurs, s'il vous plaît.

28

Il fait beau, ce matin. Romain a décidé de m'emmener faire un tour dans le parc de l'hôpital.

— Depuis le temps que vous n'êtes pas sorti, vous commencez à sentir le renfermé ! me dit-il en riant.

Nous abordons une nouvelle étape de la rééducation. Je peux marcher en traînant un peu la jambe droite, et Romain pense que ce n'est qu'en effectuant des exercices dehors que je pourrai améliorer mon état.

Je m'habille du mieux que je peux et je le suis dans l'ascenseur, ma canne serrée dans la main, une boule au ventre. C'est une sensation étrange, je vais respirer autre chose que de l'air en boîte depuis tout ce temps. La cabine s'arrête au rez-de-chaussée un peu brutalement, je suis secoué et je manque de tomber. Heureusement, mon kinésithérapeute est là pour me rattraper et me stabiliser.

Dépendre de quelqu'un. Merde, qu'est-ce que j'ai cette idée en horreur !

La cour est là, devant moi, je dirais presque qu'elle me tend les bras. Quelques pas me portent jusqu'à la baie vitrée pneumatique qui coulisse lentement dans un chuintement à peine perceptible. Une bouffée d'air me saute au visage. Il y a un peu de vent, je le sens me caresser le front. Je souris bêtement, comme si je ressentais pour la première fois cet effet. Et, quelque part, n'est-ce pas une découverte, ou plutôt une redécouverte, après toutes ces années passées à ne plus rien éprouver ?

L'hôpital dispose d'une sorte de jardinet intérieur pour les malades et leurs familles. Clos sur les quatre côtés, il comprend des allées bétonnées, une série de plates-bandes engazonnées et fleuries selon les saisons, et des arbres sur lesquels on a fixé des nichoirs pour les oiseaux. Il y a même une sorte de petit pont de bois enjambant un bassin où nagent paresseusement quelques poissons rouges. J'ai lu il y a longtemps que le spectacle de poissons nageant tranquillement a un effet bénéfique sur les phénomènes anxieux.

Note pour plus tard : en plus du chien, penser à installer un aquarium. Pas une boule en verre avec un poisson rouge qui s'ennuierait en tournant en rond, mais un vrai de vrai, avec une pompe et tout le bazar.

Note numéro 2 : penser d'abord à vérifier comment on entretient un aquarium…

J'effectue mes premiers pas dans le monde extérieur. Je sens la dureté des dalles de pierre sous la semelle de mes chaussures, moi qui suis habitué au revêtement plastifié de la chambre et des couloirs. Je ne peux résister à la tentation d'enjamber le petit rebord de béton pour fouler le gazon. Voilà, à peine dehors, et je commence à braver les interdits. Rebelle jusqu'au bout, docteur Lenseigne ? Ma main gauche se pose sur un tronc d'arbre, j'en apprécie la dureté, la rugosité, et, par opposition, la douceur et la souplesse de ses feuilles. J'en arrache maladroitement une, l'écrase entre mes doigts, imprégnant ma peau de pulpe verte que je renifle.

Explosion d'odeurs. Explosion de souvenirs.

Je me souviens, gamin, dans le verger de mon père, lorsque nous montions dans les arbres fruitiers malgré son interdiction, parce que, nous disait-il, il n'y a rien de plus traître qu'un fruitier. Même une grosse branche peut se rompre d'un coup alors qu'elle paraît solide. Il s'était lui-même brisé deux côtes et l'avant-bras en voulant cueillir des pommes et, depuis, il se méfiait des arbres. Nous ne l'écoutions pas, bien sûr. Le tronc, c'était la cabane rêvée pour jouer aux explorateurs, aux pirates, à Tarzan ou à un tas d'autres jeux que notre imagination sans bornes pouvait créer.

Je suis comme cet arbre.

Il me semblait avoir un tronc résistant, des branches solides, et, comme le pommier de mon grand-père, j'ai cassé.

Le pommier n'est pas mort. Des années plus tard, lorsque mes parents ont revendu la maison et le terrain, il était toujours là, la cicatrice blanchâtre de sa fracture patinée au fil des ans pour prendre un aspect marron et racorni. Le reste était encore somptueux, il donnait plus de fruits qu'il n'en avait jamais donné sur ses autres branches.

J'imagine cette cicatrice blanchâtre dans mon cerveau, se racornissant avec le temps, sans jamais disparaître. Et ce cerveau meurtri continuer à produire des fruits, peut-être plus comme avant, sans doute d'une autre façon.

— Ça va ? me demande Romain.

— Oui. Je réfléchissais.

— Vous voulez rentrer ?

— Et ne pas profiter... de ma première sortie... sur mes deux jambes... en douze ans ? Sûrement pas !

Je quitte la plate-bande et reprends ma marche. La jambe droite se traîne encore, elle me donne l'impression qu'elle se traînera ainsi jusqu'à la fin de mes jours. Comme ma main droite, d'ailleurs.

Romain se fige soudain, observe un étonnant spectacle devant nous. Un homme est quasiment allongé dans l'herbe, le nez dans les fleurs, il ne bouge pas. Personne ne l'a remarqué.

— Merde ! lâche-t-il. Ne bougez pas, je reviens !

Il s'élance en courant en direction du malheureux qui a probablement fait un malaise. J'espère que ce n'est pas grave. Mais, alors qu'il se penche pour vérifier ce qu'il se passe, j'aperçois, stupéfait, la tête de mon sympathique voisin de réanimation, Robert, de l'herbe dans les cheveux et une belle tache verte sur le devant de la chemise.

— Bon sang, monsieur Ferragus, qu'est-ce que vous fichez allongé dans l'herbe ? J'ai cru que vous aviez fait un malaise !

Ferragus. Je connais désormais le nom de Robert.

— Voudrais bien vous y voir, moi, avec tout ce bon Dieu de béton, j'en ai un peu marre ! Ma campagne me manque, j'avais envie de retrouver l'odeur des prairies ! Vous n'avez jamais pris le temps de sentir l'odeur de l'herbe ?

Devant le regard ahuri de Romain, j'éclate de rire. Je ne peux pas me retenir. Ça fait rire également Robert, qui me lance un clin d'œil, ce qui me fait rire de plus belle. Je ne me souviens pas avoir autant ri, j'en attrape mal au ventre, le souffle court, je suis obligé de me laisser tomber sur un banc providentiel, les jambes coupées.

— Ah ! si seulement mes filles étaient ici !

— Vos filles ? Mais vous nous avez dit que vous n'aviez pas d'enfants !

— Mes deux épagneuls ! Ce sont des femelles ! Elles aimeraient bien cavaler dans cette herbe, même si c'est un peu petit. Chez moi, j'ai deux hectares, et il y a même un ruisseau au fond du terrain. Paraît qu'il y a des truites et des brochets. Moi, je pêche pas, mais mon voisin, Luc, il s'y connaît. Faudra venir me rendre visite quand je serai dehors, hein ?

Il nous salue de la main en s'excusant de devoir « aller changer l'eau du poisson ». Romain le regarde s'éloigner.

— Non, mais alors, lui…

— Sacré numéro, n'est-ce pas ?

— Celle-là, on me l'avait encore jamais faite !

Je me redresse et reprends ma marche.

— Dites-moi, Romain, est-ce qu'il existe une… rencontre, du style « L'Étudiant », mais… pour les médecins… croulants dans mon genre ?

— Vous n'êtes pas croulant, docteur, arrêtez vos bêtises !

— Je suis réaliste… surtout. Je me demande… ce qu'ils vont penser de moi à… l'ANPE lorsque je vais débarquer.

— Ça s'appelle Pôle Emploi, désormais.

— Ah ? Depuis… quand ?

Romain hausse les épaules, ignorant. Il prend son téléphone portable – j'ai encore du mal à imaginer que l'on puisse passer un coup de fil avec de telles briques – et me répond :

— Depuis décembre 2008.

— Voilà l'explication. En 2008… j'étais déjà aux abonnés absents… avec quelques fusibles… grillés. Pôle Emploi ? D'accord… J'imagine que ça ne change rien au… problème. A-t-on déjà vu un médecin… à Pôle Emploi ? Peut-être, pourquoi pas ? Je dois… faire l'inventaire de… ce dont je suis capable. Un CV, en quelque sorte.

Je lève ma main droite. Elle tremble encore par moments.

— Je pourrais râper… des carottes… dans un restaurant.

— Docteur Lenseigne, ne soyez pas aussi défaitiste ! Vous avez récupéré de votre coma plus vite qu'aucun autre patient dont j'ai eu à m'occuper jusque-là. Plus vite, et de façon plus complète. Je parie que c'est le genre de discours d'encouragement que vous teniez à vos patients.

— Vous avez perdu votre… pari, Romain. À l'époque, ils n'étaient que des… numéros ou des pathologies. Je ne soignais pas… M. Dupont ou Mme Durand, mais l'anévrisme… du 12 ou la hernie de la 16. En soi, je ne suis pas… tellement différent des autres chirurgiens de mon époque, en dehors de… Chardonnet, bien sûr, mais lui est un saint.

Nous atteignons l'extrémité du parc. J'observe les oiseaux sautant de branche en branche, j'en viendrais presque à admirer les pigeons, moi qui me souviens parfaitement avoir maudit ces saloperies de piafs lorsqu'ils laissaient une trace de guano sur la carrosserie de ma voiture. Je me sens bien, je ne suis pas amer, loin de là. L'air extérieur me pousse à être philosophe.

— On rentre ? propose Romain.

Cette fois, j'acquiesce. Le vent me fait frissonner, je ne suis plus habitué aux températures extérieures. Une silhouette s'approche de moi à grandes enjambées, et je reconnais Jeanclin. Il s'arrête à deux pas, répond très vaguement au kinésithérapeute. Pour cet homme, tout ce qui n'a pas fait au moins quinze ans d'études n'est pas digne d'intérêt. Je me demande quel regard portent les infirmières et les aides-soignants sur ce type suffisant… comme je l'ai été.

— Je ne voulais pas rater cela ! clame-t-il. Ta première randonnée dans la cour de l'hôpital ! Alors, prêt pour le marathon de Paris ?

— Encore quelques semaines, et je te laisserai… sur le carreau, j'affirme.

— Tu es bien présomptueux! Mais pourquoi pas? Tu aurais une minute? J'ai à te parler.

— J'ai tout mon… temps, pas toi?

— Je sors de deux très grosses interventions, et j'avoue ne pas être mécontent. Ça va en faire jaser plus d'un, mais tant pis!

— Je n'en doute pas… Et de quoi voudrais-tu que l'on parle?

Jeanclin se tourne vers Romain:

— Ne vous en faites pas, je le raccompagnerai jusqu'à sa chambre.

Sa sollicitude me surprend. Romain guette mon aval, j'incline la tête pour lui dire d'y aller. Nous nous donnons rendez-vous pour le lendemain.

— Tu peux encore marcher, ou tu as atteint tes limites?

— Ne te fais pas… de souci pour moi. De quoi voulais-tu qu'on… parle?

— De ton avenir ici. Maintenant que tu te sens mieux, je pense que tu n'as plus rien à faire en hospitalisation. Il faudrait te transférer en unité de rééducation.

— Qu'en pense Bernard?

— Oublie Chardonnet, veux-tu? Il est vieux, il ne fait quasiment plus rien ici en dehors de quelques consultations. C'est juste entre toi et moi. Je te propose une sorte de marché: tu m'aides pour le service, je t'aide pour partir d'ici…

29

Sur le moment, je le regarde, cherchant à savoir ce qu'il a derrière la tête. Il a toujours ce regard hautain et fier de lui. J'ai l'impression de l'avoir quitté la veille sur les bancs de la faculté de médecine et de le retrouver en stage de chirurgie. Je l'ai déjà dit, non ? Jules Jeanclin est un excellent chirurgien. Je l'ai vu opérer, et il est d'une grande maîtrise, d'une capacité de concentration hors du commun. Le hasard a voulu que j'aie sans doute plus de facilités que lui. Lorsqu'il a été question de partir en formation à l'étranger, nous nous sommes tous les deux présentés, et Bernard m'a choisi. J'avais fini major au concours de l'internat là où il avait terminé dans les vingt premiers. Un excellent rang, j'aurais su m'en contenter. Ma lutte, elle n'était que vis-à-vis de moi-même, je n'avais jamais songé que Jules pouvait être un concurrent. Ce n'était pas du mépris ; je ne voulais réussir que par rapport à moi.

Pas Jules Jeanclin. Alors, il déballe.

Ce qu'il voulait, c'était me dépasser. Faire mieux que moi, même à une place près. Lorsque j'ai fini le concours, il est devenu vert de rage. Il a suivi le même trajet que moi, pensant là encore me surpasser. Il n'y est pas parvenu. Il a dû faire sa place à l'ombre de Bernard et de son successeur tout trouvé :

moi. Qu'il réussisse une intervention particulièrement brillante, il me trouvait toujours sur son chemin, lui coupant l'herbe sous le pied. Avec les années, il a éprouvé un ressentiment énorme à mon encontre… Comment aurait-il pu en être autrement ? Je me suis fait la réflexion que, avec lui comme chef de service, je n'aurais jamais pu travailler sous ses ordres. Il en était venu à se dire qu'il devait quitter l'hôpital, quitter la région, même, et repartir de zéro. Il avait les compétences pour, il aurait trouvé du travail n'importe où. Mais ça aurait été reconnaître que j'étais le meilleur, et il ne pouvait l'admettre.

Le drame qui m'a touché a bouleversé ses plans. Il y a vu une opportunité. Profitant de ce que Chardonnet était déboussolé, il est allé plaider sa cause auprès de la direction générale. Il était le mieux placé pour prendre en charge la neurochirurgie, puisque Bernard comptait prendre sa retraite. L'ARS a donné son aval, et quelques semaines après m'avoir installé pour de très longs mois dans un lit de réanimation, il a pris le poste de chef de service. Bernard est resté professeur honoraire. Pour la première fois de sa vie, il arrivait enfin à me dépasser.

Il a dû déchanter en voyant Bernard s'accrocher à moi, avec cet infime espoir que je me réveille un jour et que je reprenne les rênes. Alors qu'il espérait le soutien de l'infirmière générale et celui de notre patron, il n'a finalement obtenu ni l'un ni l'autre. Pour eux, j'étais le seul légitime. Lui n'était que le second choix.

Toutes ces révélations ne sortent pas ainsi. Il y a des suppositions, des bribes, des non-dits, des on-dit. Sur l'instant, je le retrouve presque étudiant, assis dans le même amphithéâtre, fréquentant les mêmes groupes d'amis. Je me rappelle qu'il était d'ailleurs un des proches copains de Frédéric, le frère de Béatrice.

C'est lui qui m'a présenté sa sœur, mais c'était également Jules qui avait des vues sur elle. Encore une victoire de l'invincible Damien ? Je pense que Béatrice n'a jamais eu un seul regard pour lui. J'essaie de comprendre ce qui n'est que de la rancœur, de l'obsession, ce qui me paraît ridicule après tant d'années. Jeanclin a une femme et des enfants qu'il a vu grandir, lui !

Nous sommes tous les deux dans le parc de l'hôpital, le temps est suspendu, nous ne marchons plus. Jules Jeanclin a décidé de crever l'abcès.

— Même après ton accident, il n'y en a eu que pour toi ! poursuit-il.

Il n'est même plus en colère, plutôt amer.

— Aux réunions de service, lorsque nous avions des cas particuliers à présenter au staff, il suffisait que je dise ce que j'envisageais de faire pour qu'aussitôt Bernard ajoute : « Je ne sais pas si Damien aurait fait comme cela. » Même Desnoyers s'y mettait. J'ai voulu réorganiser la réanimation, modifier le fonctionnement du service, je me suis heurté à un « le docteur Lenseigne a installé un système qui fonctionne bien, il n'y a aucune raison de changer quoi que ce soit ». Même hors service, tu étais toujours là. C'est dingue ! Comme si j'avais acheté une maison et que les anciens propriétaires m'interdisaient de mettre un coup de peinture ! J'entends les bruits de couloir, *Jeanclin est un pédant, Jeanclin a le melon* ! Ils oublient que tu étais comme moi, Damien. Exactement comme moi. Tu peux te cacher derrière une amnésie, les faits sont têtus. Desnoyers te tenait tête, elle n'a jamais eu peur de toi. Mais tu le sais, n'est-ce pas, tu as vu la tête de certains ? Tu as vu leurs regards lorsque tu es arrivé dans le service ? J'ai droit aux mêmes.

— J'ai changé…

— Jusqu'à quel point ? On ne peut pas totalement renier son passé, Damien. Tu vois ? Même douze ans après, tu en auras toujours qui se souviendront. Ils ne parviennent pas à croire que tu n'es plus le chirurgien sûr de lui et ne leur adressant la parole qu'à contrecœur. Ils voient sans doute l'homme que tu es aujourd'hui, un type lourdement handicapé, mais ils t'observent. Ils n'ont pas oublié combien tu pouvais être odieux. Moi, je m'en souviens. Je l'ai vu, j'ai entendu. Je me rappelle l'intervention de Chardonnet.

— Est-ce que vous vous croyez au lycée ? tonne Bernard.

— Jules sans doute, je réponds.

— C'est bon, Damien, n'en rajoutez pas, voulez-vous ? En quelle langue faut-il que je vous parle à tous les deux ?

— Tous les deux ? Vous avez parlé à Jeanclin ? Ça tombe bien, j'espère que vous lui avez soufflé dans les bronches, j'en ai marre de l'avoir toujours sur le dos ! On dirait qu'il ne jure que par la compétition.

— Mais vous aussi, Damien, tous les jours ! Est-ce que je dois vous rappeler que vous avez tous les deux brillamment réussi le concours de l'internat ? Que vous êtes deux excellents chirurgiens ? La compétition, c'était à l'époque de la faculté de Médecine, Damien, plus maintenant.

— À qui la faute ? Qu'on me laisse faire mon travail et qu'il fasse le sien ! Nous ne jouons pas sur le même tableau.

Le visage de Chardonnet change. Ses traits se crispent.

— Laissez-moi vous dire quelque chose, Damien : à force de vouloir vous prendre pour le meilleur d'entre nous, vous en oubliez l'essentiel. Vous êtes peut-être devenu un as de la chirurgie, vous me surpassez sans problème, je le reconnais, mais il y a quelque chose

qui vous fait défaut : humainement, vous êtes inexistant. Il ne se passe pas une seule journée sans que Desnoyers me rapporte des problèmes avec le personnel. Plusieurs infirmières et infirmiers de bloc ne veulent plus travailler avec vous, et dans le service, c'est la même chose. J'ai deux arrêts de travail et une demande de mutation. Cette fois, c'est allé trop loin.

— Il faudrait savoir ce qu'on attend de moi : être performant et valoriser le service, ou passer mon temps à écouter les pleurnicheries.

— J'opère et j'écoute. Vous n'étiez pas encore étudiant que c'était déjà ma ligne de conduite. Je vous ai dit tous les espoirs que je plaçais en vous, Damien. Que vous étiez sans aucun doute le plus à même de me succéder. Mais pas de cette façon. Continuez ainsi et je devrai reconsidérer ma position…

Bon sang ! Dire que j'avais complètement oublié cet épisode ! Sa réapparition brutale me laisse un goût particulièrement amer.

— Si j'étais… comme ça, pourquoi l'es-tu encore ?

— Je suis chirurgien ! J'ai consacré toute une partie de ma vie à obtenir ce privilège ! Je me suis battu pour y arriver ! Pour qu'un service fonctionne, il faut que chacun soit à sa place. Et tu peux te renseigner tant que tu voudras, personne, je dis bien personne, ne pourra dire que je me suis comporté comme toi. Je n'ai jamais manqué à ce point de respect au personnel soignant.

— On dit pourtant… que tu es… bien fier.

— Merde ! Tu crois que je n'en ai pas marre d'entendre depuis douze ans « Damien par-ci », « Damien par-là » ?

— Tu sais très… bien que je ne suis… pas responsable.

— Bon sang ! Bien sûr, que je le sais ! Et ça ne me cause aucun plaisir !

— Que veux-tu… à la fin ?

Jeanclin se tourne vers moi et me fixe, sa main posée sur mon avant-bras :

— Je voudrais au moins une fois dans ta vie que tu reconnaisses que quelqu'un ait pu être meilleur que toi.

— Toi ?

— Moi, par exemple. Ou Aurélie, Étienne ou Daniel, nos potes du groupe de travail. Aurélie était sans doute la meilleure d'entre nous, bien supérieure à moi, en tout cas, je le reconnais. Mais toi, il fallait que tu sois devant elle. En plus, une femme, tu penses bien !

— Je n'ai aucun… souvenir de tout… ça. Mais tu veux que je… te dise ? Toi, tu ne trouveras personne… pour affirmer que j'ai dit… que j'étais meilleur, j'ose, effrontément.

— Et tu voudrais que je te croie sur parole ? rétorque Jeanclin. Ta mémoire n'est décidément plus ce qu'elle était !

Ma mémoire fait déjà suffisamment office de conscience, ces derniers temps…

Je commence à être fatigué d'attendre dehors.

— Tu m'as dit que… tu voulais me parler.

— Exact. Tu es d'accord pour admettre que Chardonnet n'est plus en état de gérer quoi que ce soit. Nous sommes tous deux ses créations dans ce qu'il a fait de mieux, et notre but est de perpétuer son travail… enfin, en ce qui me concerne, tout au moins.

— Je vois… Si tu entends par là… que je ne serai jamais plus capable… de tenir un bistouri, c'est un coup bas. Mais… je ne suis pas fini, Jeanclin, ne crois… pas ça ! Et une chose est certaine : nous n'avons jamais eu… la même vision du travail.

— Que tu dis ! J'ai l'intention de porter ce service à l'excellence ! Tu aurais fait de même, si tu l'avais pu.

— Que comptes-tu… faire ?

— J'ai deux grands projets qui me tiennent à cœur. Le premier, tu le sais déjà par Bernard, j'imagine : j'ai l'intention de demander le rattachement du service entier. Pratiquer des interventions privées dans le secteur public ne devrait plus être toléré. Je suis sûr que l'administration me donnera le feu vert. Et il va de soi que j'aurai besoin de toutes les chambres disponibles. Je crois que tu n'as plus rien à faire ici, Damien. Ta place est en réadaptation, mais pas dans un hôpital. Tu le sais aussi bien que moi. Et je devrais pouvoir te trouver ça.

— Ta sollicitude me touche… vraiment, mais sache que je choisirai quand… et comment partir. Et tant que… je n'aurai pas signifié mon accord… à l'administration, je resterai ici.

— Bon Dieu ! Je ne suis pas en train de te foutre dehors, Damien ! Je sais très bien que tu es dans le secteur privé de Bernard, je sais aussi qu'il ne fera jamais rien pour te faire partir, qu'est-ce que tu crois ? Je le connais aussi bien que toi ! Je suis là pour te proposer un marché, pour que tu puisses te retrouver au plus près de Béatrice et de tes deux mômes, je ne suis pas là pour te foutre sur le trottoir !

Il a une idée derrière la tête, je le sens à sa mine sombre, et je sens aussi combien ça lui coûte de venir m'en parler.

— Je suis débordé par le travail. Je n'arrête pas une minute. Je crois que le service est en passe d'être reconnu comme étant le meilleur de toute la France, et je t'avoue que je ne suis pas peu fier d'y avoir participé. Il fallait réellement une équipe forte, c'est ce que j'ai créé ici.

— Et ton… second projet ?… J'aimerais abréger… cette discussion. Je suis fatigué.

— J'ai appris qu'ils avaient l'intention de restructurer tout le bâtiment, lance Jeanclin d'une voix sourde. En faire une sorte de technopole d'excellence, une unité des neurosciences unique en France, regroupant la médecine, la chirurgie, la radiologie interventionnelle. Tout ce qui concerne la neuro, quoi. La chirurgie est la branche noble, tu te souviens de ce que disait notre doyen à l'époque ? Il y a les spécialistes, et dans les spécialistes, il y a les chirurgiens. C'est peut-être cet état d'esprit qui a fait ce que nous sommes.

— Et ?

— Il y aura un coordinateur de tout le bâtiment. Un super patron. J'ai l'intention de postuler. J'ai appris que nous serions peut-être plusieurs sur les rangs, dont un ou deux types qui ne sont pas de Paris. J'estime que ce poste doit rester entre les mains de quelqu'un qui travaille ici.

— Je ne vois pas en quoi… je peux t'aider.

— Chardonnet ne m'apportera pas son soutien, je le sais bien. Il ne m'a jamais aimé. Mais s'il n'est plus dans le coup, sa parole compte. Si tu m'aides, si tu acceptes d'appuyer ma demande, il se rangera sans doute à tes côtés, et j'aurai toutes mes chances. En échange, je te promets que je ferai tout pour que tu puisses trouver la meilleure maison de convalescence possible. J'y mettrai tout mon poids. Qu'en penses-tu ?

Je reste interdit devant sa demande. J'essaie d'en mesurer les implications. Ai-je réellement besoin de lui pour trouver une maison de convalescence ? En même temps, ce que me demande Jeanclin, c'est ni plus ni moins de m'opposer à Bernard, puisque celui-ci n'est pas motivé pour appuyer sa candidature.

Qu'espère-t-il, au fond ? Se dire que j'ai suffisamment changé pour admettre qu'il est désormais le seul capable de gérer cette immense structure qui se profile ?

Il attend ma réponse, et je ne sais pas laquelle lui donner. Ce serait faire preuve de largeur d'esprit d'accepter sa proposition, ça permettrait de faire table rase du passé. Je suis sûr que Flore Dumont applaudirait des deux mains en me félicitant.

Alors, pourquoi j'hésite ?

— Qu'est-ce que tu en penses ? insiste Jules Jeanclin. Tu ne dis rien ?

Je dois lui répondre, n'importe quoi, mais lui répondre. Un mouvement attire notre attention. Une infirmière arrive en courant dans notre direction, l'air affolée.

— Professeur Jeanclin ! Docteur Lenseigne !

— Que se passe-t-il ? demande Jules.

— C'est la surveillante, madame Desnoyers ! Elle vous cherche partout ! Il s'est passé un grand malheur !

Nous nous regardons tous les deux.

— C'est la femme du professeur Chardonnet ! Elle a eu un accident ! Mon Dieu, je crois qu'elle est morte !

30

Jeanclin et moi nous retrouvons dans le bureau de la surveillante. Viviane, en pleurs, tente de nous relater le drame en détail.

— C'est la fille du professeur qui m'a mise au courant !

— Noémie ?

— Oui ! Le professeur Chardonnet venait de quitter son domicile pour se rendre à la poste. Il a verrouillé la porte d'entrée comme à son habitude – enfin, il a cru le faire. Apparemment, son épouse est sortie, en robe de chambre, pour lui courir après. Elle a descendu l'escalier et s'est retrouvée dans la rue. On ne sait pas ce qu'elle avait en tête. Elle a traversé soudainement devant une camionnette de livraison. Le conducteur l'a vue au dernier moment, il a tenté de piler net, mais c'était trop tard…

Desnoyers s'interrompt sous un torrent de larmes. Je suis tétanisé. Je vois l'épouse de mon maître, la robe de chambre ouverte sur son corps décharné, allongée sur le goudron. J'ai beau tenter de chasser cette image, je l'imagine couverte de sang, immobile. C'est insoutenable.

— Où se trouve Bernard ? Et Noémie ?

— Noémie est aux côtés de son père. Elle m'a dit qu'il ne réagissait pas, prostré.

— Et… Solange ?

— En traumatologie. Elle a été emportée aussitôt par le Samu, et sa famille est à ses côtés.

Je regarde Jules. Il s'empare du téléphone.

— Vous savez de quel hôpital il s'agit ?

— Elle est à Lariboisière.

Jeanclin compose le numéro, demande à être mis en relation. Les chirurgiens sont au bloc. Il demande des informations, s'énerve, exige de parler à un responsable du service ou au moins au médecin des urgences qui a accueilli la vieille dame. Nous sommes pendus à sa voix. Il finit par obtenir un contact, met le haut-parleur. Je ferme les yeux en entendant le détail des dégâts. Le chauffeur ne roulait pas vite, il n'était ni sous l'emprise de l'alcool ni sous celle de la drogue, mais que peut bien représenter une cinquantaine de kilos face à une masse de plusieurs tonnes en mouvement ? J'entends les mots que prononce l'urgentiste avec un détachement clinique froid. Rate, poumon perforé, triple fracture ouverte jambe et bras, traumatisme crânien… Je ne veux plus rien saisir. C'est trop. À son âge, la pauvre dame n'a que peu d'espoir de s'en tirer. Verdict implacable de l'interne de garde. Jeanclin retourne aux renseignements auprès du service de chirurgie. L'équipe s'efforce de stabiliser l'état de Solange, mais il est désespéré. Il attend. *Nous* attendons. L'angoisse nous paralyse. Pour un peu, nous nous retiendrions de respirer. Les minutes passent, Jules ne raccroche pas, alors que ce genre d'intervention va probablement durer des heures…

Un bruit de fond dans l'écouteur, plusieurs personnes qui s'agitent, quelqu'un prend le téléphone.

— Allô ? aboie Jeanclin. Vous m'entendez ? Qui est à l'appareil ?

— C'est l'infirmière de bloc... Qui êtes-vous ?

— Professeur Jeanclin ! Je suis un... ami de la famille Chardonnet. Bernard Chardonnet est mon ancien patron. J'ai appris pour son épouse. Comment va-t-elle ?

— Je suis désolée, professeur, il faudra rappeler le professeur Maignan un peu plus tard, c'est lui qui l'a opérée.

— Je sais qui est Maignan ! Vous pouvez me le passer ?

— Je regrette, il est avec la famille...

— Et Mme Chardonnet ?

— Elle est décédée, professeur, je suis désolée.

Je suis dévasté.

Je n'arrive pas encore à assimiler. Solange Chardonnet, morte. Renversée par une camionnette. C'est comme si je venais de perdre ma mère. L'odeur de ses pâtisseries me monte aux narines, et mes yeux s'embuent de larmes. Je serre les poings, comme si par ce simple geste je pouvais conjurer le mauvais sort. L'air hagard, Jeanclin quitte le bureau sans un mot et referme la porte du bureau, nous laissant seuls, Viviane et moi. J'ai soudain envie de parler à la psychiatre. Je l'appelle, elle me reçoit dans son bureau, et là, j'expulse tout ce que j'ai en moi. Cette nouvelle alerte cérébrale après mon coma qui me laisse comme une épée de Damoclès au-dessus de la tête, et la mort de Solange, injuste, mais qui me renvoie à la mienne, toujours possible. Vous êtes-vous imaginé un jour mourir brutalement, quelle qu'en soit la cause, alors que vos enfants sont petits ? Je n'ai jamais eu ce cauchemar au début de leur existence, mais je l'ai aujourd'hui. Et si je venais à disparaître alors que je viens à peine de les découvrir ? Votre vie s'achève brutalement alors qu'elle vient de reprendre, et vous n'aurez pleinement revécu que quelques semaines.

J'ai perdu mes parents assez tôt, et je n'ai jamais pu compter sur le soutien de mes beaux-parents. Durant mes études, Bernard et Solange sont devenus un père et une mère de substitution, ils ont été là pour moi, mais pas seulement pour me pousser à réussir ce bon sang d'examen. Lorsque nous étions dans le salon à bosser, je me rappelle les sourires encourageants de Bernard. Il en avait pour nous tous, mais plus spécialement pour moi. Plus tard, il nous est arrivé, à Béatrice et moi, d'être invités chez mon ancien maître. Au fil du temps, ses deux filles, dont Noémie, sont devenues des amies.

— Vous êtes en train de culpabiliser, Damien, me dit Flore. Vous vous dites que vous auriez pu empêcher cela. C'est une réaction assez typique des personnes qui travaillent dans le milieu médical et qui voient survenir un décès parmi leurs proches. Une sensation d'injustice, d'inutilité les traverse. Mais au nom de quoi ?

— Avec le recul…

— Qu'auriez-vous fait ? Je vais aller plus loin : imaginons que vous n'avez pas eu cette hémorragie, que vous êtes devenu le chef de service de toute la neurochirurgie, comme le souhaitait le professeur Chardonnet. Il prend donc sa retraite, peut-être plus tôt. Est-ce que cela aurait pu changer le destin de son épouse ?

— Non, bien sûr.

— Damien, vous ne pouvez pas vous attribuer tous les malheurs du monde. Songez à ce qui vous attend. Songez à vos enfants.

— Justement. Il pourrait… m'arriver quelque chose.

— Je ne vais pas vous dire le contraire, mais comme à tout le monde ! Je pense que vous devez faire l'effort désormais de penser à autre chose. De penser à votre famille, à votre épouse et à vos deux enfants. Il faut vivre pour eux.

Elle s'interrompt, tapote son menton avec son stylo en réfléchissant.

— Je pense aussi que vous devriez quitter cet hôpital. Trop de souvenirs vous y rattachent et empêchent votre libération. Votre état de santé actuel est tout à fait encourageant, je pense que vous devriez partir, vous rapprochez de votre famille. Elle habite à Lyon, maintenant, n'est-ce pas ? Ça ne doit pas être difficile de trouver un établissement prêt à vous accueillir sur place.

La proposition de Jeanclin me revient en mémoire.

— Vous devriez prendre contact avec l'assistante sociale, Mme Briardin. Elle devait déjà officier à l'époque où vous étiez chirurgien.

Sa main se pose sur la mienne.

— Faites-le, Damien. Quittez cet endroit et recommencez votre vie. Oubliez l'ancienne et trouvez votre nouvelle voie, votre nouvelle place. C'est plus qu'un conseil de médecin.

31

Rosemarie Briardin était déjà assistante sociale lorsque j'étais en poste. Elle n'a guère changé depuis la dernière fois que nous nous sommes croisés… du moins, j'en ai l'impression. La vérité m'oblige à avouer que sa physionomie ne m'est pas étrangère, mais il a fallu que ce soit elle qui se rappelle à mes bons souvenirs pour que ma mémoire puisse prendre le relais. Depuis mon réveil, je fonctionne souvent comme ça, je suis comme ces anciens jouets mécaniques à clef qu'il faut remonter pour les remettre en route. Pendant que nous échangeons quelques amabilités et mes remerciements, je la dévisage, mais en tentant de le masquer. Rosemarie a des cheveux noirs assez longs, maintenus simplement par une pince. Cette pince m'évoque des souvenirs, elle devait sans aucun doute être coiffée comme cela, à « l'époque ». (J'avoue ne pas trop aimer ce terme qui me donne l'impression d'être un vieillard.) Au bout d'un moment, alors que nous abordons la question des papiers et un possible retour à domicile, je lui avoue que je n'ai plus de demeure, mon épouse ayant décidé de la vendre.

— Vous souvenez-vous de moi ?

Ma question est brutale, elle la déstabilise un bref instant.

— Bien sûr, douze ans, ce n'est pas non plus l'éternité, d'autant que vous n'avez jamais quitté le service.

— Je ne suis plus… sûr de rien, mais… je ne crois pas avoir jamais travaillé avec vous, n'est-ce pas ?

— Non, du moins pas directement.

— Dites-moi, madame Briardin, avez-vous eu… vent d'un problème de… comportement me concernant ?

Elle me regarde, surprise, une expression de gêne se dessinant sur son visage.

— Je ne comprends pas…

— Je vais être plus… clair : depuis que je suis éveillé, en particulier dans ce service… depuis que j'ai quitté la réanimation, j'ai vu… relativement peu de… personnel qui travaillait avec moi. Comme si… on cherchait à m'éviter.

— À vous éviter ? Que vous a-t-on dit, jusqu'à présent ? Vous a-t-on fait des reproches ?

— Non, pas spécialement. Sauf la surveillante… qui m'a bien fait comprendre… que j'étais un type pas toujours aimable.

— Et vous ne vous souvenez plus de rien ? Vraiment plus ?

— J'ai des flashs, de temps en temps, mais globalement, non.

— Vous savez, nous n'avons jamais eu de véritables contacts dans le service. Vous laissiez l'administratif à vos internes. Vous opériez, un point, c'est tout.

— Ai-je eu des mots… déplacés… à votre égard, madame Briardin ?

— Jamais. Mais je vous le répète : je ne m'occupe pas du médical.

— Et personne ne s'est plaint de moi ?

— Je ne suis pas non plus psychologue. Vous devriez vous rapprocher de Mme Desnoyers.

Je la mets mal à l'aise, mais j'ai besoin de savoir, c'est important. Visiblement, je suis en train de remuer quelque chose dont elle n'avait pas envie de parler. Je lui rapporte les paroles de la surveillante, mon caractère odieux, la crise entre elle et moi, et la possible mutation de plusieurs filles de l'étage.

— Nous avons eu l'occasion de discuter de plusieurs dossiers épineux, monsieur Lenseigne. C'était effectivement il y a longtemps. Je ne suis pas rancunière, je ne vis pas avec le passé, vous devriez faire de même. Je ne saurais donc vous dire précisément ce qui a pu se produire, même si je suis certaine d'une chose : vous aviez tendance à considérer le personnel hospitalier, quel qu'il soit, comme quantité négligeable. Il ne pouvait pas vous venir à l'esprit que quelqu'un qui n'avait pas fait autant d'années d'études que vous pouvait avoir un avis éclairé et intelligent. J'imagine que, comme c'était le cas pour une simple assistante sociale comme moi, ça a également été le cas avec des infirmières et des aides-soignants.

Elle me lance un sourire bref :

— Sans doute certaines personnes se demandent encore si vous avez changé. C'est le moment de le prouver, monsieur Lenseigne ! Vous avez la preuve que toutes celles et ceux qui ont œuvré pour vous maintenir en vie ont leur importance !

Elle a raison, et ce n'est pas la première à m'asséner cette vérité.

Nous abordons enfin le motif pour lequel j'ai demandé à la rencontrer. Je n'ai plus d'attache à Paris. Je commence à ne plus supporter cet hôpital, et ces douze années perdues devenues symbole de mon isolement et de mon absence d'avenir dans le monde médical. Béatrice et les enfants vivent désormais à Lyon, c'est là-bas que doit se poursuivre mon existence.

— Je vais prendre contact avec votre épouse et lui demander comment nous pourrions organiser votre sortie, éventuellement un retour à domicile.

— Je crois que, pour le retour à domicile, vous pouvez oublier, fais-je. Je ne suis pas convaincu… que ce soit le bon moment.

— Je n'ai pas d'adresse en tête, mais je vais me renseigner sur les structures existantes à Lyon et aux environs, au cas où.

— Juste Lyon. Pas ailleurs.

Elle revient me voir plus tard dans la journée. Elle a pu avoir Béatrice au téléphone, mon épouse devait justement passer m'apporter des affaires. Elle viendra avec Clotilde, mais pas avec Paul, qui est en sortie scolaire. J'ai l'impression qu'il ne sait pas comment gérer le fait qu'il a de nouveau un père. Comment ça raisonne, un ado, surtout s'il est mal dans sa peau ? À son âge, j'avais peur de montrer quoi que ce soit de mes sentiments, et je n'avais pas vécu le même traumatisme. Ça doit être le cas pour lui. Clotilde également, et pourtant, elle est prête à tout pour venir me voir. Un complexe d'Œdipe ? Je n'en sais foutrement rien, je suis plus un disciple d'Harvey Cushing[3] que de Sigmund Freud.

— Elle va nous apporter les documents nécessaires, tout ce qui vous concerne afin de mieux évaluer votre situation personnelle, si toutefois vous ne pouvez pas rentrer dans votre demeure,

[3] Neurochirurgien américain, considéré comme le père de la neurochirurgie moderne (1869-1939).

précise-t-elle avec un petit sourire. Quoique, à entendre votre épouse, cela fait un certain temps que tout est prévu pour vous accueillir. Tout va dépendre désormais de votre volonté de vous en sortir.

Je me demande si elle a eu Béatrice au téléphone et ce qu'elles ont pu se dire. Je ne crois pas que les travaux soient finis dans la maison, puisque, justement, elle se demandait si j'allais avoir besoin d'un fauteuil roulant ou pas. Elle ne pouvait pas prévoir l'évolution de mon état de santé.

— Par contre, poursuit-elle, j'ai commencé à prendre contact avec différentes structures en Rhône-Alpes, et...

— Je vous ai dit : uniquement... à Lyon, pas ailleurs !

— Pour le moment, il n'y a pas de place en rééducation du côté de Lyon. Enfin, dans les établissements auxquels j'ai pensé. Il y a une liste d'attente. Globalement, ils privilégient le rapprochement familial et le maintien de proximité.

— Mais c'est un... rapprochement familial, justement ! je m'exclame. Ma famille est... là-bas, et moi tout seul ici, comme... un con !

— Monsieur Lenseigne, commencez par vous calmer, d'accord ? Je comprends votre désir de quitter cet endroit, croyez-moi, je fais ce que je peux, mais je me heurte aussi à un impératif médical. Ce que je peux faire, c'est voir si, en attendant, je ne pourrais pas vous trouver une place dans les Yvelines, ou mieux, en Seine-et-Marne.

— Que voulez-vous que j'aille faire dans ces... établissements ? Si c'est pour me coller sur une voie de garage... non merci ! D'accord, ils ne sont pas éloignés de Paris, et je... ne connais personne à Lyon. J'aurais la chance d'être en pleine nature... mais c'est tout !

— Ça vous laissera le temps de vous reconstruire avant de trouver une place à Lyon. Prenez-le comme une étape.

— Écoutez, ici, soyons… honnêtes, je ne suis plus rien ! Vous voudriez que… je sois encore plus… rien que rien dans vos trucs à moitié mouroir ?

— Ne dites pas cela, m'interrompt Rosemarie. Votre vie n'est pas finie ! Ça m'énerve d'entendre ce genre de discours négatif ! Bon sang, vous avez eu la chance de survivre sans séquelles là où tant d'autres ne connaîtront jamais ce bonheur ! Avez-vous seulement une idée du nombre de personnes qui chaque année sont victimes d'un AVC en France ? Près de cent cinquante mille ! Et environ quarante mille décèdent ! Rien qu'en Île-de-France, c'est plus de six mille personnes que l'on doit placer en institution !

— Ce ne sont que des chiffres.

— Bien sûr que ce ne sont que des chiffres ! Mais parmi eux, il y a vous, victime d'une rupture d'anévrisme, opéré deux fois, et ayant récupéré vos facultés physiques et intellectuelles. On obtient quel pourcentage, dans votre cas ?

Je n'en ai rien à faire. Ce n'est pas ça qui me fera gagner mon indépendance.

— Je devrais peut-être m'en occuper moi-même, ce serait… bien le diable si je n'avais aucune relation, même lointaine… travaillant dans la capitale des Gaules.

Elle m'observe un moment.

— Je vous ai connu bien plus mordant par le passé, docteur Lenseigne. Vous n'auriez jamais supporté de ne pas avoir le dernier mot.

— Laissez tomber, Briardin. Je… vais réfléchir.

Elle se lève de son siège.

— Eh bien, je vous laisse à votre réflexion ! Prévenez-moi lorsque vous changerez d'avis.

32

Je tiens à faire bonne figure. Je suis rasé de près, j'ai soigné ma tenue et je suis dans le fauteuil. Depuis quelque temps, je me suis découvert une passion pour le dessin. Je ne sais pas si c'est lié à la modification de mon schéma corporel ou si c'est Gabrielle qui m'a convaincu de laisser s'exprimer mes capacités créatives (à moins que Béatrice et sa cargaison de blocs-notes et de crayons ne soit responsable), mais je dessine beaucoup. Pas seulement des croquis anatomiques, mais de plus en plus ce qui m'entoure : d'abord les meubles de ma chambre, puis la chambre entière, la carafe d'eau et le plateau-repas – chouette nature morte, je vous l'accorde. Je me sers de l'ordinateur pour trouver des modèles, ou alors je croque le personnel qui passe à mon chevet. Je n'ai pas encore osé me lancer dans les portraits de ma femme et de mes enfants, je manque de technique et j'ai bien trop peur de les défigurer. Mais j'y arrive peu à peu. Et cette activité devient salutaire, pour moi.

Clotilde pousse la porte sans frapper, elle m'embrasse après avoir manqué de m'étouffer cinq fois.

— Laisse respirer ton père, Clo' ! lance Béatrice.

Elle a une nouvelle fois changé de coupe de cheveux. À peine plus longs que lors de notre dernière rencontre, ils ont perdu leurs reflets roux et tirent désormais sur le châtain clair, avec quelques mèches blondes. Je dois admettre que ça lui va plutôt bien. Elle porte un jean délavé, un chemisier et une veste en cuir qui la font paraître dix ans de moins. Ça me renvoie à mon physique, bien moins reluisant, et je sens poindre une irritation. Elle se penche, m'embrasse sur la joue avec un petit sourire empli de tristesse et me serre dans ses bras. Une étreinte brève et forte, mais tellement nécessaire !

— Comment vas-tu ? demande-t-elle.

Je hausse les épaules.

— Aussi bien que… possible. Maintenant que j'ai… battu la belle au bois dormant…

— Non, mais je voulais dire…

— T'inquiète pas. Ça va… Enfin, je crois.

Elle a appris le décès de Solange, et cette nouvelle l'a bouleversée. J'imagine que cela la renvoie à celui de sa propre mère, comme moi à celui de mes parents. Une image brutale s'impose à mon esprit : et si les secours étaient arrivés trop tard il y a douze ans ? J'aurais pu tout aussi bien mourir cent fois durant mon coma, Béatrice aurait reconstruit sa vie, Paul et Clotilde ne m'auraient jamais connu, je serais à peine un souvenir… Et si c'était elle qui était morte à ma place ? Et si… et si elle partait, *maintenant*, alors que je viens à peine de reprendre conscience ? À cet instant, je me sens désespérément seul. Triste, effondré, tout ce qu'on veut, mais surtout seul. Ce sentiment me perturbe. Je me secoue pour chasser ces idées morbides et reviens à la réalité. Béatrice me demande des nouvelles de Bernard, je n'ai malheureusement pas grand-chose d'autre à lui apprendre. Je tiens à me rendre aux obsèques, mais lorsque je lui demande si elle pourra m'accompagner, elle élude la question.

Je me lève et tente de tirer une des chaises collées contre le mur. Béatrice me devance et s'en empare.

— Laisse !

Elle a pris le train avec Clotilde, elle est passée chez son père et lui a emprunté sa voiture pour venir jusqu'à l'hôpital. L'état de santé du vieil homme l'inquiète. J'affiche une mine compréhensive, poli, parce qu'en vérité, la forme physique et intellectuelle de mon beau-père est le cadet de mes soucis. Je ne vais pas me forcer outre mesure alors que ce type ne m'a jamais aimé.

Je sens que Béatrice veut me parler, mais pour le moment, nous laissons Clotilde accaparer toute la discussion :

— Avant tout, j'ai insisté auprès de maman pour que tu aies un nouveau téléphone portable.

— Et le… mien ?

— Papa, plus personne n'utilise un bidule comme ton vieux Nokia tout pourri. Il n'a même pas la couleur ! C'est trop la honte, un truc pareil !

Clotilde se penche sur l'ordinateur. Avec une grimace de dégoût, elle commente les applications « de vieux » qui fleurissent sur le Mac :

— Et plus personne n'utilise ça au collège !

Elle en profite pour ouvrir son sac et me tendre une boîte blanche, rectangulaire, frappée d'une pomme.

— Comme tu as un Mac, on s'est dit avec maman que tu devais avoir un iPhone, explique-t-elle.

Elle l'allume, et une quantité stupéfiante de carrés de couleurs me sautent aux yeux. Des applications. Grands Dieux ! Je n'ai aucune idée de ce que sont tous ces bidules, ni à quoi ils peuvent servir. On dirait l'appareil de Romain, le kiné, qui me file la migraine à sa simple vue. Ai-je besoin de tout cela ?

Je me tourne vers elle, scrute son visage plus tout à fait enfant, pas encore adulte.

— Tu sais, Clotilde… j'ai juste besoin d'un… téléphone, pas d'une espèce de… télécommande de l'espace. Il fait quoi, en plus ? Chausse-pieds ? Viseur laser ? Ouvre-boîte ?

Clotilde lève les yeux au ciel. Son père est trop bête. Elle va me montrer les rudiments.

— Tu vas voir, en cinq minutes, même toi, tu vas comprendre.

Je ne relève pas le « même toi ».

— Bon, après, si tu veux profiter de toutes les fonctions, il faudra que tu te rachètes un ordinateur.

— Le mien est bien.

— Il est trop vieux !

— Et alors ? Du moment qu'il… fonctionne ?

— Regarde ! Si tu n'avais pas changé de téléphone, je n'aurais jamais pu t'installer Whatsapp !

— Je suis ravi de l'apprendre ! C'est sûr que… ma vie n'aurait eu aucun sens… sinon.

Clotilde me jette un regard noir. Elle me montre comment fonctionne l'application. En gros, une sorte de visioconférence pour téléphone. Ça a l'air amusant, même si, pour le moment, je n'en vois pas trop l'intérêt.

— Je t'ai aussi créé un compte Facebook.

Elle me serine avec ce qu'elle appelle un réseau social. Qu'est-ce que c'est encore que cette invention ? Je me prête au jeu, curieux, lui demande comment ça fonctionne. Il lui faut à peine une minute pour m'expliquer comment me faire des amis… Je ne veux pas lui faire de peine, mais je doute que ces amis virtuels en soient de véritables.

— Tout le monde est là-dessus ?

— Non, maintenant, Facebook, c'est un peu dépassé. On va plutôt sur Tik Tok ou Instagram. Ou alors, il y a un truc pour les professionnels, c'est maman qui m'en a parlé, elle est inscrite. Ça s'appelle LinkedIn.

— Bien sûr, où avais-je… la tête ?

Cette fois, j'ai droit à un soupir et un regard vers le plafond. Pris d'une idée subite, je tape le nom de Jeanclin. Il y en a sept, mais je tombe sur le bon. Il pose presque comme une star de cinéma, sourire satisfait, et il donne des informations sur son métier et le service hospitalier.

Pas de danger pour que je lui demande de devenir mon ami.

— Tu crois que tu sors bientôt ? me demande-t-elle finalement.

— Ça va dépendre… de plusieurs facteurs, Clo'. Il faut… que je récupère complètement l'usage de… ma jambe et de ma main droites. Je n'arrive pas encore à… monter correctement les escaliers, je ne voudrais pas être… un boulet.

— Tu n'en seras jamais un ! réplique-t-elle.

Béatrice se lève et me prend par le bras.

— Clotilde, on peut te laisser quelques minutes ici ? J'ai besoin de parler à ton père.

— D'accord, je ne bouge pas. Je vais vérifier un peu l'ordinateur de papa en attendant.

— Surtout, ne me mets pas des… trucs chinois impossibles à… comprendre !

Béatrice m'emmène jusqu'au petit parc. Il n'y a pas foule, mais Robert est toujours fidèle au poste, musardant dans la plate-bande. Il s'est lancé dans l'idée de greffer les arbres entre eux, au grand dam des agents d'entretien du parc. J'effectue un crochet afin d'éviter qu'il ne se mêle à notre conversation.

— Qu'est-ce que c'est que cette histoire avec l'assistante sociale ?

— Je pense que j'ai fait mon… temps ici, Jeanclin me l'a fait… comprendre. Avec le malheur qui… vient de frapper Bernard, il va se détacher… de l'hôpital, et Jeanclin va chercher à… récupérer les derniers lits qu'il lui manque. Et vous êtes… loin de moi.

— Et que comptes-tu faire ?

— Me trouver une place… dans une maison de rééducation. Je suis en train de chercher… du côté de Lyon… À moins que tu veuilles bien m'accueillir à la… maison.

Le silence qui suit me fait comprendre que ma proposition ne l'emballe pas, comme je m'en doutais.

— Nous n'en sommes pas là. Et de toute façon, tu peux quitter le département aussi facilement avec ta prise en charge ?

— À ce propos… j'aurais besoin que tu m'éclaircisses sur… plusieurs détails. Depuis douze ans… que je n'ai pas travaillé, les charges ont continué… à tomber, non ?

— J'ai demandé à ton comptable, mais aussi à celui de notre société. Chez Domo+, nous avons une personne extraordinaire. Nous avons suspendu toutes tes cotisations dans l'hypothèse où tu ne pourrais jamais reprendre tes activités professionnelles. Les assurances que tu avais souscrites ont pu payer un moment, mais ça n'était plus possible. La vente de la maison a apporté une belle bouffée d'oxygène, et depuis ton réveil, je t'ai fait rouvrir un compte bancaire. Tu as une carte visa et un carnet de chèques disponibles à la maison.

— Je n'ai plus de… compte professionnel ?

— En douze ans, il m'a fallu prendre certaines décisions difficiles.

Elle a fait interrompre tout ce qui me concernait. Je n'ai plus aucun statut d'exercice. Pour le Conseil de l'Ordre des Médecins, je ne suis pas radié, mais c'est tout comme, et les hautes instances ont dû penser à juste titre que je ne pourrais plus jamais tenir un bistouri. Je n'ai plus de toit, plus de travail, quasiment plus d'existence. Un vivant mort. Si ça, ce n'est pas dans le Guinness !

— Mais ne t'inquiète pas, le jour où tu quitteras les établissements hospitaliers, nous trouverons une solution pour que tu ne sois pas à la rue !

Je me prends ça en pleine poire. *Pour que je ne sois pas à la rue*. Au moins, ça a le mérite d'être clair.

— La moitié de la somme de la vente de notre maison figure sur ton compte en banque grâce à la procuration en cas d'incapacité majeure que tu avais signée. Cinquante-cinquante.

Je sais ce qu'elle va me répondre, mais j'ai besoin de m'en assurer.

— Pourquoi séparer… en deux, et pas tout sur… un même compte ?

Béatrice hésite une seconde, puis lâche :

— Dans l'état des choses, je ne savais pas à l'époque si nous pourrions revivre ensemble.

— Et maintenant ?

— C'est juste… Tu comprends, douze ans… c'est…

— Une éternité, je complète. Et il te faut encore plus de temps.

Elle secoue la tête.

— Ce n'est pas ça… Damien, j'ai vécu les premières années de ton coma dans un cauchemar perpétuel. J'ai cru devenir folle. Il a fallu que je tienne, pour les enfants, pour moi. Lorsque j'y suis enfin arrivée, j'ai réussi à gagner en stabilité. J'ai élevé les enfants comme si tu étais à nos côtés, mais sans parler réellement de ton retour. Tu es presque devenu une… chimère, une image fantasmée. Lorsque nous avons appris que tu étais réveillé, il a fallu encaisser cette nouvelle incroyable et bouleversante. Tenter de réfléchir à comment nous réorganiser pour une vie à quatre. Les enfants ont été très perturbés, sans doute Paul plus que Clotilde. Ils ont commencé à prendre conscience de ton existence, ils t'ont accepté comme une composante de l'équation familiale, même si c'est compliqué.

Elle se tait un instant, soupire.

— Ton deuxième… *malaise*, dans ta chambre… J'ai cru revivre le cauchemar d'il y a douze ans. J'ai dû le dire aux enfants. Paul l'a très mal pris. Clotilde s'est réfugiée dans l'espoir que tu allais t'en sortir à nouveau.

— C'est le cas, non ?

— Je ne sais pas si je suis capable de revivre ça. C'est trop dur. Je n'en ai plus la force. Douze ans, c'est terrible. Il n'y a pas un jour où je ne repense pas à ton coma, lorsque tu es parti pour les urgences et que tu t'es lentement enfoncé dans l'inconscience. Je… je n'ai pas vécu pendant toutes ces années. Je me suis menti à moi-même, et à toi aussi, depuis ton réveil. Ça n'a été qu'une fuite en avant. Tu ne t'es jamais posé la question ?

— Je n'ai pas… le recul suffisant…

Les mots sortent de ma bouche avec difficulté. Ma respiration s'accélère. Je sens venir l'inéluctable. N'existe-t-il pas un moyen de revenir un peu en arrière, d'oublier toute cette discussion, mieux, de tout recommencer depuis le début ? On rembobine la cassette et on reprend la diffusion du film la nuit du 13 avril ?

— J'imagine que c'est sans doute normal après douze années passées loin l'un de l'autre. Mais moi, j'ai dû me la poser… C'était nécessaire, c'était fatal.

— Qu'es-tu en train de me… dire ?

Elle me dévisage un moment, ses yeux rivés aux miens, pour s'assurer que je comprends bien.

— Je ne sais pas si nous devons continuer.

La phrase est tombée. Brutale. Je dégringole dans un trou qui n'a pas de fin. Jusqu'au bout je ne voulais pas y croire, jusqu'au bout j'ai refusé ce qui était pourtant évident. Je persiste, je m'accroche à un dernier espoir.

— Attends… tu penses que… nous devrions… nous séparer ?

— Oui, je pense que ce serait mieux pour nous deux, et pour les enfants.

33

Il pleut.

La pluie ne cesse de tomber depuis la veille, fine, froide. J'ai l'impression que ma tenue ne suffira pas à me protéger des intempéries.

J'ai emprunté un taxi. Non que je me sente trop fier pour partager le minibus affrété par l'hôpital, mais parce que je veux prouver que je ne dépends plus de personne pour me mouvoir. Le chauffeur m'a déposé à l'entrée du cimetière, il m'a proposé de pénétrer dans l'enceinte pour me conduire au plus près de l'emplacement, mais j'ai refusé. J'ai besoin de marcher, même au prix de douleurs et à l'aide d'une canne. Sur le chemin, j'ai croisé la surveillante, et Viviane a calé son pas sur le mien.

Le cimetière est noir de monde pour rendre un dernier hommage à Solange Chardonnet. Debout devant la tombe, mon ancien maître ne ressemble plus à ce qu'il a toujours été ; il est devenu un vieillard rachitique et rabougri, une pauvre branche morte de ce qu'était un chêne. Il est entouré de ses deux filles et de ses gendres. Son regard parcourt l'assemblée en aveugle, il ne reconnaît personne, puis il se fixe sur le cercueil posé sur les tréteaux que l'on s'apprête à descendre en terre. Et il pleure.

Cette vision est cauchemardesque. Je me demande brièvement si j'ai bien fait de venir, parce que je sais tout ce que je dois à Solange et Bernard. Je me souviens avoir vu pleurer ma mère au décès de mon père, alors que j'étais tétanisé, incapable de réagir. J'ai pleuré beaucoup plus tard en comprenant ce que j'avais perdu. Et aujourd'hui, j'ai l'impression de perdre une deuxième famille. Je voudrais tant pouvoir alléger la peine de Bernard, l'aider à supporter ce fardeau, même si je sais que c'est impossible.

Il pleut. J'ai froid, j'ignore si c'est le temps ou si c'est moi. Me revient en mémoire le poème de Paul Verlaine que l'on apprenait, enfant.

Il pleure dans mon cœur
Comme il pleut sur la ville.
Quelle est cette langueur
Qui pénètre mon cœur ?[4]

L'allée gravillonnée est envahie par l'eau, qui, par endroits, fait de véritables mares dans lesquelles mes chaussures cherchent à s'enfoncer. Desnoyers m'a derechef saisi le coude pour me guider jusqu'au terre-plein. Les visages se tournent discrètement. Un bref instant, je deviens le centre de toutes les attentions. Pensez donc ! Ce n'est pas tous les jours qu'on découvre sur ses deux jambes un type qui a passé un alexandrin de vie dans les bras de Morphée. Je sens qu'on me jauge, qu'on m'ausculte, qu'on me palpe visuellement. Certains s'attardent sur

[4] « Il pleure dans mon cœur », *Romances sans paroles*, Paul Verlaine, Éditions Lepelletier, Paris, 1874.

ma canne, d'autres sur mes bras encore trop maigres, mes traits un peu figés. Ma respiration se bloque. Chardonnet lève la tête, et son regard croise le mien. Je ne sais pas comment réagir, commisération, pitié, sympathie, tout passe brièvement, mais il ne me voit pas. Je pense qu'il ne voit plus personne, la prunelle de ses yeux disparaît peu à peu…

Au premier rang, je repère Jeanclin. Lui non plus ne sait pas quelle attitude adopter. Même si personne de l'hôpital n'a sans doute été plus proche de Bernard que moi, il est venu lui témoigner son respect et exprimer sa tristesse. Il est très en avant, presque au contact de la famille, s'assurant que personne parmi tous les médecins de l'hôpital ne colle le veuf plus que lui. Je lis surtout du regret dans son regard. Je me demande à quoi il peut bien penser à cet instant : a-t-il conscience que, tout comme moi, c'est un pan de son passé qui disparaît, ou ressasse-t-il cette discussion que nous avons eue plus tôt, sur ses rêves de grand patron de l'unité de neurologie ?

Noémie, la cadette de Chardonnet, me remarque. Elle me sourit tristement, abandonne sa famille un instant et s'avance vers moi. Elle me prend dans ses bras.

— Merci d'être venu, Damien, malgré tous vos problèmes. Maman aurait souhaité que vous soyez proche de nous. Venez, votre place n'est pas là.

Elle m'entraîne à sa suite, me propulse dans le carré des proches, à côté de son père. Chardonnet me voit enfin, me prend par le bras, et cette fois, c'est moi qui réalise ce geste coutumier mille fois répété de sa part, cette main qui tapote son épaule. Ses yeux sont gonflés et rouges.

— Tout s'est passé si vite, balbutie mon maître. Pourquoi, Damien ? Pourquoi ? Tout est de ma faute ! Si j'avais été là…

— Vous avez toujours été là pour elle, Bernard. Jusqu'au bout. Et elle le sait parfaitement.

— Pas cette fois, Damien ! Pas cette fois !

Il se remet à pleurer. Voir ainsi mon aîné dévasté me rend infiniment triste ; peut-être que cela me renvoie à la mort de mes parents, et sans doute à la mienne que j'ai côtoyée d'un peu trop près. Par contraste, le prêtre est très jeune, le visage presque marqué par une acné qui tarde à disparaître, le cheveu blond et court comme un bidasse – on disait cela à mon époque, j'ignore si cette expression a encore cours de nos jours. Son discours est plein d'empathie… à laquelle je n'adhère pas. Il ne l'a pas connue, et je ne suis pas croyant. Pourtant, n'ai-je pas prié, supplié même, en reprenant connaissance, afin de pouvoir remarcher un jour ? Mes pensées s'entremêlent lorsque je vois apparaître Béatrice. Elle est finalement venue. Elle porte un tailleur noir très strict et des lunettes fumées. Afin de faire croire qu'elle pleure ? Une petite voix pleine de fiel me susurre à l'oreille des propos désobligeants. Je ne parviens pas à me détacher d'elle tandis que ses derniers mots me reviennent sans cesse. Elle veut divorcer. Tirer un trait sur… sur combien d'années, déjà ? Mon esprit refuse de faire le compte, cherche à cacher la honte de ne plus s'en souvenir sous une série de reproches faciles. Je croyais que l'on se mariait pour le meilleur et pour le pire !

C'est hypocrite. Qu'a-t-elle fait pendant ces douze années ?

Non, elle ne m'a pas soutenu pendant douze ans ! Elle est restée proche les premiers mois, peut-être les premières années, mais ensuite, elle m'a oublié.

Et les enfants ?

Le cercueil s'enfonce dans le sol. L'image est brutale. J'ai beau me dire que Solange est décédée, voir ce sarcophage de bois vernis depuis que je suis arrivé, c'est l'idée même de sa disparition qui me fait mal. Un instant, sa présence est tangible, juste après, il n'y a plus rien.

Béatrice s'approche de moi. Elle vient embrasser Bernard et ses deux filles, puis pose sa main sur la mienne.

— Tu tiens le choc ? me demande-t-elle maladroitement.

— Non. Solange était plus que la femme de mon… supérieur, tu sais. C'était une personne adorable, une véritable mère… poule pour nous. Sa disparition… va laisser un grand vide. Bernard est brisé, il ne s'en… remettra pas. Une page se tourne.

Nous nous dirigeons vers le portail. Je frissonne de froid, je n'ai plus la résistance que je possédais.

— Tu es venu par quel moyen ?

— J'ai pris un taxi… maintenant que j'ai une… belle carte bleue avec la valeur d'une demi-maison dessus…

— Tu veux qu'on te dépose ?

— « On » ? S'il s'agit de ton père, oublie…

Je me tais, car nous atteignons l'entrée du cimetière. Une Maserati rouge vif attend, moteur au ralenti, devant la porte. Je reconnais le type qui en sort : Lecouvreux, avec son air de play-boy. Tiens, je croyais qu'il avait une Aston Martin. Je me tourne vers Béatrice, amer, et je sens que mon bégaiement me reprend :

— Tu aurais pppu m'épargner ccce spectacle…

— C'est lui qui m'a proposé de m'emmener ! Il était de passage dans la région et il n'a pas voulu me laisser seule… J'étais bouleversée !

— Parce que tttu l'aurais… été ppplus avvvec moi ?

— Ne sois pas ridicule. Je t'ai dit que je ne savais pas si je pourrais venir. C'était le cas jusqu'à il y a quelques minutes.

— Ça ttt'évite de te mmmontrer aux côtés d'un… handddicapé!

Marc Lecouvreux sort de la voiture et vient vers nous, un parapluie ouvert. Il a un air de pitié qui me rend presque fou de rage. Une envie subite de lui casser la figure m'envahit.

— Désolé de vous croiser dans ces circonstances. J'espère que vous allez bien? Béatrice m'a dit que vous aviez fait d'énormes progrès…

— Qu'est-ce que ça pppeut vous fffoutre?

— Ça suffit! lance Béatrice. Tu es injuste! Marc n'a rien à voir avec toute cette histoire!

— Un pppeu quand même, non? Ne mmme prends pas pour… un cccon!

Elle veut me calmer. Je me dégage d'un geste brusque.

— Ne restez pas sous la pluie, venez vous abriter! me propose Marc.

Ce type est sympa avec moi… Je n'arrive pas à y croire! Aucune moquerie, aucun triomphalisme, juste une envie d'aider! Je suis troublé un instant, mais ma colère envers Béatrice prend le dessus.

— Comme ça, je cccrèverai plus vvvite… N'est-ce pas ccce que tttu souhaites?

Je me détourne d'eux et m'éloigne en clopinant. Marc Lecouvreux tente de s'élancer à ma poursuite.

— Attendez! Ce n'est pas ce que vous croyez!

Je ne l'entends plus.

34

Au bout du fil, la voix est impersonnelle, comme le sont forcément celles qui passent leurs journées à répondre à des personnes pas toujours aimables.

— Bonjour, Maison d'Accueil du Handicap de Saint-Just-Fourvière. Comment puis-je vous aider ?

— Je suis le docteur... Lenseigne, neurochirurgien à... Paris. J'aurais souhaité parler à un... médecin responsable de... l'établissement, si cela est possible.

— Je vais voir si je peux joindre un des médecins. Puis-je vous demander pourquoi ?

— C'est au sujet... d'une admission.

— Ne quittez pas.

J'ai droit à une petite musique d'attente, comme dans n'importe quelle administration. Une voix charmante, enregistrée, me vante le calme des lieux et m'assure de la compétence du personnel et de la qualité des soins. La standardiste me reprend un instant pour me signaler qu'elle a trouvé un praticien. Après quelques bruits, c'est un homme qui me répond :

— Docteur Nicolas Berger, que puis-je faire pour vous ?

— Bonjour. Damien Lenseigne, je suis... neurochirurgien. Vous êtes le responsable... de l'établissement ?

— C'est exact.

— Je me permets… de vous contacter afin de faire entrer un de mes… patients chez vous. Il s'agit d'un cas… particulier de rapprochement familial, sa famille habite Lyon… et lui demeure pour le moment à Paris. J'ai cru comprendre que… vous n'aviez que très peu de disponibilités ?

Berger laisse échapper un petit rire.

— Aucune disponibilité, vous voulez dire ! Et une liste d'attente qui n'en finit plus. Même si je doublais la capacité d'accueil, je ne parviendrais pas à satisfaire tout le monde, alors vous pensez bien que ça risque d'être compliqué pour votre patient. J'ai bien peur de devoir vous dire de chercher ailleurs.

— Il s'agirait plus d'une fin de… prise en charge. Le patient a récupéré la… plupart de ses fonctions, mais il persiste… une fatigabilité à la marche et une instabilité motrice de la jambe… droite et du bras droit. Et quelques troubles… du langage également. Sinon, il est parfaitement autonome.

— Une rééducation chez lui n'est pas envisageable ? Avec du personnel adapté ?

— Vous savez comme moi que c'est… compliqué à mettre en route. Et puis, un autre problème se… pose : ce patient n'a plus de domicile. Son épouse a vendu la… maison pour s'installer avec ses deux… enfants à Lyon. Ce qui explique ma… demande.

— Plus de domicile ? Comment est-ce possible ?

— Il vient de passer… les douze dernières années de son… existence à l'hôpital.

Nicolas Berger marque un temps de silence.

— Douze ans, vous dites ? Mais de quoi souffrait-il ?

— Rupture d'anévrisme. Il a passé toutes… ces années dans le coma.

Cette dernière information semble sidérer mon confrère. Il émet un léger sifflement de surprise. Je l'entends murmurer « douze ans ! », comme pour se persuader qu'il a bien entendu, puis il demande :

— Et vous me dites qu'il n'a aucune autre séquelle qu'une atteinte motrice droite ? Pas de troubles moteurs ni sphinctériens, pas de paralysie ?

— Rien d'autre que… ce que je vous ai dit.

— C'est incroyable ! Votre type a une chance inouïe !

— Je crois qu'il le sait.

— Écoutez, Lenseigne. C'est effectivement un miracle, mais malheureusement…

— Je dois vous avouer quelque chose à son… sujet, le coupé-je. Quelque chose que… je ne vous ai pas révélé.

— Qui concerne son état de santé ? Il a autre chose ? Un cancer ?

— J'espère bien… que non !

— Alors ?

— Ce patient… c'est moi.

Le silence qui suit est cette fois si pesant que je crois qu'il a raccroché. Je l'interpelle pour m'assurer du contraire, et il répond presque dans un murmure. Il réfléchit.

— Vous avez été victime d'une rupture d'anévrisme…

Je lui dévoile péniblement toute l'histoire médicale. Je me concentre en appliquant la méthode que m'a apprise Gabrielle, je prends mon temps, exprime bien chaque mot en les pensant et les détachant. Je dois dominer mon irrépressible envie de bégayer. Inutile d'ajouter les soucis avec Béatrice. J'ai passé une partie de mes dernières journées à remplir des dossiers administratifs, en particulier une mise à jour de mon statut

MDPH[5]. À l'époque, c'est ma femme qui l'avait rempli sur les conseils de Bernard. Encore une chose qu'elle a faite pour moi. Avec sa vie, les enfants, ses propres soucis. Je peux bien me dire que notre relation est en berne, pendant un moment, elle n'a cessé de vouloir m'aider en espérant que je m'en sorte…

Mais douze ans, bon sang!

— … Ce que je peux faire, me dit Berger.

— Excusez-moi, je n'ai pas… entendu le début de votre phrase.

— Je disais: je comprends votre désir légitime de vous rapprocher de votre famille, lié au fait que plus rien ne vous retient à Paris, qu'il s'agisse de quelque chose de personnel ou de professionnel. Je ne sais pas trop quoi vous dire en définitive, toute ma sympathie vous semblerait être ce genre de poncif qu'on nous sert un peu trop souvent. Je vais voir ce que je peux faire pour vous.

J'ai trop entendu cette phrase dans le passé, je l'ai sans doute prononcée devant certains patients qui ne faisaient que demander à être rassurés. Je ne la supporterai pas.

— J'ai bien entendu que votre… établissement avait une liste d'attente… particulièrement longue, Berger! Mais comprenez… j'ai vraiment besoin… d'une place… En temps normal… je ne vous demanderais pas de… passe-droit particulier. Mes enfants…

— C'est bon, Damien! Au besoin, je vous ferai bosser comme consultant de neurologie, plaisante-t-il. Ça me fera un personnel de plus à l'œil!

— À votre… service!

---

[5] Maison Départementale des Personnes Handicapées, établissement chargé d'accueillir, de renseigner et d'accompagner les personnes handicapées dans leurs démarches quotidiennes.

— Je vous rappelle d'ici quarante-huit heures, est-ce que ça vous convient ?

Si je peux m'installer chez lui, je ne suis pas à deux jours près !

J'ai fait le fier, mais ce sont les pires journées que j'ai vécues depuis mon réveil. Le stress me fait paniquer, alors même que je n'ai jamais eu la moindre angoisse au cours de mes examens de médecine. J'étais toujours sûr de moi, sûr de mes compétences et de mes capacités.

Mais là, ça ne dépend pas que de moi.

Je ne ferme quasiment pas l'œil de la nuit et passe la journée suivante à tourner comme un lion en cage. Tout ce que je peux faire pour m'occuper l'esprit demeure vain, je n'arrive pas à me détacher de la future décision de Berger. Et s'il refuse ?

Un coup de fil, vers onze heures trente, alors que je suis incapable de manger mon plateau (j'ai redécouvert que la bouffe hospitalière n'est pas toujours au top), abrège mes souffrances :

— Lenseigne ? Berger. C'est bon, mon vieux, je vous ai trouvé une place !

Je suis tellement fou de joie que je me retiens de pousser un hurlement. Je serre le poing – le gauche, le droit a encore un peu de mal – et le secoue plusieurs fois. Oui ! J'esquisserais bien quelques pas de danse, mais j'ai trop peur de me casser la figure et de me retrouver les quatre fers en l'air au pied du lit.

Je suis excité comme un gamin. C'est génial !

Note pour moi-même : à l'occasion, penser à aller brûler un cierge à cette chère sainte Rita, la patronne des causes désespérées, pour la remercier d'avoir intercédé en ma faveur. Elle en mérite même une pleine brassée, du coup, pour s'être intéressée à un païen comme moi.

Nicolas Berger tient à tempérer mon enthousiasme :

— Votre place ne sera disponible que dans huit jours.

Au point où j'en suis ! Je sais que je vais de toute façon quitter cet endroit, sans doute pour toujours. Mon nouveau domicile s'appelle désormais la MAH de Saint-Just-Fourvière. Je vais pouvoir me rapprocher de mes enfants et tenter de renouer le dialogue, surtout avec Paul. Je n'ai encore rien dit à Clotilde, ou même à Béatrice, sur ma tentative de déplacement. Je ne sais d'ailleurs pas comment aborder le sujet avec elle, je doute qu'elle soit enthousiaste à l'idée de me parler.

L'excitation retombe bientôt pour faire place à l'angoisse, terrible. Le choc lorsque je comprends enfin ce qui m'attend. Je suis un vrai Parisien, je n'ai jamais vécu ailleurs que dans la capitale intra-muros, si l'on excepte notre maison avec Béa. Lyon, pour moi, me paraît être le bout du monde. Je ne suis pas casanier au point de refuser de partir en vacances, j'ai même pris l'avion en ayant horreur de ça, mais ce que je m'apprête à faire est une grande première, pour moi. Mis à part ma femme et mes deux enfants, je ne connais personne là-bas. Je mesure mon isolement au fait que je n'ai pas vraiment d'amis ici, en dehors d'Aurélie qui est passée à mon chevet et que je n'ai même pas eu la délicatesse d'appeler pour la remercier. Je me suis presque volontairement détaché de mes relations personnelles pour me consacrer exclusivement à mon travail. Si j'avais su ! C'est à ce moment que j'aurais eu le plus besoin d'eux.

Note pour plus tard : dès que je serai parfaitement installé, je vais reprendre contact avec mes anciennes connaissances. Je vais tâcher de les retrouver, de les appeler, et on se réunira tous autour d'un verre pour parler du bon vieux temps ! Une soirée barbecue-déconnade ! Simplement pour profiter du temps qui passe, autrement. Vivre, quoi.

Mon séjour en réadaptation ne pouvant durer éternellement, je vais devoir me trouver un appartement pour le jour où je vais sortir, aller faire mes courses, me préparer à manger, m'occuper de mes factures…

Bref, je vais devoir apprendre à me gérer. Il serait peut-être temps.

Il y a douze ans de cela, entre la femme de ménage, le comptable, le jardinier, mes secrétaires, je ne foutais pas grand-chose en dehors de mon travail. Vu de cette façon, c'est réducteur, mais j'étais un peu le chirurgien de ma vie : tous les à-côtés ne me concernaient pas. Un planning bien propre, c'était tout ce que je demandais.

Et encore une fois, Béatrice était là pour régler l'administratif. Qui s'occupait d'appeler le réparateur, le plombier ou l'électricien ? Qui se chargeait des courses alimentaires ? Vous avez dit travail de femme ? Ai-je réellement pensé ça, un jour ? Bien sûr ! Comme j'ai pensé que le personnel hospitalier n'était là que pour me servir et n'avait pas voix au chapitre.

Mais j'ai bien l'intention de changer ça.

35

J'ai besoin de parler à quelqu'un. Je m'empare du téléphone et regarde les numéros qui y sont enregistrés. Le premier est bien évidemment celui de ma fille. J'appuie sur l'écran tactile, son numéro s'affiche.

— Allô, papa ?

Sa voix est comme un baume. Elle doit marcher dans la rue, j'entends son souffle un peu rapide et les bruits de circulation alentour.

— Comment ça va, Clotilde ?

— Je pars au collège et je suis un peu à la bourre. J'ai prévu de retrouver des copines à la cantine avant de commencer. Et toi ?

Elle n'a pas l'air aussi enjouée que d'habitude. Normalement, j'ai plutôt droit à une explosion, des cris suraigus, une sorte de transe. Je crains de savoir pourquoi.

— Je vais bien. Ma rééducation… suit son cours. Je me débrouille de mieux en mieux, même si je pense que… je ne suis pas près de me débarrasser de cette… foutue canne !

— Oh ! c'est cool !

J'essaie de me rappeler si, quand j'étais jeune, on utilisait déjà ce genre d'expression à tout bout de champ. Sans doute que oui. Mon cerveau est en stand-by, pour le moment.

— Je voulais te… faire part d'une grande nouvelle… Enfin, à maman, à toi et à Paul. Je vais quitter… l'hôpital.

— Tu quittes le service où tu es ? Mais pour aller où ?

— Alors, c'est ça, la… nouvelle : j'ai pu obtenir une place dans une maison… à Lyon. Je serai là-bas dans huit… jours tout au plus. On pourra enfin se voir… plus facilement ! Ce n'est pas génial ?

— Si !

Même si elle est sincèrement heureuse, l'enthousiasme n'est pas vraiment de mise. Lorsque je lui demande ce qui ne va pas, sa réponse est vague, alors j'insiste.

— Maman nous a raconté, finit-elle par lâcher. C'est vrai ?

— Écoute, ma chérie…

Je m'arrête. Je ne sais pas quoi lui répondre. Je n'ai jamais eu de véritable dialogue avec une ado, et là, il s'agit de ma propre fille.

— Je ne comprends pas ! ajoute-t-elle. Je ne vous comprends pas. On a attendu tout ce temps pour quoi ?

— Tu sais… Je viens de passer douze ans… dans le coma. Avant de te voir dans cette chambre d'hôpital, je ne te connaissais… même pas autrement que comme un bébé dormant dans… son lit. Je t'ai découverte ce jour-là. Une parfaite… inconnue, mais c'était comme si… je t'avais toujours eue à mes côtés. Mais il y a le reste… tout le reste…

— Quand on était petits, maman nous a dit que tu étais très malade et à l'hôpital. Elle n'a pas voulu nous emmener parce qu'elle avait peur de notre réaction, et elle disait que tu n'aurais pas aimé qu'on te voie comme ça. Elle préférait nous montrer des films que vous aviez faits pendant vos vacances, pour que nous ayons une belle image de toi. Elle disait que lorsque tu te réveillerais, ce serait comme avant, qu'on recommencerait à vivre normalement. On y a cru longtemps.

Sa voix chevrote. Elle pleure.

— Et puis il y a eu ce poste, cette promotion et ce départ pour Lyon. Elle nous a dit qu'elle avait besoin de respirer un peu. Qu'elle était fatiguée. Que cela faisait des années qu'elle menait tout de front, qu'elle devait tout gérer parce que tu n'étais plus là et qu'on ne savait même pas si tu reviendrais un jour… Ça a été… terrible. Pire que si tu étais mort…

Elle s'arrête, interrompue par ses sanglots. Ma gorge est tellement serrée que j'ai du mal à expulser les mots qui s'y agglutinent.

— Clotilde…

— Merde ! jure-t-elle. C'est un truc de malade qui vous est arrivé, et la seule chose que vous trouvez à faire au moment où tu te réveilles, c'est de vouloir vous séparer ! Et après, on va dire que c'est nous, les gamins !

— Clotilde, ce n'est pas seulement…

Que lui dire de plus ? Que je n'imagine pas quelqu'un poser ses mains sur Béatrice, alors que j'ai eu beaucoup moins de scrupules par le passé ? Que je ne pense encore, une nouvelle fois, rien qu'à moi ?

— Donc, maman m'a dit que vous alliez vous séparer… C'est vrai ?

— Disons qu'elle voudrait… réfléchir un peu sur notre avenir ensemble. Sur mes problèmes de santé.

— Et toi ?

— Je ne sais pas… Honnêtement, je ne sais plus. Après tout ce temps, j'ai… l'esprit embrumé.

— C'est à cause de Marc, c'est ça ?

— Marc ? Non… Pourquoi tu… demandes ça ?

— Maman était au cimetière avec lui, tu l'as vu. Et quand elle est rentrée, elle pleurait…

Je réfléchis une seconde à ce que je vais lui dire :

— Comment est-il avec… vous ?

— Je te l'ai déjà dit ! Il est gentil avec nous. Il n'a jamais cherché à s'imposer, il est là pour aider maman quand elle a besoin d'aide. Il a proposé à Paul de l'accompagner pour faire du sport, plusieurs fois… Tu ne veux pas répondre à ma question, c'est ça ?

— Je ne sais pas vraiment… qui est Marc, ma chérie. Je ne connais pas ce type… Comment pourrais-je le juger ? J'ai juste du mal à… imaginer qu'il puisse vivre avec vous pendant que… pendant que je suis ici…

— Il ne dort pas dans la maison avec maman, si c'est ça que tu veux savoir…

Elle renifle, le portable s'éloigne de sa bouche. J'entends le bruit du mouchoir en papier qu'elle utilise pour se moucher.

— Je suis désolé, Clotilde, sincèrement désolé… de vous mêler, ton frère et toi, à toute cette histoire…

— Je dois te laisser, je suis arrivée au collège. Je te rappellerai.

Elle coupe la communication sans un au revoir, me laissant comme un con avec cet appareil à je ne sais combien de centaines d'euros dans les mains, à présent aussi inutile qu'un emballage de chaussures… J'ai comme une envie de le balancer par la fenêtre, avec moi au bout.

Au lieu de cela, je fais la seule chose qui me semble intelligente, en tout cas, celle qui l'est le plus depuis que je suis réveillé. Je cherche le numéro de Béatrice. Mon cœur est tellement serré que je me sens essoufflé, j'ai les jambes qui flageolent. Ça sonne. Je ferme les yeux. Rester calme. Me préparer à lui dire certaines choses. Admettre que j'ai eu tort. Discuter, enfin.

Répondeur. « Bonjour, Béatrice Lenseigne-De Langlois, société Domo+, je ne suis pas disponible pour le moment, laissez-moi vos coordonnées et le motif de votre appel afin que je puisse vous joindre dès que possible, merci ! » Le bip, ensuite. Je suis muet.

Parle, bon sang ! Dis quelque chose !

— Béatrice ? Je…

Le temps s'écoule. Ça va couper, remue-toi !

— C'est Damien. J'ai bien réfléchi… par rapport à notre discussion… dans le parc. Je comprends ce que tu ressens… Si tu veux, on en discute, quand tu veux… et, tu sais, si tu penses que c'est le mieux, qu'il faut nous donner du temps… C'est sûr qu'après mon deuxième… problème, tu ne sais pas… quoi faire.

Je m'interromps. Je sens que je risque de raconter des âneries. Parler de Marc Lecouvreux n'a aucun sens à cet instant. Devrais-je plutôt lui dire que je l'aime encore ? C'est affolant, mais je suis incapable de l'exprimer. Il s'agit pourtant de mon épouse, de la mère de mes enfants, et ce sentiment que je pensais éteint est toujours présent, comme cette petite étincelle, cette minuscule braise rougeoyante au sein d'un brasier éteint. Pourtant, je ne peux pas le dire.

Je me triture le cerveau, mais c'est inutile.

La communication s'est coupée.

36

Les huit jours qui passent sont les plus longs de ma vie – je devrais plutôt dire de ma renaissance. Les deux premières personnes à apprendre mon départ sont la surveillante, Viviane Desnoyers, et l'assistante sociale, Rosemarie Briardin. Desnoyers est ravie pour moi, même si elle ne peut cacher que mon départ va causer un véritable vide dans le service :

— Sans parler de vous avoir surveillé toutes ces années, vos coups de gueule vont nous manquer ! On espérait presque que vous alliez redevenir comme avant !

Elle plaisante, mais je sens bien la pique.

— Vous savez bien que c'est impossible, Viviane. Et c'est peut-être pas mal pour beaucoup de monde ici.

L'assistante sociale accueille la nouvelle avec un brin de surprise, et d'agacement également. Elle doit s'imaginer que j'ai fait jouer mon statut afin d'obtenir cette place. Je n'ai pas l'intention de lui mentir, aussi je lui relate les échanges téléphoniques que j'ai eus avec Nicolas Berger.

— Je suis ravie pour vous, fait-elle. Finalement, vous avez obtenu gain de cause, vous avez fait preuve de ténacité. C'est donc que vous pouvez y arriver lorsque vous le désirez. Vous allez pouvoir retrouver votre famille. Le cercle familial est un élément fondamental dans la guérison du patient, mais je pense que vous le saviez déjà. Tâchez simplement de garder à l'esprit que chaque petite pièce d'un puzzle fait partie de la grande image. Personne n'est moins important que vous, d'accord ?

Je lui souris.

— Je vous remercie pour tout ce que vous avez fait... pour moi. Mon coma prolongé m'a laissé des... séquelles que je ne pourrai jamais compenser... j'en ai bien peur. J'éprouve toujours des... difficultés à marcher sur de longues distances, et ma main droite n'a pas retrouvé... sa dextérité initiale. Je sais que je ne peux pas... prétendre à refaire de la microchirurgie comme avant... Non ! Laissez-moi poursuivre... s'il vous plaît ! j'ajoute en la voyant ouvrir la bouche pour protester. Indépendamment des problèmes physiques, j'ai aussi certains... problèmes mnésiques. Autrement dit, je ne me rappelle pas... tout. Ce sont des fragments de... vie qui me reviennent en mémoire, ou... qui ont disparu et ne reviendront jamais. Au choix. Je ne me souviens pas... si je vous ai manqué de respect. Je m'en excuse, même si c'est du passé et que... ça ne changera rien à l'affaire. Voilà... Je tenais juste à ce que vous le sachiez. J'ai toute une vie à reconstruire... C'est juste que... l'homme que vous... avez connu... avant... le docteur Len... seigne... n'existe... pppplus...

Je m'interromps, épuisé par l'effort. Mais je suis soulagé d'avoir accompli cet acte de contrition. Rosemarie me serre la main avec un sourire que je devine sincère.

— Bonne continuation à vous, docteur Lenseigne ! Vous manquerez au service, j'en suis sûre !

Flore Dumont me reçoit une dernière fois. J'ai progressé grâce à elle. Jamais je ne m'étais livré de cette façon auparavant, même à Béatrice. J'imagine qu'on aime garder une zone d'ombre pour soi. Pourtant, la psychiatre l'a réduite comme peau de chagrin.

— Sitôt que j'ai appris cette excellente nouvelle, je me suis permis de prendre contact avec une collègue de Lyon. Je n'ai rien révélé de votre cas, je lui ai juste demandé si elle était prête à vous accueillir. Si vous souhaitez la rencontrer, voici son nom et son adresse, ainsi que son téléphone.

Elle me tend un petit bristol où elle a griffonné quelques indications. Je l'empoche soigneusement.

— Surtout, surtout, insiste-t-elle, il faut poursuivre cette démarche de questionnement sur vous. Ne pas renoncer. Considérer que votre vie ne s'est pas achevée sur un lit d'hôpital, mais qu'elle repart. C'est une renaissance, Damien. Prenez-la comme telle. Vous devez penser à tout ce qu'il vous reste encore à découvrir, tout ce que vous allez pouvoir réaliser avec vos enfants.

— J'avoue que l'avenir m'effraie… pour la première fois de ma vie. Même pendant l'internat j'étais… sûr de moi. Aujourd'hui, je sais que je ne suis plus tout… jeune et rien ne sera… aussi facile. Fatigue, trous de mémoire, difficultés d'expression sont… désormais mon lot quotidien. Je vais devoir retrouver… une place dans la société.

— Et vous y arriverez, Damien ! assure la psychiatre. Vous y arriverez parce que vous êtes un battant ! Avez-vous réfléchi à ce que vous aimeriez faire ?

— Non, pas encore.

— Faites-le. C'est important. Offrez-vous un objectif. Donnez-vous envie de réussir à être à nouveau ce quelqu'un que vous avez été.

La visite suivante est celle de Jeanclin ; il a eu vent de mon prochain départ. Son passage me surprend : depuis l'enterrement de Solange, je ne l'ai pas revu une seule fois. Je sais qu'il travaille toujours aussi intensément, sans doute pour tenter d'oublier sa déconvenue. Il n'est pourtant pas encore hors jeu, mais il n'a plus l'air d'y croire. Il a cependant obtenu ce dont il rêvait : Chardonnet a annoncé par la voix de l'administration hospitalière qu'il cessait toute activité de consultation et quittait définitivement le service. Je n'ai pas encore eu l'occasion de lui parler, je sais qu'il faut du temps. Dans la foulée, Jeanclin a réuni l'ensemble du personnel pour lui faire part des changements attendus. La décision de partir à Lyon venant de moi et moi seul, je suis serein.

— Alors, tu quittes définitivement Paris ?

— Définitivement… je ne sais pas… mais il y a de… fortes chances.

— De toute façon, tu n'avais plus rien à faire ici. Occuper un lit d'hôpital alors que tu n'as besoin que de rééducation, c'est inutile et coûteux. Mais je n'ai pas besoin de te le dire, tu le sais déjà, si ta mémoire te rappelle comment tu procédais à l'époque où tu pouvais encore opérer.

Jeanclin fait la grimace.

— Ce pauvre Bernard, quand j'y songe, comme c'était triste de le voir souffrir au cimetière. C'est bien pour lui d'avoir décidé de lâcher le service même s'il n'y était plus beaucoup, il va pouvoir se reposer, il sait que le secteur est entre de bonnes mains.

— Et pour… ton idée de grand patron ?

— Je ne sais plus. Je dois sans doute me faire une raison… Je vais continuer à bosser comme je l'ai toujours fait, il n'y a que cela que je sache faire.

— Tu le fais… bien.

Il me dévisage, surpris de ce compliment.

— Et toi ? Comment vois-tu ton avenir ?

Je hausse les épaules.

— Je suis en train de faire la liste de tout ce que je sais… faire, ce n'est pas brillant, mais je trouverai.

Jules hésite, et ce qu'il me dit alors me laisse sans voix :

— Fais attention à toi. Te voilà avec un cerveau tout neuf, essaie de le ménager, n'oublie pas qu'on n'a qu'une vie. Avec le recul, qui sait ce que nous serions devenus tous les deux, si tu n'avais pas eu cet accident.

— Nous ne le saurons jamais, Jules… Et c'est peut-être mieux… ainsi.

Il se retire lentement en hochant la tête. Arrivé sur le pas de la porte, il ne peut s'empêcher une ultime remarque :

— Être le premier, oui. Mais je ne le voyais pas de cette façon.

Dans le couloir, je croise Robert Ferragus, mon sympathique et truculent voisin de réanimation. Le régime sec lui a été profitable, il affiche une mine réjouie, une banane lui fend le visage d'une oreille à l'autre. En dehors d'une légère boiterie, il ne présente pas de séquelles. Il paraît même en meilleure santé que moi, et son nez qui affichait une belle empreinte éthylique retrouve une couleur normale.

— Ça y est, docteur, je m'en vais, je rentre chez moi !

— Vous m'en voyez… ravi, Robert.

— Vous aussi ? J'ai appris.

— Je pars en… rééducation. À Lyon.

— Faudra venir me voir quand vous serez dehors, hein ? On ira à la chasse à la perdrix.

Comment lui expliquer que la chasse et moi… J'opte pour une réponse stratégique. Il fouille ses poches et me sort une photographie toute froissée de lui, entouré de ses deux chiens. Il a écrit au dos quelques mots d'une écriture maladroite, son nom et son adresse, ainsi qu'un téléphone.

— C'est celui du boucher du village, explique-t-il. Je passe tous les jours pour nourrir Satine et Fée… C'est le nom de mes chiennes, précise-t-il devant mon air ahuri. Satine, parce qu'elle a toujours le poil brillant, et Fée, eh bien, parce qu'elle ressemble à une fée quand elle bondit partout.

Note pour plus tard: j'ai dit que j'aurais un chien, non? Il faudra vraiment que je fasse attention à son nom…

Robert me tend la main et la serre vigoureusement – il a une poigne impressionnante. Il est ému.

— C'est grâce à vous si j'en suis là, vous savez? Alors, merci pour tout.

— Je n'ai rien… fait!

— Quand j'vous ai vu, je me suis dit: «Te plains pas, Robert, le toubib, il a perdu plus que toi, et pourtant, il s'accroche, il veut s'en sortir. Prends-le en exemple et arrête de te plaindre!»

Ses propos me vont droit au cœur. On trouve toujours plus malheureux que soi, n'est-ce pas? Pourtant, jamais je n'aurais imaginé être un exemple pour quelqu'un.

Moi aussi, je suis ému.

J'ai l'intention d'offrir un pot de départ. Autant j'aurais fui ce genre de mondanité il y a quelques années, autant je me sens obligé de le faire aujourd'hui. C'est une façon définitive pour moi de tourner la page. Je mentirais si je disais que je n'ai pas le cœur serré à l'idée de ce qui m'attend, mais je dois m'y résoudre, j'ai besoin de repartir de zéro.

Je demande à la surveillante de me libérer la petite salle de réunion du deuxième étage, celle qui se situe juste au-dessus de la réanimation. Je préfère rester modeste – après tout, il n'y a pas vraiment de raison pour que la moitié de l'hôpital se précipite pour me saluer. Desnoyers y consent, circonspecte. Elle ne le dit pas, mais je sais qu'elle pense également qu'il n'y aura pas foule. J'insiste cependant, pour être en paix avec moi-même. Je lui demande à qui je peux faire appel pour installer quelques tables, des boissons et des amuse-gueules.

— Je vais m'occuper de cela ! Ce sera mon cadeau pour votre départ !

Elle fait les choses pratiques, nappes et serviettes en papier, ustensiles jetables, petites assiettes garnies. Je m'amuse un bref instant en me disant que l'argent de ma maison va servir à boire. Lorsque j'arrive dans la pièce, elle est accompagnée de mes deux anges gardiens de la réa, Éva et Françoise. Serge et Gabrielle sont là également, ainsi que deux aides-soignantes que j'ai régulièrement vu passer. On est loin de faire le plein. Les deux infirmières viennent me saluer, une petite larme nous échappe. Elles ne peuvent rester trop longtemps loin de leurs lits, les malades avant tout.

Serrement de mains. Je suis content de voir passer Boussicault, mon sauveur, qui me souhaite tout le meilleur pour l'avenir.

— Lyon est une chouette ville, vous verrez ! J'y ai vécu une quinzaine d'années, je n'en ai que de bons souvenirs !

Viviane engloutit son énième petit four avec un sourire complice. Je me demande où elle met tout cela. Le petit four me fait penser à un autre – gros, celui-là – qui est en train de se préparer : personne ne vient. Je réponds aux questions de la surveillante sur la façon dont je vois mon avenir. Mon téléphone portable sonne dans ma poche. Clotilde a eu la bonne idée de me mettre comme sonnerie ridicule une sorte de musique chaloupée pleine de rythmes et de cris. J'ai chaque fois l'impression de me trouver à proximité d'un élevage de dindons affamés. Je sors ma brique : c'est un SMS en provenance de Noémie Chardonnet.

« Cher Damien, en ces moments particuliers, je voulais vous dire que papa se joint à moi pour vous souhaiter tout le bonheur dans votre nouvelle vie. Gardons le contact, voulez-vous ? C'est important. Je vous embrasse. N. »

Malgré le drame qui l'a frappé, Bernard ne m'oublie pas. Il tient à me le faire savoir. Ma gorge se serre, et je prétexte une gorgée avalée de travers.

Rosemarie Briardin et Flore Dumont effectuent un passage éclair. Comme ce pot a été en grande partie décidé sur un coup de tête, elles n'ont pas pu s'organiser autrement, aussi suis-je sensible à leur visite. Même si ceux qui sont présents ne sont pas nombreux, je suis content de la présence de chacun. Ils constituent le noyau dur de mon « après-coma », ceux que j'aurai côtoyés durant tous ces mois de renaissance. J'éprouve cependant un petit regret en constatant qu'il n'y a pas plus de monde, mais je peux les comprendre. C'est là où se situe la vraie rupture entre le « moi » d'avant le coma et celui de maintenant. Le nouveau Damien Lenseigne a bien l'intention d'être plus humain et de créer des liens.

Je me tourne vers les quelques survivants de la salle :

— Je vous remercie… sincèrement d'être… venus. Ça me touche… beaucoup… Comme j'ai peur que… vous n'arriviez… pas à tout finir, vous pourrez… partager avec les… patients des différents services. Évitez juste… le champagne, ça risquerait de mettre… Jeanclin en colère !

— Vous voulez déjà nous quitter ? demande Gabrielle. Attendez un peu, vous n'êtes là que depuis une demi-heure ! Vous avez rendez-vous ?

— Non, vous avez... raison : personne ne m'attend...

Note pour moi-même : faut-il être patient pour patienter ? Vous avez quatre heures.

Du bruit monte du couloir. Des éclats de voix. Je me redresse. Une femme apparaît dans l'encadrement de la porte, la cinquantaine, rousse. Son prénom m'échappe. Je la connais forcément. Une autre lui succède, puis une troisième. Infirmières, aides-soignants, agents hospitaliers, ils sont tous là. Je reconnais les visages, des noms explosent dans ma tête. Le service de neurochirurgie défile devant moi en entier, et chacun, chacune, me serre la main pour me souhaiter un bon séjour, pour formuler leurs vœux d'un avenir meilleur pour moi. Ils sont tous venus pour un dernier au revoir. Ils ont fait fi de nos désaccords, ont passé l'éponge sur les dissensions qui ont pu régner du temps où je me prenais pour Dieu le père, *Damien Lenseigne, meilleur chirurgien du monde, et les autres ne sont rien*. Ces personnes sont juste... magiques. Ma vue finit par se brouiller, et des larmes me viennent, mais cette fois, je ne fais rien pour les masquer. Je crois que je pourrais me mettre à braire que ça n'y changerait rien. Au milieu de ce trop-plein émotionnel, quelqu'un me tape doucement dans le dos et m'interpelle d'une voix chantante :

— Alors, docteur, on n'est pas fichu de prévenir les amis ? C'est dingue, ça ! Si je n'étais pas passée, tu serais parti comme un voleur sans me dire au revoir !

Je me retourne, n'en croyant pas mes yeux ni mes oreilles. Aurélie Sarranche, la merveilleuse Aurélie, la seule fille de notre groupe d'internes, est passée pour me saluer. Elle n'a pas changé.

Je peux reconnaître aujourd'hui que c'était la plus brillante d'entre nous, parce que la plus modeste dans ses capacités et la plus consciencieuse. Elle m'étreint chaleureusement, m'observe avec ce regard qui me projette des années en arrière.

— Tu es bien plus en forme que lors de mon dernier passage ! Tiens, j'ai un petit message à te transmettre, de la part de Daniel et d'Étienne.

— Tu les as… appelés ?

— Bien sûr ! Qu'est-ce que tu crois ?

— Cette fois, c'est au tour de Jeanclin de payer sa tournée ! À moins que son portefeuille ne contienne que des toiles d'araignée !

— Arrête un peu tes conneries, Daniel, t'es pénible !

— Oh ! mais c'est qu'il est vexé, ma parole, le pauvre chou ! Allez, sors ton oseille, il fait soif !

La terrasse du café est loin d'être noire de monde, mais c'est tout comme. Nous nous glissons entre les tables pour en trouver une qui puisse tous nous accueillir. Paris sera toujours Paris, surtout en été. Galant, je tire la chaise d'Aurélie et l'invite à s'asseoir, elle me remercie d'un sourire. Parfois, il y a un siècle de cela, je me dis que j'aurais pu tomber amoureux d'elle… J'ai dû l'être, à la réflexion, comme nous tous.

Fin de journée pas si ordinaire. Chacun d'entre nous a validé son concours. C'est l'occasion de fêter ça autour d'un verre en terrasse. Monté à Paris pour suivre sa mère divorcée, Étienne retourne à Marseille. Daniel file dans l'Est, à Strasbourg, là où sont ses racines, Aurélie, Jules et moi restons à Paris.

— On va vous appeler les inséparables, fait Étienne en nous désignant, Jules et moi. Même faculté, même spécialité, même hôpital. Je plains Chardonnet !

— On raconte même que vous couchez ensemble, ajoute Daniel. Qu'est-ce qu'elle en dit, Béatrice ?

— Que tu n'as pas encore quitté les bancs de la faculté pour sortir des âneries pareilles ! En tout cas, j'espère que l'éloignement n'aura pas raison de notre amitié. Il faut qu'on garde contact, hein ?

— J'aime quand tu fais des phrases. Surtout quand on sait que tu n'aimes pas le téléphone, n'est-ce pas, Damien ?

— Ah ! Avec Chardonnet, il va être occupé, le pauvre ! renchérit Aurélie.

Comme dans un rêve, je visionne la vidéo de mes anciens camarades de faculté. D'abord ce boute-en-train de Daniel, qui me dit qu'il est désolé de ne pas être présent mais espère bien que ce n'est que partie remise et qu'il attend ma future installation pour venir faire la bringue ; puis ce grand échalas d'Étienne et son accent chantant du Sud, qui me souhaite bon vent. Je les appelle, nous échangeons quelques mots bien trop brefs. Je ne les mérite pas.

Lorsque la réunion s'achève, je suis sur les rotules. Le bip d'Aurélie la rappelle à la réalité : elle doit se rendre d'urgence à son hôpital. Je l'embrasse. Promis, cette fois, on ne se perd plus de vue. De nouveau cette sonnerie infernale qui me fait sursauter. Il faudra vraiment que j'apprenne à modifier les alertes de mon portable. C'est un SMS. Un message qui achève de faire de ce jour une journée mythique.

« Taxi annulé. Je viendrai te chercher pour Lyon. Béa. »

37

La voiture est ce qu'on appelle un SUV. C'est ce que me déclare Béatrice lorsqu'elle m'accompagne jusqu'au parking en portant ma valise. Elle est bleu métallisé, avec un intérieur en cuir tellement moelleux qu'on se croirait dans un canapé. Lorsqu'elle démarre, son fauteuil s'avance automatiquement, et ça bipe de partout entre la caméra de recul et les capteurs fixés à l'avant et sur les ailes. C'est tellement bardé d'électronique que j'ai l'impression d'embarquer dans un flipper.

Béatrice glisse mes affaires dans le coffre, et le cadeau que le personnel m'a offert : il s'agit d'une statuette en bronze représentant un homme poussant le globe terrestre au sommet d'une colline. Elle est signée Chris Navarro et personnifie la persévérance. Je ne suis pas sûr qu'ils auraient pu me faire un présent plus juste, et l'objet devient illico mon bien le plus précieux.

La voiture quitte le parking de l'hôpital. Je regarde par la fenêtre les bâtiments qui s'éloignent, cherchant la chambre où j'ai passé ces dernières semaines. De l'extérieur, la vue paraît toujours tronquée. Je me demande combien de personnes avec qui j'ai travaillé sont en train de me regarder partir. Peut-être aucune, peut-être quelques-unes. Nous nous glissons dans la circulation congestionnée et polluée de Paris. Il y avait si longtemps que je n'avais pas pris une telle bouffée de gasoil…

— Tu veux passer quelque part avant que nous y allions ?

— J'aimerais revoir notre… ancienne maison, si tu veux bien. Et promis, je ne piquerai pas… ma crise.

— Je ne m'inquiète pas.

Après être passés près de la tour Eiffel, une de mes demandes pressantes, nous quittons Paris pour sa proche banlieue. La voiture est étonnamment silencieuse, peut-être un peu trop. Béatrice s'en rend compte et se penche pour allumer la radio.

— Tu veux écouter un peu de musique ? J'imagine que celle de la neuro n'était pas très gaie.

— J'ai ce qu'il faut dans l'ordinateur… et le téléphone, je grimace. Ta fille s'est ingéniée à… m'installer une discothèque ahurissante en prétextant que… je ne connaissais pas ce qui… se faisait de mieux. Résultat, j'ai une bonne centaine… de titres avec des noms imprononçables, comme leurs chansons… d'ailleurs, même quand ils chantent en français !

Ça la fait rire. J'ai encore du mal après les mots que nous avons eus – enfin, surtout moi – à être l'un à côté de l'autre dans le même véhicule, mais je préfère savourer le moment.

J'ai à peine le temps de reconnaître les rues que nous nous arrêtons devant ce qui fut notre demeure. Je baisse la vitre pour mieux l'observer.

— Tu veux descendre ?

— Non, ça va.

Je laisse mon regard glisser sur sa façade blanche, son toit d'ardoises grises, ses larges fenêtres, son jardin paysager. Rien n'a changé en douze ans. La fenêtre donnant sur la rue, celle qui se pare d'un petit balcon semi-circulaire, est ouverte. C'était notre chambre. Celle où nous avons fait l'amour la dernière fois avant que ce stupide événement ne me cloue au lit de réanimation.

— C'est un couple avec trois enfants, un de plus que nous, commente Béa.

Elle me désigne la balançoire et le trampoline que l'on distingue à travers la grille. Une tondeuse passe en ronronnant pas très loin. Le propriétaire a peut-être plus de volonté ou de temps que je n'en avais à l'époque pour m'occuper de la pelouse derrière la maison.

— Ce sont des gens charmants, un peu plus jeunes que nous.

— Ils bossent dans quoi ?

— Lui est ingénieur, elle directrice de société.

— Presque comme nous…

— Oui, c'est ce que je me suis dit.

Je contemple encore la maison. Était-elle réellement trop grosse ? Je pense que Béatrice a eu raison : avec deux enfants, elle devait la trouver gigantesque. J'ai cependant un petit pincement au cœur en me remémorant chaque pièce, chaque meuble presque, les tapisseries, et mon bureau où je rangeais amoureusement mes livres. Comme si elle lisait dans mes pensées, Béatrice ajoute :

— Ils sont tous rangés à Lyon. Tous tes livres, tous tes bibelots. Ils n'attendent que toi.

Je lui fais signe qu'on peut y aller.

— Prêt à quitter la capitale ? Pas de remords ?

— Je n'ai plus rien à faire ici.

— Tu verras, Lyon n'est pas mal non plus !

La voiture s'élance. Direction l'autoroute A6. Je constate que la circulation ne s'est guère améliorée durant toutes ces années. Béa conduit vite, nerveusement, en véritable « bouffeuse » de kilomètres. La sortie de la capitale est problématique, mais nous la laissons rapidement derrière nous. La radio diffuse un fond de jazz qui me relaxe. Pour un peu, je céderais à la tentation de m'endormir, mais j'ai des tas de questions à poser, des tas d'explications à demander et à fournir, et je sens que Béatrice est dans la même situation que moi.

Si nous devons parler, c'est le moment ou jamais.

— Je ne crois pas t'avoir encore… remerciée d'être venue me chercher, dis-je. C'est vraiment gentil… de ta part. J'imagine que le trajet… Paris-Lyon en taxi aurait été infiniment moins glamour.

Béatrice me jette un œil avant de se reporter sur la circulation.

— C'est quand même la moindre des choses, non ? Nous sommes encore mari et femme.

— Oui, c'est juste… À ce propos, je tenais à m'excuser pour… le cimetière…

— J'ai vraiment été blessée. Ça m'a fait mal, je ne méritais sûrement pas ça. Je t'ai détesté pour ça, même si ce n'est pas la première fois que ça m'arrivait.

— Je m'en doute…

— Dans cette histoire, nous avons tous souffert, Dam'. Toi, cloué dans ton lit, à je ne sais quel degré de conscience, et moi, à me débattre avec les enfants, avec tout ce qui était administratif. Ça a été très dur, tu peux me croire. Mais le plus difficile est derrière nous…

Elle profite d'un instant de répit pour dépasser deux énormes camions, puis réintègre la file de droite. Elle réfléchit à ce qu'elle veut me dire, comme si elle organisait ses pensées.

— Je me rappelle tout ce qu'il s'est passé il y a douze ans. Tu avais souvent mal à la tête, mais tu disais que c'était le stress, la tension au travail, et aussi Jeanclin qui te pourrissait la vie. Cette nuit-là, tu t'es mis à gémir dans ton sommeil, et puis soudain, je t'ai entendu émettre une sorte de… ronflement, comme si l'air ne passait pas bien. Je t'ai demandé si tu allais bien, et comme tu ne répondais pas, j'ai allumé la lampe de chevet pour te regarder. Tu avais les yeux révulsés et tu ne parlais plus. Tu étais sans connaissance. J'ai paniqué. On a beau essayer de se rappeler qu'il faut contacter le Samu, faire le 15 ou le 18, à ce moment, tu paniques tellement que tu ne sais plus ce qu'il faut faire. J'ai juste pensé à appeler Chardonnet, parce que c'est le premier nom qui m'est venu à l'esprit. Je l'ai réveillé en pleine nuit, au bord de la crise de nerfs. C'est lui qui s'est occupé de tout. Il a contacté lui-même les urgences en indiquant ce qu'il se passait, et il a foncé directement à l'hôpital pour t'attendre au bloc. On t'a opéré aussitôt afin de limiter les dégâts, mais c'était déjà sérieux. Finalement, lorsque tu es sorti du bloc, Chardonnet est venu me trouver pour me dire que tu étais dans le coma, qu'il avait fait tout ce qu'il était possible de faire et que, désormais, il fallait attendre.

Je découvre la vraie version. Peut-être par pudeur, ou par modestie, Bernard ne m'a pas raconté la même chose, il s'est contenté de dire que Béatrice avait appelé les urgences et qu'on l'avait prévenu ensuite. Dans le fond, est-ce que ça change quelque chose ? Peut-être. En quelques questions, mon maître a su ce qu'il se passait, et il en a tiré les conclusions qui s'imposaient. Il m'a sauvé la vie.

— D'abord, j'ai pensé qu'il te faudrait plusieurs jours avant de revenir à toi. Et puis, les complications ont commencé. Fausse route, infection pulmonaire, hyperthermie, choc septique, des mots que je ne comprenais pas et que j'ai appris à connaître.

Tu as fait un arrêt cardio-respiratoire et tu t'en es tiré de justesse. Je savais que tu étais le plus fort, tu l'as toujours été, depuis notre rencontre. Si tu pouvais te sortir de là, tu pourrais te réveiller.

Béa soupire.

— Mais le temps a passé. Au début, je confiais les jumeaux à une voisine pour venir à l'hôpital tous les jours. Je passais l'après-midi à tes côtés en réanimation. Je voyais ton état de santé se dégrader, tu maigrissais, tu chopais toutes ces escarres horribles qui te creusaient la chair. C'est Chardonnet lui-même qui m'a dit que ça ne servait à rien de m'épuiser de la sorte, que je pouvais espacer mes visites. Il avait raison, j'ai failli avoir plusieurs fois un accident de voiture tellement j'étais éreintée. Alors, je suis venue tous les deux jours, puis tous les trois jours, et puis une fois par semaine, et il n'y avait aucune amélioration. « État stable », c'est comme ça qu'on dit dans ton jargon, n'est-ce pas ? J'ai su qu'on te faisait des scanners de contrôle, que l'œdème régressait peu à peu, mais qu'il n'y avait aucun signe d'amélioration tangible. J'ai commencé à douter que tu puisses revenir à ton état antérieur, même Chardonnet perdait espoir. Mon travail s'en ressentait, je n'arrivais plus à gérer. J'ai encore espacé mes visites. D'une fois par semaine, je suis passée à tous les quinze jours. Souvent, je me contentais d'appeler. C'était devenu un rituel : « Bonjour, c'est Mme Lenseigne. Comment va mon mari, aujourd'hui ? Oh ! écoutez, ça suit son cours, rien de nouveau. Très bien, je vous remercie. » Ces phrases, je les ai dites et entendues sans cesse durant les douze ans de ton coma, parfois ponctuées d'informations sur une infection quelconque, un contrôle d'imagerie encourageant… J'ai dû faire un choix pour les enfants. J'ai décidé que je ne viendrais plus te voir au bout de quelques années. Il m'a fallu du temps pour prendre ma décision, j'ai longtemps pesé le pour et le contre, tu peux me croire. Je devais aussi penser à moi.

Elle m'a déjà parlé de ça, au début de mon réveil, mais jamais de façon aussi détaillée.

— Je comprends. C'est comme ça que... tu as vendu la maison.

— Les charges étaient abyssales, je n'y arrivais plus.

— Et Marc ?

— Quoi, Marc ?

— Ne t'énerve pas. Je veux juste savoir... ce qu'il a fait pour vous.

— Il m'a aidée à me sortir de toutes les tracasseries administratives. Lorsque j'ai quitté Paris avec les enfants, c'est lui qui m'a trouvé une maison à Lyon pour me rapprocher du siège social. Dernièrement, c'est encore lui qui a poussé les membres du comité de direction à accepter ma candidature au poste de responsable Europe, au moment où tu te réveillais de ton coma. Il nous a souvent emmenés en vacances, les enfants et moi, ça a été nos premières depuis longtemps.

Béatrice se tourne vers moi et me fixe intensément :

— Et même si tu ne me crois pas, nous ne couchons pas ensemble, et il ne vit pas sous mon toit... Il m'a fait du bien – il *nous* a fait du bien –, et c'est le plus important.

38

L'aire d'autoroute est loin d'être bondée. Béatrice a tenu à faire une étape le temps de remplir le réservoir et de se poser quelques minutes. Je sors de la voiture complètement ankylosé, et ma canne m'est d'un plus grand secours que je ne le voudrais.

En quittant Paris, nous avons laissé derrière nous un ciel maussade pour un plus bleu, bien que nuageux. Surtout, la température a grimpé. J'ai presque trop chaud. Je me débarrasse maladroitement de ma veste que je garde sur mon épaule. Béatrice passe commande à la cafétéria, et l'odeur des viennoiseries me chatouille les narines. Je me rends compte que j'ai faim, comme je n'ai pas eu faim depuis bien longtemps.

— Assieds-toi, j'arrive, me dit-elle.

Je m'installe à une table. Non loin de moi, un couple s'est assis. Lui boit un café pendant qu'elle donne le biberon à une petite fille. La gamine gigote dans ses bras, m'observe attentivement d'un air concentré. Je lui fais un sourire, et sa mère me le rend.

Je sais au moins que je ne fais plus peur à voir.

Ce biberon me rappelle cruellement tout ce que j'ai pu rater dans le développement de Paul et de Clotilde. Je me souviens à peine de Béatrice leur donnant le sein… Non, pour être tout à fait exact, je m'extasiais de la poitrine qu'elle avait prise au moment de l'accouchement, en lui faisant remarquer non sans malice que, si elle conservait ses formes, j'étais déjà prêt à tenter les triplés. Mon humour maladroit cachait mal le soulagement d'avoir enfin eu des enfants.

— Vous avez une jolie petite fille!

Le père lève la tête de son café. La mère me sourit de nouveau.

— Merci!

— Comment s'appelle-t-elle?

— Anaïs, me répond-elle.

— Joli prénom. J'avoue que… les miens sont tellement grands désormais que… ces souvenirs de biberons et de pots ont tendance à s'atténuer.

— Quel âge ont-ils?

— Ce sont des faux… jumeaux, ils ont… 14 ans.

— Ce n'est plus le même genre de soucis, constate le père.

Béatrice revient avec un plateau. Cafés, croissants. Je me jette sur le premier que je dévore presque tout rond.

— Tu peux prendre l'autre, je n'ai pas faim… Et puis, j'essaie de perdre un peu de poids.

— Pourquoi? Tu es très bien comme ça.

— On voit que ce n'est pas toi qui fais des efforts pour rentrer dans tes jeans. Et puis, toi, il faut te remplumer.

J'avale le deuxième croissant sans me faire prier. Le bonheur de mastiquer n'a aucun prix. Je me brûle la langue avec la boisson un peu trop chaude. À côté de nous, Anaïs lâche un rot sonore qui semble la ravir.

— Ils faisaient ça, les nôtres?

— Évidemment! Tu ne te souviens pas de la nuit où nous avions décidé de nous partager les biberons? Les deux ont eu faim au même moment, tu as préparé pour les deux… Sauf qu'ils étaient malades et que tu es venu me chercher couvert de vomi et complètement paniqué.

— Image charmante.

Nous discutons encore quelques minutes, puis reprenons la route vers ma nouvelle vie.

— Pourquoi Paul ne m'aime-t-il pas ?

Béatrice conduit. Je me demande si je serais capable de reprendre le volant après douze ans d'abstinence. D'après elle, je pourrai toujours m'inscrire dans une auto-école afin de me remettre à niveau.

— Ce n'est pas qu'il ne t'aime pas… Où vas-tu chercher des idées pareilles ?

— On ne peut pas dire qu'il… saute de joie à l'idée de me voir. Autant Clotilde et toi… êtes venues, autant lui m'évite le plus possible. Mais je n'ai pas une expérience… extraordinaire avec les ados… je t'avouerai.

— Clotilde a eu de toi dès le départ une idée fantasmée. Je me souviens que, lorsque nous regardions nos films de vacances, elle était scotchée sur toi et sur le moindre de tes gestes, et elle voulait sans cesse d'autres films. Durant toutes ces années, elle demandait toujours de tes nouvelles. Je n'ai pas voulu l'emmener en réanimation, j'ai pensé que la vision de toi, inconscient, couvert de perfusions et très amaigri, n'était pas quelque chose que l'on pouvait montrer à des enfants. Le jour où je leur ai dit que tu étais réveillé, elle a poussé des hurlements dans toute la maison, on aurait cru une folle. Pour un peu, elle aurait pris le premier avion pour venir te voir le jour même.

— Et Paul ?

— Paul est différent. C'est un « taiseux », comme dit mon père. Il a tendance à être secret. Même moi, je ne le comprends pas toujours. Je crois qu'il est mal dans sa peau, comme le sont tous les ados de son âge. Il est moins… doué que sa sœur. Sans travailler, elle obtient de très bons résultats, elle est première de sa classe. Lui est obligé de bosser pour obtenir une moyenne tout juste satisfaisante. Si tu ajoutes à ça une acné rebelle alors que Clotilde a la peau lisse, tu comprendras mieux…

— Il est obsédé par… les filles ?

— Il a une petite copine, c'est du moins ce que Clotilde me raconte. Mais il n'en parle pas.

— Il s'entend bien… avec Marc ?

Béatrice me jette un regard. Ma question se veut innocente.

— Un soir, Marc est venu dîner à la maison. Nous devions préparer un *call* pour le lendemain et nous n'avions pas eu le temps de tout finir. Paul est arrivé avec son livret scolaire et deux colles pour ne pas avoir rendu son travail en temps et en heure. J'étais fatiguée et je me suis mise à lui hurler dessus. C'est monté en vrille, il s'est enfermé dans sa chambre et a refusé de descendre. Marc m'a proposé de lui parler, il est resté avec lui une bonne vingtaine de minutes avant de l'emmener faire un tour… Bon, tu as vu sa Maserati, tu sais qu'il a également une Aston Martin. Il a embarqué Paul, et ils sont allés se balader autour de Lyon. Lorsqu'ils sont revenus, Paul était apaisé. Il s'est excusé, et même si notre soirée de travail a été un peu foutue en l'air, j'ai été rassurée.

— Qu'est-ce qu'il lui a dit ?

— Qu'il était un cancre absolu. Qu'il avait toujours eu beaucoup de mal à travailler à l'école, mais qu'il avait fait de ses faiblesses une force parce qu'il voulait devenir quelqu'un. C'est évident que, pour un gamin de son âge, entendre un homme lui raconter qu'il était mauvais à l'école et collectionner les voitures de sport, ça peut faire réfléchir.

Paul a souffert de l'absence de père. À un âge où on veut jouer aux adultes, redécouvrir « en vrai » celui qui est son géniteur, jusque-là de simples images sur des films de vacances, a été un choc. Il n'arrive pas à gérer. Et sa solution, c'est de se replier sur lui-même. Et force est de constater que Marc a tout fait pour rendre son enfance plus facile.

Alors que les kilomètres défilent, je me rends compte que c'est peut-être la première fois que nous avons une discussion aussi longue et constructive avec Béatrice. Oh ! je ne dirais pas qu'au début de notre relation, nous n'avions pas tendance à nous lancer dans de grandes conversations ! Mais c'était la beauté du neuf, le plaisir de la découverte de la vie à deux. C'était des projets de vacances, de maison, de soirées entre amis ou entre nous. C'était des fous rires sur des petits riens, parfois des discussions un peu grivoises qui finissaient immanquablement sous la couette. Nous avions eu également des échanges sérieux, très sérieux même, durant les fausses couches et les traitements de Béatrice, mais aussi…

Lorsque Béa avait soupçonné que je la trompais.

Je revois distinctement le vase se briser sur le sol, les verres voler, et ses hurlements de rage.

Je n'ai jamais su si elle avait découvert l'existence d'Alexandra. J'avais été discret, je ne pensais pas avoir laissé transparaître quelque chose. Mais je ne pouvais pas l'exclure totalement, pas plus que je pouvais exclure la possibilité qu'elle ait eu vent de mes soucis à l'hôpital.

Béatrice me touche le bras. Je me suis endormi.

— Nous arrivons bientôt.

39

Lyon est une ville que je ne connais pas et que je vais devoir découvrir. Je suis à la fois effrayé et excité par ce qui m'attend. Je sens que Béatrice est à l'aise dans cette ville comme je l'étais du temps où je circulais dans la capitale, empruntant sans hésiter les petites rues pour se faufiler et gagner du temps. Je ne sais même pas comment me rendre sur place !

— Je te fais voir la maison d'abord ? m'interroge-t-elle.

— Volontiers !

J'ai envie de voir où elle vit désormais avec les enfants. Elle délaisse le centre-ville, et nous nous retrouvons en périphérie. Béatrice actionne une petite télécommande, un long portail métallique gris sombre coulisse sur son rail, et nous voici dans une cour pavée en contrebas d'une maison. Il s'agit d'une belle bâtisse de plain-pied, blanche, toute en longueur. Une série de plaquettes de parement égaie les murs trop lisses, et de multiples massifs de plantes vertes et de fleurs l'habillent de couleur. Une allée goudronnée en pente douce nous mène jusqu'à la porte d'entrée, assez large pour laisser passer un fauteuil roulant… Ma femme avait-elle tout prévu ? Elle me précède pour ouvrir, coupant l'alarme, et me fait pénétrer dans un grand vestibule ouvert sur le salon. C'est un des aspects des maisons modernes que je n'ai jamais aimés, je préfère que les choses soient cloisonnées, avec un vrai couloir séparé. Mais j'admets qu'ici, le choix des matériaux et des couleurs est intelligent, et l'ensemble apporte une sensation de clarté et de calme.

— Les enfants ne sont pas là, explique Béa. Leur chambre est au bout de la maison, la mienne est de l'autre côté.

J'hésite à lui demander où se serait trouvée la mienne.

— Tu veux boire quelque chose ?

— Si tu as du frais, je veux bien.

— Coca, ça te va ?

Elle me tend une cannette métallique. Je ne me rappelle guère le goût de ce truc, je n'en ai pas beaucoup bu à l'hôpital, mais dans l'immédiat, le sucre me fait du bien.

— Béa, j'ai besoin de savoir… à propos de nous…

— J'ai peut-être parlé trop vite… Sous le coup de l'émotion, de la fatigue, d'une contrariété, je ne sais plus. Mais j'ai aussi réfléchi… longtemps… Ça m'a pris quelques années pour en arriver à cette conclusion, celle de me dire que si tu revenais un jour, on ne pourrait pas faire comme si rien ne s'était passé. J'ai appris à me débrouiller comme je pouvais. D'abord, au début, ça a été plutôt maladroit, puis, le temps aidant, j'ai pris de l'assurance. Aujourd'hui, je ne crois pas que je pourrais…

— Ça a un rapport avec… ce qu'il s'est passé avant… mon coma, n'est-ce pas ? Avec ce que je… t'ai fait ?

Béatrice esquisse un sourire amer.

— Tu t'en souviens, alors ? Tu as cru que je ne savais rien durant toutes ces années. Tu ne te rendais même pas compte du mal que tu pouvais faire. En fait, tu étais tellement sûr de toi, tellement pétri d'orgueil, que tu t'imaginais que toutes les personnes autour de toi ne pouvaient que t'admirer. J'ai eu des échos des menaces de ton patron. Des membres du personnel soignant qui demandaient à partir… Et j'ai su pour cette fille, ce médecin… pendant mon traitement contre la stérilité. J'ai su et je n'ai rien dit. Peut-être ai-je été trop conne, ou alors je me disais que tout était de ma faute, que j'avais raté quelque chose. Même lorsque mes parents m'assuraient que tu n'étais pas le bon choix, je refusais d'y croire. Et puis, quelques années après que tu es tombé dans le coma, alors que je faisais le tri dans tes affaires pour faire du rangement, je suis tombée sur une photographie, avec un nom et une adresse. J'ai cherché à joindre cette personne. J'ai appris qu'elle avait quitté Paris pour le Sud, j'ai retrouvé sa trace dans un hôpital de Montpellier. J'imagine qu'il est inutile de te demander si tu vois de qui je parle, n'est-ce pas ?

Je ne réponds pas, tétanisé. Ainsi, elle était au courant. Toutes ces années, elle a gardé le silence et, malgré cela, elle a veillé sur moi au début de mon accident. Le regard de Béatrice se perd bien au-delà des murs, très loin dans les limbes, là où même avec la meilleure volonté du monde je ne pourrais la retrouver.

— Je l'ai appelée… d'abord, comme ça, juste pour entendre sa voix. Puis, je lui ai parlé de toi, de ce qu'il t'était arrivé. Elle a paru sincèrement désolée pour toi, pour nous. Puis, je lui ai dit que je savais pour votre… relation. Elle ne l'a pas niée. Elle m'a dit que votre liaison avait été brève, qu'elle partait pour le Sud peu après et qu'elle n'avait jamais su que tu étais marié. Elle ne s'est pas défaussée sur toi, elle a admis qu'elle aurait dû te le demander. Que tout cela était de l'histoire ancienne, mais qu'elle comprenait que je puisse la haïr.

— Béatrice…

— Je ne suis même pas sûre d'en avoir eu envie. Peut-être au début, mais comme elle me l'a déclaré, c'était de l'histoire ancienne. Je n'en ai pas parlé aux enfants, mais je crois que Paul s'est douté de quelque chose.

Je serre ma cannette de soda tellement fort qu'elle se déforme entre mes doigts. Ma femme repose la sienne sur la table, joue un instant avec l'anneau de fermeture sur lequel elle passe son index.

— Durant toutes ces années, je t'ai cherché des circonstances atténuantes. Et puis, j'ai réussi à avoir ce job intéressant, ce statut et cette indépendance que beaucoup de femmes pourraient m'envier. Et j'ai compris que si je m'inquiétais encore pour toi, ce n'était plus l'amour qui me guidait. Je pense que cet amour-là, celui qui nous a tellement soudés au début de notre rencontre, a fini par céder. Il s'est dissous avec le temps. Je pense que je t'aime encore, Dam', mais plus de la même façon. Je n'aurais jamais pris la décision de te quitter durant ton coma. Je savais qu'à ton réveil, si tu te réveillais, tu aurais besoin de moi pour te faire revenir dans la réalité. Mais qu'ensuite, chacun devrait reprendre sa liberté et son propre chemin. C'est pour cela que je t'ai parlé de nous séparer. Je ne te parlerai pas de faire une pause parce que je sais pertinemment, et toi aussi, que le temps n'y changera rien.

Le coca a un goût amer dans ma bouche.

Je ne proteste pas. Elle a raison.

— Je suis… désolé, je parviens à dire. Je ne sais pas quoi… te dire, sinon que je suis… désolé… Je mesure tout ce que… tu as dû surmonter pendant… mon coma, mais je vois… aussi ce que tu as supporté… avant. J'ai pensé… J'ai cru…

— Qu'est-ce que tu as cru, Dam' ? me demande-t-elle doucement. Tu as passé toutes les années de notre couple la tête dans le guidon, avec pour seul objectif de montrer que tu étais le meilleur. Nous étions tous derrière toi. *J'étais* derrière toi, mais tu ne l'as pas toujours remarqué à sa juste valeur. Tu vois, s'il n'y avait pas eu ce coma, je ne suis pas sûre que ça aurait changé quelque chose à l'issue de notre relation.

Je ne sais pas ce qui est le plus terrible à entendre : ces vérités qu'elle prononce, ou le fait qu'elle les assène avec un calme presque surréaliste ? Et moi, je serais hypocrite si je ne reconnaissais pas m'être posé la question en la revoyant la première fois. N'ai-je pas cherché des traces de cet ancien amour ?

— Et… est-ce que tu penses te mettre en… ménage avec Marc ?

— Je n'en sais rien, Damien. Il est gentil, serviable, prévenant, il ne s'impose pas, et les enfants l'aiment bien, surtout Paul.

— L'attrait des belles voitures… sans doute.

— C'est possible. Toujours est-il qu'il a sa propre demeure et que je n'ai pas l'intention de le voir s'installer ici pour le moment. Tout ça est très confus dans ma tête, j'ai besoin de temps.

Béatrice a dit qu'ils ne couchaient pas ensemble, mais l'ont-ils déjà fait une seule fois ? Elle devine mes interrogations, je devine sa réponse. Elle n'a pas voulu me juger par le passé, je ne la jugerai pas cette fois. Et à vrai dire, ça ne me regarde pas. Ça ne me regarde plus.

40

La Maison d'Accueil du Handicap de Saint-Just-Fourvière est une construction récente en brique et en pierre, sur trois étages, admirablement intégrée à la nature environnante. Par la fenêtre de ma chambre, qui bénéficie également d'un petit balcon, j'aperçois une église sur ma gauche et un cours d'eau devant moi. L'église, m'expliquera-t-on un peu plus tard, c'est la basilique Notre-Dame-de-Fourvière, et le cours d'eau, c'est la Saône.

Nicolas Berger est un homme entre 45 et 50 ans. Grand, élancé, il a les cheveux coupés court et le teint hâlé. C'est un sportif émérite qui passe ses vacances entre la mer et la montagne. J'envie son corps sculpté par les efforts physiques. Pour le moment, le seul que j'arrive à faire, c'est de la sortir pour pisser. Il m'accueille avec un grand sourire, presque obséquieux, celui qui doit faire fondre le troisième âge qui compose l'essentiel de sa patientèle. Plus jeune, on aurait parlé de lui comme du gendre idéal. Béatrice est sous le charme.

— Docteur Lenseigne ! Bienvenue dans notre établissement ! Votre présence nous honore, ce n'est pas tous les jours que nous recevons quelqu'un de votre réputation !

Son sourire en dit long sur l'importance qu'il accorde à ses propos. Il cherche surtout à me jauger. Quitte à ce que mon ego en prenne un coup, j'ai du mal à croire que les Lyonnais aient entendu parler de moi. Je décide d'emblée de faire profil bas.

— C'est surtout grâce à vous… que j'ai pu venir ici, je rétorque. Je vous suis… infiniment reconnaissant… Dans votre établissement, je ne suis qu'un… simple patient.

— Pas de fausse modestie, allons !

Sa poigne de main est ferme et franche.

Berger me fait visiter la maison médicale. Je le suis avec un peu de peine ; le trajet en voiture depuis Paris m'a éreinté. Il finit par se rendre compte de mon teint grisâtre et appelle une infirmière.

— Soline ! Vous pouvez indiquer sa chambre au docteur Lenseigne ? Je crois qu'il a besoin de se reposer. Je repasserai vous voir tout à l'heure, d'accord ?

Je me traîne péniblement jusqu'à la pièce qui m'est réservée. Je n'ai plus le courage d'admirer le paysage, je me laisse quasiment tomber sur le lit. Béatrice me suit, traînant une de mes grosses valises à roulettes où elle a entassé le plus possible de vêtements. Des fringues de douze ans enfermées dans des cartons, qu'elle a relavées au fur et à mesure dès que je suis revenu du royaume des songes. Heureusement que je ne suis pas (rectification : que je ne suis *plus*) aussi sensible à l'aspect vestimentaire, parce que je ne suis pas sûr d'être tout à fait à la mode.

— Si vous avez besoin de quelque chose, n'hésitez pas à sonner, docteur, me fait Soline.

C'est une jeune femme au teint bistre et aux yeux immenses. Je secoue la tête :

— C'est *monsieur* Lenseigne. Il n'y a plus… de docteur ici.

Je ferme les yeux pendant que Béatrice se prépare à ressortir.

— Je vais aller chercher le reste.

Je ne l'entends déjà plus.

Je fais un rêve.

Je suis de retour dans le passé, mais avec ma mémoire actuelle. Je me réveille après une nuit sans problème, c'est l'heure de se lever. J'embrasse Béatrice sur le front et je me dirige vers la douche. Ce n'est qu'au moment où l'eau coule que je me dis que quelque chose n'est pas normal. J'ai encore mal au crâne, mais c'est supportable. Je vais passer un scanner cérébral, parce qu'au fond de moi, je sais que j'ai un anévrisme qui va péter, et si je ne me fais pas opérer, je vais me retrouver dans le coma. Le rêve s'accélère, me voilà prêt à entrer au bloc pour une intervention. J'en ressors sauvé. Je vais pouvoir devenir le chef de service de la neurochirurgie à la place de Chardonnet, mettre Jeanclin sur la touche. Je dois aussi régler le cas de Marc Lecouvreux, lui faire comprendre que je suis encore amoureux de ma femme et qu'il est hors de question que nous quittions Paris…

Mais si Béa ne quitte pas Paris, elle perd une occasion unique pour sa carrière. Nous faisons un compromis, elle part s'installer avec les enfants, et je rentre les week-ends. Elle achète cette maison que j'ai vue en vrai tandis que nous vendons celle de la capitale, et je ne garde qu'un appartement. Les enfants vont grandir, je vais comprendre Paul, tâcher de passer du temps avec lui.

Et puis, voilà que d'autres personnes apparaissent dans mon rêve. Des infirmières, des aides-soignants, que j'ai à un moment de ma carrière pris de haut. Ils sont devant la maison, en train d'expliquer à ma femme qu'il ne faut pas me faire confiance, qu'elle aussi, je la traiterai mal. Alors que je me défends comme je peux, Alexandra apparaît. Ce n'est plus la femme que j'ai connue, elle me paraît plus sévère, presque plus cruelle. Elle s'approche de moi, une seringue à la main. « Ne te fais pas de soucis, Béatrice, dit-elle, je sais comment le rendre sage ! » Je n'arrive pas à bouger lorsqu'elle m'injecte son produit, je tombe sur le sol, et elle rassure mon épouse : « Te voilà tranquille pour douze ans, profites-en pour refaire ta vie ! »

Je me réveille brutalement. Béatrice a tout rangé dans ma chambre. Elle me regarde fixement, à tel point que je me demande si j'ai crié durant mon sommeil. Lorsque je tourne la tête, mes yeux s'arrêtent sur une paire de fesses en bronze, celles de la statue que m'a offerte l'équipe de neuro. Je me dis que j'aimerais être sculpté comme cet athlète.

— J'attendais que tu te réveilles, me dit Béa. Je vais y aller. Les enfants doivent être rentrés, à présent.

— Tu les embrasses… pour moi ? je réponds un peu maladroitement.

Je me lève pour la prendre dans mes bras. Elle a un très bref, imperceptible mouvement de recul, je pourrais presque croire que j'ai rêvé. Elle tend sa joue, j'y dépose mes lèvres en un baiser d'au revoir, comme deux amis qui se séparent.

— Merci pour tout. Et pour ça aussi. Et pour cette discussion.

— Je reviendrai te voir.

— Ne te sens pas obligée, je comprendrai… Mais, Béa ? J'aimerais que nous parlions… aux enfants. De cette conversation. Qu'ils sachent… que tout est clair entre nous.

Elle hoche la tête.

— La prochaine fois que je viendrai, tâche de ressembler un peu plus à cette statue, fait-elle. Là, j'ai plutôt l'impression que tu t'encroûtes.

— Tu dis ça pour les… fesses du gars en bronze ?

— Ah ! Peut-être, c'est vrai qu'il est bien roulé !

Nous échangeons un sourire complice, et elle me tapote l'épaule, comme l'aurait fait Chardonnet naguère.

— Allez ! Porte-toi bien, surtout, Damien ! Et fais attention à toi.

— Promis ! Toi aussi !

41

Berger m'a prévenu : je ne vais pas me la couler douce. La rééducation dont j'ai bénéficié à Paris était de la rigolade à côté de ce qui m'attend. J'ai une petite pensée pour Romain, qui ne m'a pourtant pas mâché le travail. Le programme est simple : je ne suis pas là pour me dorer la pilule ni pour me considérer comme un de ces vieillards cacochymes qui hantent les couloirs de l'établissement. Il sait à juste titre, et moi également, que plus on attend, moins une articulation ankylosée récupérera. Avec des cuisses de lapereau à peine sorti du terrier, je ne fais pas rêver. C'est surtout le côté droit de mon corps qui l'ennuie, cette diminution de la force musculaire et de la sensibilité qui persiste.

— Il faut remédier à ça.

Génial. Dès le premier jour, moi qui ai toujours été un crack en anatomie, je découvre des muscles dont je ne soupçonnais même plus l'existence. Je ne suis bientôt qu'une crampe de la racine des cheveux à la pointe des orteils. Le résultat est cependant là rapidement : je reprends un peu de masse, enfin.

Parallèlement, il m'a mis entre les mains d'une diététicienne. La nourriture est meilleure que dans mon ancien service, même si ce n'est pas du trois-étoiles. J'ai l'impression de n'avoir jamais autant mangé de légumes de toute mon existence. Pendant que ma voisine de chambre, une sympathique grand-mère répondant au prénom de Rose, se laisse aller à quelques exercices d'assouplissement de ses articulations rigides, me voilà en stage commando. Je fais du tapis roulant, des levers de poids, des tractions, sous l'œil attentif de mon coach personnel. Alina semble s'être échappée de l'équipe de natation est-allemande avant la chute du mur de Berlin. Sous des dehors charmants, elle est impitoyable, si bien que je commence à regretter ma décision de quitter Paris.

— On va encore travailler cette main, monsieur Lenseigne ! clame-t-elle. Je la trouve encore bien feignante à mon goût ! Vous pouvez y arriver !

Elle a un léger accent que je n'ai pas encore réussi à identifier. Elle m'a questionné sur mon passé, a appris que j'étais neurochirurgien, mais cette information ne lui a fait ni chaud ni froid. J'ai vite compris qu'ici, il n'y a que des patients, et elle est totalement indifférente à ce que nous faisions auparavant. Et ce n'est pas plus mal. Je ravale plus facilement ma fierté. Je commence à être blindé. En revanche, nul doute qu'elle m'a concocté ce régime à la demande de Berger lui-même. Je suis tellement courbaturé que j'ai l'impression que je n'arriverai jamais à regagner mon lit.

C'est bientôt la fin du printemps, le début de l'été. La température grimpe rapidement sur Lyon, nous permettant d'ouvrir plus longuement les fenêtres et de profiter de la terrasse et des jardins. Il me vient des fourmis dans les jambes, parce que, forcément, l'inaction me pèse. Je n'ai jamais pris de temps pour moi, toujours à courir, toujours sur les nerfs. Je le paie encore aujourd'hui sans aucun doute, mais me voilà réduit à l'inactivité depuis mon réveil, il y a de cela plusieurs mois.

— La récupération sera longue, Damien, me prévient Berger. J'imagine qu'en tant que neurochirurgien, vous voyez de quoi je parle. Vous savez qu'à vous seul, vous êtes plusieurs fois un miracle de la science ? Vous avez traversé une période de coma de douze ans quasiment sans aucune complication, vous vous êtes réveillé indemne de grosses séquelles et vous avez récupéré l'usage de vos membres et celui de la parole en quelques mois seulement. Honnêtement, depuis que je suis médecin, c'est la première fois que j'assiste à une telle… résurrection !

— Je devrais peut-être aller… brûler un cierge à l'église du coin… alors. J'en ai justement aperçu une… par ma fenêtre.

— Ah ! Notre-Dame-de-Fourvière ! La basilique vaut le détour, croyez-moi ! Lorsque vous vous sentirez suffisamment costaud sur vos deux jambes, je vous conseille d'aller la visiter, c'est un monument chargé d'histoire.

— Justement, je doute de me… sentir assez costaud pour cela.

— Vous savez quoi, Damien ? (Il me serre le bras.) Vous n'avez qu'à vous dire que c'est comme une intervention chirurgicale un peu spéciale, quelque chose que vous n'avez pas l'habitude de faire. Vous êtes là, devant votre patient endormi, toute votre équipe attend votre feu vert, vous devez vous lancer dans une opération très complexe. Et vous allez le faire, parce que vous vous en savez capable.

Il débarque dans ma chambre en fin d'après-midi, un dossier à la main. Je suis en train de noircir des pages de bloc-notes de croquis divers, dont une vue de Lyon depuis ma fenêtre qui me satisfait au plus haut point. J'ai vraiment l'impression d'avoir réussi quelque chose, cette fois. Pour un peu, je pourrais passer pour un gaucher contrarié. Mon collègue s'arrête un instant sur le dessin avant que je n'aie le temps de le dissimuler.

— On dirait presque une carte postale !

Je le remercie, gêné. Je n'ai plus l'habitude que quelqu'un me félicite.

— Je suis désolé de vous déranger en pleine création, mais seriez-vous d'accord pour me donner votre avis ?

— De quoi s'agit-il ?

— Ce sont les résultats d'examen cérébraux d'une patiente. Scanner, IRM, EEG… c'est fou ce qui lui a été prescrit. J'ai l'impression que celui qui a fait ça n'a pas regardé à la dépense !

— Il n'y avait aucun intérêt, vous pensez ?

— Je pense surtout que la personne à qui on a fait passer tous ces examens a 89 ans, du diabète, de l'hypertension, et qu'elle est quasiment aveugle…

Je le sens un peu hostile à certains internistes. Je ne peux pas lui donner tort : lorsque j'étais encore interne, il m'est arrivé de tomber sur un chef de clinique qui remplissait deux pages de radios et de prélèvements directement, sans même avoir vu le patient. Il aurait presque été capable de demander une épreuve d'effort sur vélo à un unijambiste… Je m'étais souvent opposé à lui, ce qui m'avait valu quelques remontrances de la part de notre supérieur à tous les deux.

— Que voudriez-vous savoir ?

Berger étale le dossier sur le lit, extirpe le compte rendu du scanner et me le tend :

— Voici déjà un premier résultat.

— Mon analyse est sans doute pas mal rouillée.

— Je le sais parfaitement. Je veux juste connaître votre ressenti.

Je m'aperçois que j'ai les mains qui tremblent, et mes paumes sont moites. Je lis la feuille qu'il me donne, les termes me reviennent en mémoire, plus facilement que je ne l'aurais pensé – toutes mes connaissances ne sont donc pas perdues. Je relis le texte plusieurs fois pour me forcer à me réimprégner de cette médecine qui constituait l'essentiel de ma vie. Ventricules… tronc cérébral… lobe frontal… sillons corticaux… corps calleux. Par moments, de brefs flashs passent devant mes yeux, je suis au bloc opératoire, bistouri en main, observant mon équipe : « *On y va ?* » Je pose le compte rendu et observe cette fois les clichés. L'analyse est autrement plus compliquée, je tente malgré tout de me repérer. Bon Dieu ! J'ai vu les mêmes images des milliers de fois, ça devrait être aussi simple de s'en souvenir que de réapprendre à s'asseoir !

Note pour plus tard : le premier qui ose me sortir « c'est comme la bicyclette, ça ne s'oublie pas ! », je l'envoie en stage chez Jeanclin avec un plat-bassin fixé au derrière.

Je m'aperçois surtout que je me détache peu à peu de mon ancien métier. Volontairement ou non, la médecine ne semble plus me passionner. Les termes me sont revenus, mais ils ne m'apportent plus l'adrénaline qu'ils provoquaient à l'époque. Est-ce parce que je sais que je ne pourrai plus jamais opérer ?

Berger finit par me montrer un point précis sur une image.

— Là ! J'ai regardé ce truc des centaines de fois, et je n'arrive pas à me le sortir de la tête… sans mauvais jeu de mots. Pour le radiologue, il s'agit peut-être d'un petit point ischémique ancien, mais j'ai des doutes.

— Vous n'êtes pas… d'accord ?

— Damien, à quoi pensez-vous en voyant cela ? Je vous avoue que je sèche un peu, mais je n'ai jamais été un expert en neurochirurgie comme vous.

Je ne sais absolument pas où il veut m'emmener en me disant cela. Je reporte toute mon attention sur le point qu'il me désigne. Un vague frisson me parcourt la peau.

— Désolé, Nicolas, mes capacités de… concentration en ont pris un… sacré coup depuis mon réveil. Qu'avez-vous comme symptômes ?

— Principalement un syndrome frontal.

— À son âge, je m'avance lentement, ça me paraît… possible, non ? Ça peut être une maladie… d'Alzheimer, les suites d'un… AVC, justement…

— Je sais parfaitement tout cela, lâche Berger. Le prescripteur de ce tas d'examens n'en a visiblement pas fait grand cas, le radiologue non plus, mais puisqu'ils sont faits, autant les analyser correctement, vous ne croyez pas ?

— Et qu'en… ferez-vous ? Ce n'est pas à son âge que… vous pourrez faire quelque chose de plus, n'est-ce pas ? Presque 90 ans, quasi… aveugle, diabétique…

Berger referme le dossier.

— Vous avez raison, Damien. C'était uniquement par intérêt médical. C'est juste que je ne sais pas trop ce que je vais annoncer à sa famille. Ils s'inquiètent beaucoup, vous comprenez…

Comme il s'apprête à sortir de ma chambre, je l'interpelle.

— Nicolas ?

Il s'arrête.

— Ce n'est pas une séquelle d'AVC…

Berger penche la tête sur le côté :

— Vous en êtes sûr ?

— Votre patiente souffre d'une tumeur… Je dirais probablement un… astrocytome. Compte tenu de son… âge et de ses… antécédents, aucun chirurgien ne prendra… le risque de l'opérer. Je ne l'aurais… pas fait. Et un conseil : ne le dites pas… à la famille… certaines vérités sont bonnes à… dire, mais pas toutes. Elle n'a pas besoin de… savoir. Donnez-leur… de l'espoir.

Berger hoche la tête et me remercie. Il comprend mon point de vue. Et moi, je m'étonne : je viens de faire preuve d'empathie, ce que je n'aurais jamais fait auparavant.

42

Le matin qui se lève est prometteur d'un grand beau temps : pas un nuage à l'horizon, le ciel est d'un bleu uniforme, presque pur. Je suis sorti de ma chambre pour aller dessiner dans le parc entourant la maison médicale. L'air embaume la rosée encore déposée sur les feuilles. Mon carnet de croquis à la main, je m'avance à travers les arbustes ornementaux, laisse mon esprit vagabonder. Je m'efforce surtout de garder mon calme : Béatrice vient cet après-midi avec les enfants.

J'analyse la situation en pesant chaque mot que je vais devoir prononcer. Désormais, chacun doit aller de l'avant. Elle m'a soutenue toutes ces années, il est temps pour moi de la remercier en la laissant voler de ses propres ailes. Je le pense, et pourtant, ça sonne aussi creux qu'un feuilleton télévisé de chaîne publique en début d'après-midi. Combien de fois peut-on entendre ce discours, « ton père et moi/ta mère et moi, on s'aime encore, mais plus de la même façon » ? C'est d'un convenu ridicule ! Mais que puis-je leur dire d'autre ? La première fois où nos regards se sont croisés à nouveau, nous avons su, Béatrice et moi, que plus rien ne serait comme avant. J'aurais pu être catapulté sur Proxima du Centaure que notre éloignement n'aurait pas été plus grand.

Je sens une petite main se poser sur mon avant-bras et je sursaute.

— Oh ! excusez-moi ! Je ne voulais pas vous faire peur ! s'excuse ma voisine.

Rose doit mesurer un mètre cinquante à tout casser. C'est une charmante petite vieille dame aux yeux pétillants de malice. J'ai longtemps cherché à qui elle me faisait penser, s'il s'agissait d'une personne de mon entourage ou d'une personnalité, et j'ai fini par trouver : elle a un peu ce profil de mamie dynamique qu'interprétait Denise Gray dans *La Boum*. Rose est un peu Poupette. Elle a été victime d'un accident vasculaire il y a six mois, et elle peine à revenir à son état précédent. Je ne dirais pas « état normal », puisque la pauvre n'en est pas à son coup d'essai. J'ai eu l'occasion de voir son pilulier, il est tellement rempli qu'on se croirait à la distribution de bonbons un jour d'anniversaire. Je n'ai pas eu à deviner les problèmes dont elle souffrait, elle s'en est chargée toute seule : diabète, cardiopathie, bronchite chronique, insuffisance respiratoire, artérite, arthrose… Un véritable catalogue de la Redoute. Elle ne se déplace plus qu'avec un déambulateur à roulettes, et encore, sur de courtes distances. Elle profite du beau temps pour s'offrir une petite virée audacieuse dans le parc.

— Vous ne m'avez pas… fait peur, je réponds. J'étais juste un… peu perdu dans mes réflexions.

— Vous faisiez un peu le point sur vous-même ? Excellente initiative !

Elle conserve de son dernier accident une légère déviation de la bouche et un chuintement lorsqu'elle parle.

— Vous voulez bien m'accompagner jusqu'au banc ? J'ai un peu de mal à marcher.

Avec ma canne, je ne lui suis pas d'un grand secours, mais je crois qu'elle a surtout envie de ne pas rester seule. Nous avançons cahin-caha, deux éclopés de la vie. Rose ne se formalise plus de son handicap, contrairement à moi. Certes, elle a plus du double de mon âge, mais elle a appris à gérer ses faiblesses de façon à faire un atout de ce qu'elle a gardé comme souplesse et comme mobilité. Ce qui n'est pas mon cas : les jours passent, les heures de kinésithérapie se succèdent, et cette foutue jambe ne retrouve pas sa mobilité initiale. Je ne parle même pas de la main ! Je me demande si je serais capable de dévisser un bocal de cornichons ou un pot de cacahuètes !

En même temps, qu'est-ce que je foutrais avec un bocal de cornichons dans une maison de rééducation ?

Nous nous installons sur le banc, dérangeant quelques moineaux à notre arrivée. Rose repousse légèrement son déambulateur et sort de son petit sac à main qu'elle balade partout un mouchoir brodé. Elle s'en sert pour s'essuyer la bouche.

— S'il n'y avait que cette difficulté pour marcher et pour parler, ce ne serait pas la mer à boire ! Mais il a fallu que cette machine à saliver s'emballe ! C'est pénible, au bout d'un moment, j'ai l'impression de ressembler au chien de ma sœur Hortense quand on lui agite un sucre sous le nez !

— Je trouve que vous vous… en sortez pas mal !

— Merci, mais vous êtes un flatteur ! J'ai cru comprendre que vous n'étiez pas d'ici ?

— Je suis de Paris.

— Ah ! Et qu'est-ce qui vous a décidé à venir à Lyon ? Oh ! excusez-moi, je suis bien curieuse !

— Pas du tout, ce n'est pas… un secret ! J'ai cherché à… me rapprocher de ma famille qui vit… désormais ici.

— Vous avez des enfants, Damien ? Ça ne vous ennuie pas que je vous appelle Damien ? Vous avez l'âge de ma petite-fille.

— Non… pas du tout. J'en ai deux.

Rose a deux petits-enfants, un garçon et une fille, qu'elle a élevés au décès de sa fille et de son gendre dans un accident de voiture. Le garçon, me dit-elle, ne vit pas en France mais en Espagne, et la fille réside à quelques kilomètres d'ici.

— Elle est vétérinaire, vous savez ? Elle élève des chevaux, et puis je ne sais trop quoi encore, des chèvres, des poules peut-être, en pleine campagne… Elle travaille aussi à la SPA de Lyon. Elle est divorcée, son ex-mari était un bon à rien qui ne la rendait pas heureuse. Elle a bien fait de le laisser tomber. Mais elle ne peut pas rester toute seule indéfiniment. Je lui ai dit qu'elle devrait s'inscrire à cette émission de télévision, vous savez, celle où ils marient des agriculteurs. Vous voyez de quoi je veux parler ?

— Non… Il y a une émission… où on marie des personnes ? C'est quoi, ce truc ?

— *L'Amour est dans le pré* ! s'exclame-t-elle. Fichue mémoire ! Ne me dites pas que vous n'en avez jamais entendu parler.

J'avoue mon ignorance et ma surprise. Je n'ai jamais été un bon client du petit écran – du grand non plus, d'ailleurs – et encore moins de ce genre de programme. Existait-il avant mon coma ?

— J'ai dit à Myriam – c'est le prénom de ma petite-fille, vous avez dû la croiser –, j'ai dit à Myriam qu'elle ne devait pas rester toute seule, et elle m'a répondu qu'elle ne voyait pas ce qu'elle irait faire dans une émission pareille !

— Elle n'a peut-être pas… tout à fait tort.

— Le Bon Dieu ne nous a pas créés pour rester seuls ! Une vraie tête de mule, comme mon défunt Gaston. D'ailleurs, c'est tout le portrait de son grand-père ! Dites-moi, vous faisiez quoi, comme métier, avant de venir ici ?

— J'étais… Je travaillais à l'hôpital.

— Oh ! Comme infirmier ?

— Un peu comme cela, oui.

Lui dire que j'étais chirurgien m'ennuie. Parce que je ne le suis plus. Et peut-être parce que ça ne m'intéresse plus. En tout cas, pas comme ça. Mais qu'est-ce qui m'intéresse ?

Nous discutons encore un moment sur ce banc. Rose est originaire de la région, comme son défunt époux Gaston, décédé il y a bientôt dix ans. Elle loge toujours dans sa maison, dans son ancien quartier, et attend avec impatience d'y retourner. Elle n'est là que pour rassurer sa petite-fille, le temps de récupérer. Son petit-fils voulait faire le déplacement depuis l'Espagne, mais elle s'y est opposée. Ça fait trop loin, et elle va bien. Et puis, il y a ses trois arrière-petits-enfants qu'elle attend de revoir lorsqu'elle ira mieux. C'est Myriam qui paie en partie les frais de résidence, ce n'est pas avec sa misérable retraite qu'elle pourrait y arriver.

— Un véritable crève-cœur ! Mais Jacques a sa vie à Barcelone, et Myriam est trop attachée à son habitation en pleine nature… Si nous rentrions ?

Je l'aide tant bien que mal à se relever. Elle est plus pâle qu'à son arrivée, un peu essoufflée. Et soucieuse.

— Ça va ?

— Oui. C'est juste que j'ai un peu de mal. Je suis fatiguée, d'un coup.

Une sorte d'automatisme me revient. Je lui prends le pouls, le trouve filant. J'effectue quelques contrôles réflexes, ils me semblent tous bons, mais je me méfie.

— Voulez-vous que j'aille… chercher une infirmière ?

— Non, ce n'est pas la peine, ça ira.

Nous avons toutes les difficultés du monde à regagner l'intérieur de l'établissement. Rose n'est plus du tout la sémillante personne âgée avec qui je viens de passer quelques heures agréables. J'aperçois une femme en tenue et la hèle rapidement.

— Infirmière ! Cette patiente ne… va pas bien ! Vous pouvez… venir, s'il vous plaît ?

Il s'agit d'une stagiaire visiblement un peu perdue, elle a l'air très jeune. Elle se précipite sur la vieille dame et la prend par la main.

— Madame Fontaine ? Vous avez mal quelque part ?

— Je me sens… bizarre… essoufflée… et j'ai du mal…

— Ne bougez pas, je vais chercher un fauteuil !

Elle me laisse en plan avec la vieille dame. Rose tourne ses yeux vers moi, implorant mon aide. Son teint vire au grisâtre. Merde ! Je dois absolument faire quelque chose ! L'infirmière revient en poussant un fauteuil. Au moment où elle veut la mettre assise pour lui prendre la tension, Rose s'effondre sur le carrelage et se met à convulser.

— Elle fait une crise… comitiale ! Aidez-moi !

Tout ce que je fais par la suite est dicté par mon subconscient. Je me laisse glisser aux côtés de Rose, lui prends le pouls. Elle ne respire plus. Sa langue est coincée, repoussée en arrière, elle s'étouffe. J'essaie de lui ouvrir la bouche pour l'empêcher de l'avaler, je n'y arrive pas. Sa mâchoire est tellement contractée que je ne parviens pas à retirer son appareil dentaire. Elle est en train de désaturer, et de bradycardiser.

— Mais bon Dieu, aidez… moi ! j'engueule la pauvre stagiaire qui n'y est pour rien. Donnez-moi une… seringue de Valium, vite !

J'injecte le médicament anti-convulsivant. Où est Berger ? Où sont les infirmières ? Dans le couloir, d'autres pensionnaires apparaissent, se mettent à paniquer et à crier. Rose ne respire plus, et si je ne tente pas rapidement quelque chose, elle est morte. Je me redresse, tire le chariot de soins, en renverse la moitié sur le sol. Je m'empare d'un bistouri jetable sous blister. Je l'ouvre avec les dents, ma main droite n'ayant pas assez de force, pointe la lame effilée sur le cou de la vieille dame.

— Donnez-moi des… compresses !

Elle s'exécute. Je repère l'emplacement du cartilage cricoïde. Ma main tremble, c'est pourtant la dominante, je dois réussir à me calmer. La stagiaire me passe des compresses, j'imbibe sommairement le cou de désinfectant, tire la tête en arrière et plante la lame du bistouri dans la chair tendre. Il n'est plus temps de tergiverser. La peau s'ouvre, le sang coule, des bulles d'air s'échappent. Je chope un tuyau d'aspiration, demande à la jeune infirmière d'en sectionner une partie et le glisse par l'orifice. J'insuffle de l'air pour faire gonfler les poumons. La cage thoracique de Rose se met à gonfler, la respiration reprend, les couleurs reviennent. Elle ouvre un œil vitreux, me reconnaît à peine. La crise a cessé.

Berger est là, à mes côtés, avec le personnel soignant. J'ai l'impression qu'il s'est écoulé deux heures avant qu'ils n'arrivent alors qu'en fait, tout s'est déroulé en quelques minutes à peine. Rose est sauvée. Ils la prennent en charge, installent une véritable canule et parent la plaie. Tandis que la vieille dame est allongée sur un brancard et que le Samu est en train d'arriver, je regarde presque sans les voir les personnes qui m'entourent. À bout de nerfs, la jeune stagiaire pleure d'émotion. La main de Berger s'appuie sur mon épaule en un geste reconnaissant :

— Vous avez fait un sacré boulot, Damien ! Vous venez de lui sauver la vie !

Mais j'aurais tout aussi bien pu la tuer. Il aurait suffi que je rate mon coup de bistouri, que j'hésite une seconde, que je ne me souvienne plus des gestes techniques. J'aurais pu demeurer là, immobile, aussi utile qu'un pot de fleurs, à la regarder s'étouffer sans être capable du moindre mouvement. Je me mets à trembler de tout mon corps. Ma respiration s'accélère, j'étouffe, la vue du sang répandu sur les compresses souillées me donne envie de vomir. Je suis incapable de me relever, je n'ai plus aucune force. Berger s'inquiète.

— C'est bon, Damien ! C'est fini ! Tout va bien, maintenant, détendez-vous !

Non, tout ne va pas bien. Jamais auparavant je n'aurais paniqué de la sorte, quelle que soit l'importance de l'intervention à réaliser. J'aurais pu me trouver devant n'importe quel cas, même les plus désespérés, sans perdre une seconde mon sang-froid. Là, le simple fait d'avoir tenu ce bistouri me terrorise. Je ne veux plus jamais voir cet instrument. Je ne veux plus avoir à recommencer. *Plus jamais.*

— Oh ! Damien, calmez-vous ! Rose est tirée d'affaire, je vous dis ! Grâce à vous !

Je montre la jeune infirmière d'une main tremblante et secoue la tête négativement.

— Non, pas grâce à moi… Comment s'appelle-t-elle ?
— Nathalie.
— C'est elle qui l'a sssauvée… C'est elle…

43

J'ai dû m'assoupir. On m'a installé dans le fauteuil roulant destiné à Rose Fontaine, et une aide-soignante m'a poussé jusqu'à ma chambre, hagard. Je me suis écroulé sur mon lit, encore sous le choc.

J'ai réussi.

Je viens d'accomplir un geste d'urgence alors même que je n'ai pas pratiqué depuis plus d'une décennie. Pour le moment, je ne mesure pas la portée de mon geste. Ça viendra. Je comprendrai alors que, comme me l'a dit Berger, l'homme qui existait en moi n'est pas mort.

Lorsque l'on frappe à ma porte, je sais que c'est l'heure de la visite.

— Entrez !

Ma voix s'efforce d'être ferme. Je suis épuisé et, comme chaque fois, je vais avoir des soucis pour m'exprimer. Béatrice apparaît, suivie de Clotilde et de Paul. Ma femme a le sourire aux lèvres, le sourire qu'on réserve en général aux très bons amis, aux intimes… mais pas aux amants ou aux époux.

— Comment se porte notre héros du jour ? demande-t-elle.

Je fais la grimace.

— Tu es… au courant ?

— Je n'ai pas eu besoin de franchir la porte de l'établissement : on ne parle que de ça ! Le patient Damien Lenseigne a sauvé la vie d'une vieille dame en lui, je cite, « ouvrant le cou ». J'ai croisé le docteur Berger qui m'a mise au parfum.

— Trachéotomie… d'urgence. La pauvre Rose était… en train de mourir étouffée.

Je leur explique rapidement en m'efforçant d'être le moins technique possible. Béatrice a une moue un peu écœurée, tout comme Clotilde, mais le plus intéressé semble Paul. Un sourire béat étire ses traits, il se poste juste derrière sa sœur et prend un ton caverneux pour déclarer :

— C'est comme les vampires ! On t'ouvre le cou pour te vider de ton sang ! Et si l'opération rate, tu deviens un zombie !

— Arrête tes conneries ! fustige Clotilde.

— Pour être un… parfait zombie, il faudrait commencer par lui retirer… un peu de cervelle, je surenchéris.

— Beurk ! Si toi aussi tu t'y mets, papa, je m'en vais !

Visiblement, Clotilde n'a plus trop l'air de m'en vouloir. J'espère que la discussion avec sa mère a porté ses fruits.

— Comment va ta jambe ? Et ta main ?

Je lève mes doigts dans sa direction. En fonction des heures du jour ou de la nuit, ils se rétractent, se figent, et on dirait alors de petits morceaux de branches mortes. Parfois, ils sont parcourus de décharges électriques extrêmement douloureuses, et je serre les dents afin de ne pas céder à la tentation de l'antalgique facile. J'en prends uniquement lorsque je ne peux pas faire autrement.

— J'ai bien peur d'arriver… au bout de ce que je peux faire. La kinésithérapeute est… persuadée du contraire, mais on ne peut pas vraiment me cacher… mon état. Je veux dire, j'ai passé…

assez de temps à trifouiller dans les cerveaux pour savoir... comment ça peut se réparer.

— Tu arrives à écrire ?

— Encore difficilement. Je parviens à... former les lettres, mais il me faut plus... de temps, et je suis vite fatigué. Pareil pour... la marche, les escaliers. Je vais devoir... garder une canne.

— Monsieur Jacquemin, notre prof de français, a aussi une canne, fait Clotilde. Il dit que c'est à cause d'un accident de voiture.

— Il les collectionne, ajoute Paul. Il en a une quinzaine au moins, c'est ouf! Il en a une qui est en ivoire, il paraît!

— J'espère qu'il n'a pas tué un éléphant pour ça! prévient Clotilde. Je ne le supporterais pas!

— 'Tain, tu imagines? Le type, il se pointe en Afrique avec son *shotgun*, et bam! Il te descend un éléphant et, après, il lui coupe une défense pour tailler sa canne dedans! Trop chelou!

— Paul, si tu pouvais ne pas jurer, ça m'arrangerait! fait Béatrice.

— De toute façon, il est hors de... question que j'aille chasser en Afrique pour me faire une canne! Je n'ai jamais... tenu une arme de ma vie, excepté à l'armée, et ça ne m'a pas... laissé un souvenir impérissable. Je n'étais déjà pas... fichu de tuer les taupes dans notre jardin... Et puis, une canne en dent de taupe, eh bien... il en faudrait une grosse!

Paul ricane.

— Sérieux? C'était quoi, un lance-roquettes? Un bazooka?

— Paul...

— Un pistolet, comme tous les... officiers, et j'ai tenté le tir au... Famas. Rien de bien génial.

— Waouh! Trop bien!

Paul n'est plus du tout le même garçon que j'ai tenu dans mes bras lors de sa première visite. Il me regarde et il me parle différemment, comme s'il avait enfin admis qui j'étais. Je dois demander à Béatrice comment elle s'y est prise.

— C'est vrai que tu ne viens plus vivre chez nous ? interroge soudain notre fils.

Il ressemble de plus en plus à Béatrice, c'est étonnant. Nous nous observons, elle et moi, en réfléchissant à notre réponse qui se veut volontairement informelle.

— C'est compliqué pour… le moment. J'ai encore besoin de beaucoup de… rééducation, et c'est difficile à la… maison. Le kiné, l'ergothérapeute… tout ça…

— Mais après ? Est-ce que tu comptes revenir ?

— On en a longuement discuté… avec ta mère. Je crois que ça ne sera pas possible, ce serait trop… compliqué. Elle a sa vie, son travail, et de mon côté, je dois réapprendre à faire… quelque chose. Donc, c'est préférable… pour tous. Qu'est-ce que vous en pensez ?

— Je ne sais pas. Au bahut, j'ai plein de potes dont les parents vivent chacun de leur côté, ça les dérange pas, c'est juste que c'est un peu le souk quand il faut aller chez l'un ou chez l'autre.

— Eh bien, moi, ça me dérange ! réagit Clotilde. Maman et toi, vous ne vous êtes pas parlé pendant douze ans, nous te connaissons à peine, et quand tu sors du coma, c'est juste pour vous quitter !

— Est-ce que tu crois que ça change quelque chose pour moi… *pour nous*… vis-à-vis de vous ? Si je suis venu ici, à Lyon, c'est bien pour… rattraper le temps perdu avec vous, non ?

— Ce n'est pas pareil ! On ne vit pas ensemble ! En fait, vous n'en avez un peu rien à faire, de nous.

— Clotilde ! prévient ma femme.

Mais elle se lève soudain, furieuse, et quitte la chambre en claquant la porte d'un geste rageur. Béatrice se lance à sa poursuite.

— Je reviens !

Je me retrouve seul, face à mon adolescent de gamin dont je ne sais rien. Nous nous épions l'un l'autre, cherchant à trouver chacun ce que nous avons de semblable et de différent. Indiscutablement, il tient beaucoup de Béa, mais en scrutant ses traits, je découvre certains des miens. Le menton. La forme de son nez, peut-être. Quelque chose dans le regard ? Son acné est dissimulée par le traitement, ses cheveux sont en bataille, « coiffés avec les pattes du réveil » aurait dit ma mère, et il porte un pantalon de survêtement et un sweat. Si l'on excepte les couleurs, c'est la même tenue que celle qu'il portait lors de notre première rencontre. J'essaie de me mettre à sa place : vivre tant d'années avec un père fantasmé et le découvrir d'un coup, alors qu'on est en pleine construction, ne doit pas être facile. J'ai potassé des dizaines et des dizaines de pages sur Internet concernant l'éducation des enfants de son âge pour tâcher de le comprendre, parce que les cours que j'aurais pu avoir sur ce sujet sont depuis longtemps passés aux oubliettes.

Lui aussi tire ses propres conclusions sur moi. Que sait-il exactement ? Sans doute rien de la face « cachée » du personnage. Uniquement ce que sa mère a bien voulu lui dire. Comment m'a-t-il perçu ? Que s'est-il imaginé lorsqu'il a appris que j'étais réveillé ? A-t-il été déçu en me voyant ?

Je n'ai pas eu ces questions avec Clotilde parce qu'elle est plus spontanée que lui. La façon dont elle m'a sauté au cou, son petit album photo, l'ordinateur et le téléphone… Elle est plus dans l'immédiat et dans l'excès. De ce point de vue, elle tient de sa mère. Béatrice a toujours été plus liante que moi. Paul doit avoir hérité de ce trait de mon caractère, une hésitation à donner sa confiance immédiatement. Il s'intéresse poliment à mes dessins, pour me faire plaisir – les paysages aux crayons de couleur ne font pas partie du trip des ados. Je me demande s'il serait d'accord pour que je réalise son portrait.

— Sinon, ça va ?

Il me faut quelques instants pour me rendre compte qu'il me parle. L'ado a ouvert la bouche. Je tente de sourire.

— Je dirais pas trop mal, si je n'avais… pas les soucis de mon côté droit.

— C'est quoi, le truc qui t'est arrivé ? Ça s'appelle comment ? Maman nous a expliqué quand on était petits, mais bon…

— Une rupture d'anévrisme. Pour simplifier, j'ai… un petit vaisseau dans la tête dont la paroi s'est… dilatée et déchirée, provoquant un saignement. Lorsque cela… s'est produit, je suis tombé dans le… coma. Ta mère a aussitôt appelé les secours, j'ai été… opéré rapidement, malheureusement, c'était déjà trop tard… enfin, pour me sortir de là.

— C'est pour ça que tu as du mal avec ta main ? Et que tu as des problèmes pour articuler ?

— Oui. Surtout lorsque je suis… fatigué. Mais parle-moi… de toi.

— Oh ! y'a rien à dire, tu sais !

Il a ce brin de condescendance que l'on met lorsqu'on nous demande d'obéir, mais il répond et finit par se prendre au jeu. Il aime le cinéma, surtout la SF, adore *Star Wars* et *Avengers* – il faudra que je me renseigne précisément sur les films récents – et les bandes dessinées, moins les romans. Il aime aussi les voitures de sport, connaît le championnat de Formule 1 par cœur, moins celui de football parce que ça ne l'intéresse plus, et, quand sa mère est d'accord, joue sur son ordinateur. Je n'ai aucune idée de ce que peuvent être les jeux qu'il évoque, mais à la façon dont il en parle sans pouvoir se contrôler, j'imagine qu'ils doivent être vraiment bons. Il faisait du tennis lorsqu'ils habitaient à Paris, et il a repris l'entraînement dans un club local. Il me parle de ses amis de classe, Jérémy, Mathis et Joshua. Le dernier est originaire de la Martinique, précise-t-il, sa famille vit là-bas, mais son père et sa mère sont en métropole pour le travail, et il a quatre frères. Lorsque j'évoque une petite amie, il parle d'une certaine Clara qui joue les pots de colle, mais qu'il aime bien et qui est d'un naturel jaloux envers toutes celles qui se poseraient en rivales.

— Je te jure, il y a des fois, je peux même pas dire bonjour à une autre fille, elle se met en colère !

J'essaie de me rappeler comment j'étais à son âge. Le visage estompé d'une amie apparaît.

— J'imagine que ça n'a… pppas dû être facile… pour toi, de mmme voir… revenir.

Je trébuche sur les mots bien plus que d'habitude. Paul hoche la tête, mal à l'aise.

— Ouais, c'est vrai. En fait, c'est le copain de maman qui m'a expliqué.

— Le copain de… mmmaman ?

— Ouais, tu sais, Marc !

Je m'efforce de ne pas froncer les sourcils ni serrer les dents. Encore lui !

— Que t'a… t-il dit ?

— C'est quand tu t'es réveillé. Maman était passée te voir. Elle est rentrée à la maison, et comme elle pleurait, on lui a demandé pourquoi. Elle nous a tout raconté. Clo' a aussitôt sauté de joie. Moi, je ne savais pas comment réagir. Ça faisait tellement longtemps qu'on parlait de toi sans te voir que c'était presque comme si tu étais mort, tu vois ? On a réfléchi tous ensemble à ce qu'on devait faire pendant des semaines, et après, maman nous a emmenés à l'hôpital.

— Et… Marc, dans tout… ça ?

— Ben, quand on est rentrés, Clo' était super excitée, elle voulait y retourner aussitôt, qu'on te sorte de l'hôpital tout de suite pour te mettre à la maison. Moi, je crois que j'ai eu la frousse. Tu avais une tête de mort, sérieux ! J'avais pas envie de te revoir comme ça. Et puis, toutes ces marques sur ton corps, c'était dégoûtant, j'espère que tu ne m'en veux pas !

Bien sûr que non.

— Le lendemain, Marc est venu à la maison. Il devait discuter d'un truc du travail avec maman. Elle lui a dit pour toi, et il a été vachement content pour nous, tu vois. Maman a cru bon de lui dire que j'étais mal à l'aise, enfin, un truc de ce genre, et il m'a proposé de faire un tour avec lui. Ce type collectionne les bagnoles de ouf ! Il m'a emmené dans son Aston Martin, et on a filé.

Il s'interrompt, le temps de rassembler ses idées. Je suis curieux : c'est apparemment cette discussion avec ce… comment dit Clotilde, déjà ? Ah ! oui, ce « beau gosse ultra-violetisé », qui a permis qu'on se parle de nouveau, Paul et moi.

— À un moment, il a arrêté la voiture et il m'a dit : « Tu sais que j'ai perdu ma mère ? » « Non », j'ai répondu. « Si, il y a quelques années, j'étais encore assez jeune. Mon père est toujours là, mais ma mère est morte. Et c'est toujours très difficile, sans elle. Mais toi, tu as cette chance que ton père est encore en vie. Alors, oui, il a été dans le coma pendant très longtemps, il ne ressemble pas aux images que tu as de lui, il est sans doute très malheureux parce qu'il ne te connaît pas du tout, mais il a besoin de toi, comme de ta sœur. Tu es presque un homme, Paul, et il faut que tu fasses comme lui le ferait pour toi. L'amour de ses parents vaut tous les sacrifices ! »

Alors là, je ne sais plus quoi dire.

— J'ai beaucoup réfléchi à ce qu'il m'a dit. On en a rediscuté, et j'ai compris qu'il avait raison. Je suis désolé, papa, si je ne suis pas venu plus souvent. En fait, je n'ai jamais vraiment su ce qu'était un père, et si Marc a souvent été là, il m'a bien fait comprendre qu'il était un ami, et qu'un jour, tu prendrais ta place.

Mes yeux s'embuent de larmes. Marc Lecouvreux n'a rien du salaud que j'imaginais, c'est lui qui m'a ramené mon fils. Et pour ça, je lui serai éternellement reconnaissant.

Et lorsque Béatrice revient avec une Clotilde apaisée, c'est pour nous trouver Paul et moi, assis sur le lit, penchés l'un sur l'autre, à visionner des vidéos de voitures de sport et des bandes-annonces de films américains.

44

Je profite du temps clément pour sortir le plus possible. L'été s'annonce particulièrement chaud, et les jardins de la maison de rééducation ont l'avantage d'être ombragés. Je suis sorti avec mon ordinateur portable sous le bras et je me suis installé sur un banc, à l'abri des rayons. Je n'ai pas de connexion Internet dehors, mais Clotilde, jamais avare d'un conseil technique – son frère me dit que c'est une vraie *geek,* et il m'a fallu chercher la définition dans le dictionnaire – m'a expliqué comment assurer un partage de connexion depuis mon portable.

Tout me dépasse, décidément.

J'ai commencé par regarder les locations d'appartement sur Lyon, puis, je ne sais pas ce qu'il m'a pris, mais j'ai atterri sur les sites de vulgarisation médicale. Que l'on puisse aussi facilement trouver des informations de cet ordre simplement en cliquant me paraît ahurissant. Je me suis renseigné sur l'évolution de la médecine. Des dizaines, peut-être des centaines de médicaments sont apparus sur le marché, je découvre de nouvelles indications, de nouvelles thérapeutiques. La chirurgie et la médecine ne m'ont pas attendu, c'est comme sauter d'un train en marche et espérer le rattraper en courant à côté.

J'ai refermé la page, épuisé, mais surtout lucide. Chaque jour passé m'a montré mes propres limites : je suis incapable de me concentrer suffisamment longtemps, je n'ai plus la dextérité que je possédais auparavant. Ma dernière discussion avec Jeanclin me revient à l'esprit, lorsqu'il m'a dit que je n'avais plus ma place à l'hôpital. En fait, c'est plus que cela, ma place n'est plus en chirurgie. Il m'a fallu des mois pour l'admettre : je ne suis plus capable de tenir un bistouri de façon convenable. Je sais d'ailleurs que tout ça ne m'intéresse plus. Quelques jours après avoir sauvé la vie de Rose, je m'interroge toujours sur la façon dont je suis intervenu, ces gestes quasi-automatiques que j'ai accomplis sur son corps allongé et inerte. Même traumatisé, finalement, le cerveau n'oublie pas tout. Plus que tout, la terreur qui a suivi occulte totalement la sensation de triomphalisme qui m'animait jadis au bloc opératoire. Une phrase m'obsède jour et nuit : *j'aurais pu la tuer*… Je ne veux plus être celui que j'ai été… Jusqu'à présent, la médecine a été toute ma vie, mais n'est-elle pas aussi en partie responsable de l'échec de mon couple ? J'ai perdu Béatrice, je n'ai pas envie de perdre Clotilde et Paul. Au cours de nos discussions, Berger m'a proposé à plusieurs reprises d'assurer quelques consultations au sein de la MAH. Il est persuadé que je suis capable de pratiquer *une autre* médecine, en quelque sorte… Mais ce n'est plus pour moi. Il est temps de prendre une grande feuille de papier et d'y noter tout ce que je sais faire, et tout ce que j'aimerais devenir…

Je repose l'ordinateur et décide d'appeler Noémie, la fille de Bernard, avec qui je suis plus que jamais en relation, depuis que je lui ai appris mon départ pour Lyon. C'est elle qui me donne des informations de façon régulière, et il ne se passe pas une semaine sans que nous ayons une conversation téléphonique. Elle aussi me rattache à mon passé.

— Papa essaie de remonter la pente, me dit-elle au cours de nos premiers échanges. Le décès de maman l'a anéanti, et il reste parfois des heures absent, malgré tous nos efforts. Nous essayons bien de le distraire, de l'emmener se promener, on sent qu'il veut nous faire plaisir, mais le cœur n'y est plus.

— Je suis désolé, Noémie, sincèrement. J'ai toujours vu… en lui un roc.

— Vous connaissez la fable de la Fontaine, *Le Chêne et le Roseau*, n'est-ce pas ? Papa est ce chêne… Vous savez qu'il parle souvent de vous ? Il regrette votre accident, il nous dit que tout aurait pu être si différent si vous lui aviez succédé.

— Oui, je le sais. Mais ce qui est fait est… fait, n'est-ce pas ?

— Et vous, Damien ? Comment allez-vous ?

— Le bilan est vite… vu, Noémie : je marche, je parle, je… bouge sans l'aide de personne, mais je ne fais rien très longtemps. J'ai ma prise en charge au… titre d'affection longue durée, et je viens de recevoir… ma carte d'invalide de la part de la MDPH. Je n'aurais jamais cru que… ça pourrait m'arriver.

— J'imagine combien c'est compliqué, mais ne perdez pas espoir, voulez-vous ?

— Je suis désormais au-delà de cela, Noémie. J'ai renoncé à… compter les jours passés depuis mon réveil, je préfère imaginer… tous ceux qu'il me reste à vivre en compagnie de mes enfants. Et regarder… vers l'avant.

— Surtout, portez-vous bien, Damien. Si je peux passer, je viendrai vous rendre visite. Je vous passe papa.

Il y a un petit moment de silence, puis je reconnais aussitôt la voix grave de mon ancien maître.

— Comment allez-vous, Damien ?

La salle d'opération se vide, nous gagnons l'avant-salle pour nous débarrasser de nos gants et de nos masques. Pendant que nous nous lavons les mains, je l'observe : Chardonnet a l'œil qui brille, et son sourire lui barre la totalité du visage. Je le sens heureux tout autant que je le suis. Ça fait longtemps que j'opère, j'ai commencé en étant son assistant, mais jamais je n'avais réalisé d'intervention en ayant mon maître comme aide. Une première pour nous deux, dans tous les sens du terme : nous venons d'opérer une des tumeurs les plus rares du système cérébral, un hémangiopéricytome méningé, à peine un pour cent des tumeurs répertoriées. Il est venu me trouver avec le dossier sous le bras.

— C'est une cousine de Solange. Elle voudrait que je l'opère… mais je ne m'en sens pas capable. Ce n'est pas seulement un problème personnel, vous comprenez bien, mais…

— Vous voudriez que je m'en occupe ?

— J'aimerais beaucoup, oui. J'en ai parlé à la cousine de Solange, elle est d'accord.

— Vous savez comme moi qu'il s'agit d'une intervention délicate, n'est-ce pas ? Entre autres, un risque hémorragique ?

— Je sais… mais elle souffre. Maux de tête, troubles visuels, troubles de la marche… Je ne peux pas la laisser comme ça.

C'était effectivement une intervention longue et compliquée, mais la cousine de Solange est tirée d'affaire. Il va lui falloir une longue période de surveillance, mais la tumeur a été totalement retirée. En un geste spontané, Bernard me prend dans ses bras pour une accolade émue.

— Je le savais dès le départ ! Il n'y avait que vous pour réussir ce prodige !

— *J'ai été à bonne école, Bernard.*

— *Non, Damien, ce n'est pas seulement ça. Je vous suis depuis que vous avez commencé vos études, j'ai mesuré votre progression, j'ai toujours su que vous iriez loin. J'admire votre opiniâtreté, la sûreté de vos gestes, votre calme lorsque vous opérez. Je l'ai dit à Solange dès que je vous ai reçu pour vous préparer au concours de l'internat : si quelqu'un doit me succéder un jour, c'est Damien.*

Je ne sais quoi répondre tant l'émotion est palpable entre nous. Chardonnet me regarde avec la fierté non pas d'un maître envers son collaborateur mais d'un père envers son fils.

— *Vous ne dites rien ? Acceptez au moins de venir dîner à la maison ce soir, que nous fêtions ça !*

Ce souvenir paraît tellement vivace, tellement récent, que ma gorge se noue lorsque je lui réponds.

— Ce serait plutôt à… moi de vous demander ça, Bernard.

— Je survivrai, si c'est cela que vous voulez entendre. C'est très dur, chaque jour est une épreuve dont on doit sortir grandi. Heureusement que mes enfants sont là pour me soutenir. J'espère que vous profitez des vôtres, Damien ?

— Aussi souvent que… possible, mais Béatrice et moi, c'est différent. Je suis en maison de… rééducation.

— L'absence a parfois des effets néfastes sur un couple, Damien. Ne soyez pas trop durs l'un envers l'autre. Il faut penser à vos enfants, maintenant. Avez-vous une idée de ce que vous voudriez faire ensuite ?

— Pas pour le moment.

— Et Paris ne vous manque pas ?

— Pas du tout. Je n'y avais plus ma… place, de toute façon.

— À propos de place, savez-vous que Jules m'a écrit une longue lettre ? Il m'a envoyé un courrier complètement absurde, avec de grandes envolées lyriques, me disant combien le monde de la chirurgie avait perdu après mon départ. Il m'a même proposé de nommer une aile du service « secteur Chardonnet » pour toutes les interventions de pointe.

— Que lui avez-vous répondu ?

— Que je n'étais pas mort, à ce que je sache, et que tant que je serais encore en vie, je déclinerais cette proposition !

— Il m'a demandé d'intercéder… auprès de vous, je lui déclare soudain.

— À quel propos ?

— Il voulait que je… l'aide pour obtenir le poste de grand chef de toute la neurologie… en obtenant aussi votre… accord.

— Que lui avez-vous répondu ?

— Rien. Ce n'était pas le bon… moment.

J'ai quitté Paris sans que nous puissions en reparler. Il a bien évoqué le sujet en venant me saluer une dernière fois, mais j'avais l'impression qu'il s'était fait une raison. J'éprouve un sentiment ambivalent à son égard. Je ne serai jamais plus en compétition avec lui. Est-ce qu'il ne serait pas temps de laisser tout ça derrière moi et de passer à autre chose ? Qu'est-ce qu'une simple recommandation, après tout ?

— Vous êtes encore là ? me demande Bernard.

— Oui, je… réfléchissais.

— À cette demande ?

— Oui.

— Jeanclin m'emmerde royalement. Il m'a toujours emmerdé, d'ailleurs, mais Solange me disait qu'il fallait savoir faire abstraction de ses préjugés. C'est indiscutablement un bon médecin, même s'il a le melon, n'est-ce pas ? Si vous décidez qu'il mérite que j'appuie sa candidature, je vous suivrai. Il est temps de passer à autre chose.

— D'accord, Bernard, je… réfléchirai.

— Mais ne lui dites pas trop vite, hein ? Ou alors, exigez un « secteur Lenseigne » à côté du « secteur Chardonnet » !

Je l'entends qui pouffe. Il fait des efforts pour se prouver que la vie continue malgré tout. Noémie s'est trompée sur un point : il n'est pas seulement chêne, il est aussi roseau, et il n'est pas brisé.

— Je compte sur vous pour nous rendre visite dès que vous serez en état de vous déplacer plus facilement, d'accord, Damien ? Noémie nous concoctera le fameux gâteau aux pommes, et nous parlerons du bon vieux temps.

— Cela va me… motiver encore plus, Bernard !

[illegible]

ment. Je ne crois pas qu'elle ait eu l'intention d'être blessante, mais ce drame tourne en boucle dans ma tête.

[illegible]

45

Tu crois que tu peux y arriver ? Avec ta canne ?

Cette phrase m'obsède jour après jour. J'ignore pourquoi c'est celle qui me fait le plus mal. Peut-être parce qu'elle a été prononcée par quelqu'un que j'ai aimé. Béatrice me l'a lancée un après-midi, alors que nous nous baladions dans le parc devant la MAH. Comme elle me faisait une nouvelle fois remarquer qu'elle trouvait la vue splendide, je lui ai dit que je voulais pousser jusqu'au fleuve en m'offrant une balade à pied. Berger m'avait expliqué que l'on pouvait descendre jusqu'à la Saône en empruntant un petit chemin, et je me voyais assez bien avec mon carnet de dessins aller faire quelques esquisses au bord de l'eau. Certes, je ne m'étais jusque-là guère éloigné de plus d'une centaine de mètres, mais j'avais envie de m'aventurer plus loin.

Tous les regards de commisération que je peux croiser ne sont rien. Je ne crois pas qu'elle ait eu l'intention d'être blessante, mais ce doute tourne en boucle dans ma tête.

Je devrais être heureux, désormais, mes enfants viennent me voir régulièrement, dès que leur emploi du temps le leur permet. Nous nous installons au jardin, le temps qu'ils révisent leurs leçons pendant que je dessine. Ils se sont fait une raison sur leur mère et moi. Nous progressons ensemble avec une vitesse qui m'émerveille chaque fois. Je ne rattrape pas le temps perdu, non, je découvre autre chose. J'ai l'impression d'être enfin utile *autrement*. Il me tarde de m'échapper de l'établissement pour les accueillir dignement.

Béatrice passe aussi, quasiment autant qu'eux, en fait. Je lui ai dit plusieurs fois qu'elle ne devait pas se sentir obligée d'effectuer cette démarche, mais elle m'assure que ce n'est rien et qu'elle le fait autant pour elle que pour moi. Après plusieurs semaines de tergiversations, elle m'a apporté les papiers du divorce et m'a demandé si je voulais prendre un avocat spécialisé ou non. J'ai téléphoné au seul que je connaissais, Xavier Lamarre, un ami de lycée tenté un moment par la médecine et ayant embrayé vers le droit. Après quelques échanges polis et très formels sur nos santés et nos familles respectives, je lui expose l'objet de mon appel et lui demande s'il a quelqu'un à me recommander.

— Je suis sur Paris, sinon, tu penses bien que je me serais fait un plaisir de te rendre ce service, me dit Xavier. Mais j'ai un confrère à te conseiller.

Quelques heures plus tard, je suis en relation avec maître Figier, qui accepte de s'occuper de mon dossier.

L'affaire est vite pliée, Béatrice veut prendre la totalité des frais à sa charge. Elle demande que la garde des enfants ne lui soit pas exclusivement réservée, contre l'avis de son avocat qui argue que, handicapé comme je suis, je ne pourrai jamais m'occuper de deux enfants.

— Il faut être réaliste, madame De Langlois, vous voyez votre ex-conjoint les accueillir dans une structure médicale ? Où vont-ils dormir ? Où vont-ils manger ? Soyez raisonnable !

Il l'appelle déjà par son nom de jeune fille. C'est le type même de représentant de la loi dans tout ce que j'exècre. Pour un peu, le divorce serait prononcé à mon seul tort. Béatrice regrette de ne pas avoir choisi la procédure accélérée, ayant voulu faire les choses dans les règles de l'art. Finalement, nous tombons d'accord sur le fait que la garde sera partagée dès que je sortirai de la MAH. D'ici là, j'aurai un logement aménagé, je pourrai recevoir mes enfants à volonté. Quant à une possibilité de reprise de travail… il n'en est pas fait mention. L'avocat de Béatrice s'incline de mauvaise grâce, maître Figier se félicite de notre accord, qui lui aura pris à peine une journée et pour laquelle il est généreusement rétribué.

Voici l'acte consommé, une simple signature maladroite au bas d'une page qui met fin à douze ans d'une séparation post-comateuse.

Je m'empare de mon téléphone et commande un taxi. Il arrive dans dix minutes à peine à la MAH, le temps qu'il me faut pour m'habiller et enfiler mes chaussures sans lacet. Dans le couloir, je croise mon orthophoniste qui vient pour ma séance quotidienne de rééducation. J'ai encore gagné avec elle, elle a réussi à améliorer ce que Gabrielle avait obtenu.

— Où allez-vous, monsieur Lenseigne ? C'est l'heure de notre séance.

— Je sors. J'ai besoin de… prendre l'air.

— Vous voulez que je vous accompagne dans le jardin ?

— Non, je vais en ville. J'ai commandé… un taxi.

Elle fronce les sourcils :

— Croyez-vous que ce soit raisonnable ?

— Il n'est plus temps d'être… raisonnable. Savez-vous depuis combien de temps je… suis sorti de mon coma ? Ça va faire presque un an. Je ne supporte plus… les murs entre lesquels je suis enfermé. Si vous… croisez Berger, dites-lui que je vais… faire un tour du côté de Notre-Dame !

Je ne connais évidemment pas le modèle du véhicule qui m'attend. Les constructeurs n'allaient pas attendre que je me décide à ouvrir un œil pour se remettre au turbin ! J'apprécie le confort de la voiture, les fauteuils profonds, je fais attention à ne pas trop m'extasier sur la multitude de voyants et de commandes disséminés un peu partout afin que le chauffeur ne me prenne pas pour un demeuré.

— Où va-t-on ?

— Notre-Dame-de-Fourvière.

Il a l'air déçu, sans doute espérait-il une course plus longue. De fait, il ne faut guère plus de dix minutes en tenant compte de la circulation pour qu'il vienne se ranger sur le parking de l'église. Je règle la course en m'étranglant à moitié sur le montant demandé. Avant mon accident, lors du passage à l'euro, j'avais déjà trouvé l'augmentation qu'on nous imposait à la limite du tolérable, mais la décennie qui a suivi n'a visiblement pas freiné les hausses tarifaires. Il me salue et repart, me laissant seul sur le parking. Je m'arrête sur la place, contemplant la construction qui se dévoile devant moi. Le soleil illumine la statue de Marie sur son faîte, on croirait presque qu'un incendie s'est déclaré. Je reste immobile, appuyé sur ma canne, me demandant ce que je fabrique. Je suis tel l'oiseau sorti du nid, je n'ai encore jamais quitté le confort rassurant de la structure médicale et je n'ai jamais marché seul. Je m'efforce de rester calme et de me détendre malgré les palpitations qui me cisaillent le cœur. Je suis tout seul face à l'inconnu. Il s'agit de ma première sortie depuis douze ans. Et s'il m'arrivait quelque chose ? Et si je tombais et que j'étais incapable d'appeler du secours ?

— Détends-toi, Damien, ça va… aller !

Un passant me dévisage curieusement, me jauge de la tête aux pieds avec ma canne, ma jambe un peu tordue et ma main un peu molle, et décide que mes séquelles ne sont pas que physiques. Je m'en fous. Je suis là pour prouver que je peux faire quelque chose. Comme lors de mes premiers pas avec Romain. Si je veux avancer, je dois être capable de sortir tout seul. Il le faut.

Nicolas Berger m'a assuré que l'église valait le coup d'œil, je ne peux pas passer à côté sans pénétrer dans l'édifice, même si je ne suis pas axé sur la religion. Aller à la messe le dimanche et prier Dieu, très peu pour moi. Je me souviens avoir accepté le mariage pour faire plaisir à Béatrice, dont la famille, très conservatrice, n'aurait pas toléré qu'il en soit autrement. Je me risque donc à l'intérieur, appréciant la richesse des représentations murales, les vitraux les surplombant, l'incroyable voûte de vert et d'or et ses représentations divines.

Il fait cependant trop bon pour demeurer enfermé, et puis, les bâtiments religieux finissent toujours par provoquer chez moi une sensation de gêne. Je réalise cependant quelques petits croquis de sa façade au crayon – le dessin est devenu une véritable drogue – puis, je suis un groupe de touristes qui contourne l'église et descend en contrebas. Après renseignement, j'apprends qu'il s'agit du parc des Hauteurs, qui offre une vue panoramique sur la ville. Le groupe est constitué de personnes du troisième âge, chaussures de marche aux pieds, petit sac à dos et bâtons de randonnée en mains. Du coup, je ressens l'envie de me prouver que je peux faire aussi bien qu'elles. Je les suis à distance, me fixant comme objectif de ne pas les perdre de vue. Lorsqu'elles entrent dans le jardin du rosaire, je décide de faire une pause. Mes jambes sont raides, et le chemin prend une inclinaison que j'ai du mal à supporter. Je regarde le club du troisième âge me mettre cinquante mètres dans la vue. La dernière qui ferme la marche, avec un survêtement rose et des bâtons assortis, pourrait être ma grand-mère ! Surtout, ne jamais critiquer les petits vieux. Et prendre un air décontracté pour ne pas avoir celui d'un idiot.

J'avise le premier banc disponible et m'y laisse choir, en nage. Les deux mains appuyées sur ma canne, je reprends mon souffle, avant de me relâcher : je dois ressembler à l'un des deux vieux *muppets.* Il faut croire que les Lyonnais sont plus compréhensifs que les Parisiens, ou qu'ils ont pitié d'une personne avec une canne, car une Kangoo rouge brique s'arrête à proximité. La conductrice se penche pour baisser sa vitre.

— Ça va ? Vous avez l'air de quelqu'un qui est au bord du malaise.

— J'ai un peu trop... surestimé mes forces.

— Je vous dépose quelque part ?

— Volontiers, je suis fourbu.

— Où allez-vous ?

— J'hésite encore, je ne suis pas... sûr d'être trop fatigué pour aller admirer la... Saône, mais j'imagine que ça fait encore loin à pied. Sinon, je n'ai guère le choix que... de rentrer à la MAH de Saint-Just-Fourvière.

La conductrice sursaute légèrement.

— La MAH ? Mais alors, vous devez être le docteur Lenseigne ?

Je pourrais être fier que quelqu'un de la région ait entendu parler de moi, mais je suis sûr qu'il en va tout autrement. La conductrice me tend une main, sa poigne est ferme.

— Myriam Fontaine. Vous connaissez ma grand-mère, Rose. Je n'avais pas encore eu la possibilité de vous remercier pour ce que vous avez fait pour elle.

Elle me conduit jusqu'au bord de la rivière, et nous nous attablons à la terrasse d'un petit bar sympathique avec vue sur le cours d'eau. Je l'observe : de taille moyenne, les cheveux châtains, elle a le teint de ceux qui vivent au grand air. Je l'imagine avec une dizaine d'années de moins que moi. On devine chez elle une énergie peu commune, une volonté de fer. Elle porte un jean et un chemisier dont elle a retroussé les manches. Je ne peux m'empêcher de la comparer à Béatrice. Elle n'a rien de sophistiqué, ne cherche pas à paraître. Elle est comme ça, point barre. Elle insiste pour m'offrir un verre, et je ne parviens pas à l'en dissuader.

— Je vous dois bien cela, affirme-t-elle.

— Vous ne me devez… rien, voyons !

— Le docteur Berger n'est pas de cet avis. Si vous n'aviez pas eu la présence d'esprit de réaliser cette trachéotomie chez ma grand-mère, elle serait morte à l'heure actuelle.

— Comment va-t-elle ?

— Elle se remet doucement. Elle ne reviendra pas à la MAH, du coup, je cherche une place en maison de retraite. Je suis passée pour récupérer quelques affaires à elle, je comptais venir vous voir dans votre chambre pour vous remercier, et on m'a dit que vous aviez joué à l'école buissonnière. Pour en revenir à ma grand-mère, c'est compliqué, parce que je ne suis pas sur place, et mon frère ne vit pas en France.

— Je suis au courant… En Espagne, c'est cela ?

Myriam sourit.

— C'est bien ma grand-mère ! Elle a dû vous raconter toute l'histoire familiale en long, en large et en travers, j'imagine !

— Je sais que vous êtes vétérinaire, que vous… élevez des chevaux et des chèvres, et que vous travaillez à la SPA… si j'ai bien… tout suivi. Et qu'elle se désole parce que vous n'avez pas accepté de vous inscrire à… *L'Amour est dans le pré.*

Elle lève les yeux au ciel.

— Je vais lui tordre le cou !

— N'en faites rien, vous avez une… grand-mère délicieuse, j'espère qu'elle ira rapidement mieux. Vous lui présenterez mes amitiés.

— Je n'y manquerai pas. Et vous, comment êtes-vous arrivé ici ?

— Je vais vous la faire… courte : rupture d'anévrisme ayant entraîné douze ans de coma, réveil et rééducation… pénibles, persistance de séquelles, départ de Paris pour Lyon afin de me rapprocher… de ma famille.

— Douze ans ! Mince, ça a dû être terrible pour vous !

— Je ne me suis rendu… compte de rien. C'est depuis mon réveil que j'ai beaucoup de mal, parce que le monde a tellement… changé que je ne m'y retrouve pas.

— Je connais ce sentiment. Ça fait longtemps que je ne le comprends plus moi-même. Avec les animaux, au moins, on n'est jamais déçu.

— Je ne saurais pas vous répondre, mon expérience… animale se limite à un poisson rouge que j'avais à 6 ans et qui avait la particularité de nager… sur le dos. Je l'appelais Tibulle, parce qu'il faisait des… petites bulles. Oui, ce n'est pas très original.

— Ça vous dirait de venir en voir d'autres ? Pas des poissons rouges, mais des chiens, des chats, de gentils pensionnaires qui ne demandent qu'à être adoptés par quelqu'un de généreux.

Je songe soudain à la promesse que je me suis faite en sortant de réanimation. Et aux animaux de compagnie de mon voisin Robert. Je m'étais juré de prendre un animal lorsque je sortirais de là, non ?

— Je pense à un… ami. Je me suis fait une promesse, celle de… prendre un petit chien… Vous avez des chiots, parfois ?

— Vous n'avez pas idée du nombre d'abandons de personnes qui prennent leurs compagnons sur pattes pour de simples peluches dont on se débarrasse sans regrets, soupire-t-elle. Venez me voir à la SPA, j'y suis tous les mercredis, nous en discuterons.

— Dès que j'aurai un chez-moi, je promets. Et il me semble que vous… élevez des chevaux ?

— Oui ! Vous voulez organiser un petit week-end d'équitation ? Vous pourriez inviter vos enfants, ça me donnerait l'occasion de vous remercier pour votre gentillesse. Et puis, ma grand-mère sera probablement à *L'Hacienda*.

— L'« Hacienda » ?

— C'est le nom de mon chez-moi. J'ai quelques petits trucs en souffrance, mais je vous contacte dès que j'ai réglé tout ça.

— Je ne sais… pas faire de cheval…

— Ça s'apprend, comme le reste !

Tu crois que tu peux y arriver ? Avec ta canne ?

— C'est d'accord ! Mais attendez que je sois sorti… définitivement.

— Parfait ! Je vous raccompagne à la MAH ?

— Je ne voudrais pas vous retarder.

— Pas de souci, venez !

46

Mon avenir professionnel passe obligatoirement par l'ANPE – pardon, par Pôle Emploi. J'ai rendez-vous avec le représentant de l'agence régionale. Il s'agit de faire mon bilan de compétences afin de voir ce à quoi je peux prétendre à la sortie. Je débarque dans la matinée dans un costume devenu trop grand pour moi, ma canne à la main. L'agence est située dans un grand immeuble très moderne, les locaux sont impersonnels, assez quelconques, plus fonctionnels qu'accueillants. Tables rondes, chaises plastiques, multiples bornes informatiques, l'espace est cependant agréable parce qu'aéré, avec un parquet de bois clair, des murs beiges et, par endroits, de larges poteaux peints en rouge vif. Lorsque j'entre, il y a déjà du monde assis aux tables ou debout devant les bornes. J'attends qu'une place se libère à l'accueil et j'indique que j'ai rendez-vous avec une certaine Mme Garcia-Morel. On me demande de patienter quelques minutes, j'hésite à prendre un siège, puis m'y résous en ayant peur d'avoir mal aux jambes.

Ma correspondante vient me chercher vingt minutes plus tard. Petite femme énergique aux cheveux frisés et fortes lunettes. Je l'imagine déjà croquée sur mon carnet de dessins. Elle me serre la main et me conduit dans son bureau. Une plaque de plexiglas noire m'apprend son prénom : Bénédicte. Si j'ai obtenu cet entretien grâce à Berger et à l'assistante sociale de la maison de soins, visiblement, personne n'a averti mon interlocutrice de mon ancienne profession.

— Pour commencer, me demande-t-elle gentiment, j'aimerais savoir quel métier vous exerciez avant votre arrivée à la Maison d'Accueil du Handicap. Je n'ai pas bien compris.

— Je triturais les cerveaux… à longueur de journée.

— Je vous demande pardon ?

Elle ne goûte visiblement pas ce genre d'humour.

— C'est hélas la vérité. Je suis, enfin, j'étais… chirurgien. Et à part ouvrir des boîtes crâniennes et rafistoler des encéphales, je ne… sais rien faire d'autre.

Bénédicte Garcia-Morel prend un air extrêmement concentré et réfléchi pour faire oublier qu'elle est perdue.

— Avez-vous pensé à une remise à niveau professionnelle ?

— En quoi consisterait-elle ? À… reprendre des cours pour me reformer sur les nouvelles techniques chirurgicales ? Vous savez, je suis convaincu que celles que… je pratiquais sont toujours valables. J'ai opéré suffisamment de patients pour le… confirmer. Je pourrais retourner au bloc, mon passé parlerait pour moi, et encore, on ne se risquerait pas de sitôt à me reconfier un poste… de sénior. Je devrais donc être sous la tutelle d'un autre chirurgien, servir… d'assistant, en fait, avant de pouvoir espérer voler de nouveau de… mes propres ailes.

— Ce n'est pas envisageable ? Excusez mon ignorance en la matière.

— Franchement, à mon âge, vous me… voyez reprendre des cours ? La chirurgie est une discipline qui requiert… de la technicité, du doigté, en permanence. Il faut être… à la hauteur, quelles que soient les circonstances. Je n'en suis plus capable.

Ce n'est pas une… question de fierté mal placée. Je n'ai plus l'énergie pour, ni la patience. J'ai perdu douze années de ma vie. Ce que je veux, désormais, c'est en profiter.

— Monsieur Lenseigne, d'après les documents en ma possession, je vois que vous êtes encore jeune, vous avez deux enfants…

Sous-entendu : il va peut-être falloir vous bouger !

— La vérité m'oblige à dire que… je suis diminué. Ma main droite ne peut plus réaliser des gestes fins. J'ai perdu en sensibilité et en… motricité. Je suis par ailleurs incapable de demeurer trop longtemps debout, parce que c'est au tour de… la jambe de faiblir. Opérer de la main gauche et en position assise ? Même dans un film pourri, on… n'oserait pas montrer une scène pareille.

— Et si l'on excepte la chirurgie ? Pouvez-vous vous orienter vers la médecine ? La consultation, par exemple ?

— Non, mais je sais faire le hot-dog.

— Je vous demande pardon ?

Je l'ennuie, visiblement.

— *Madame Doubtfire*, je lui réponds. Un des rares films que j'ai vus au… cinéma. Vous vous souvenez de… Robin Williams ?

— Monsieur Lenseigne, on pourrait être sérieux deux minutes ?

— D'accord, excusez-moi. J'essaie simplement de… détendre l'atmosphère.

— Je comprends que vous ne puissiez plus opérer, mais il me semble que vos capacités mentales sont indemnes, non ? Vous devriez pouvoir vous orienter vers de la consultation médicale, peut-être au service de la MAH ? Avez-vous demandé au docteur Berger ?

— En fait… il m'a proposé de l'aider… à faire quelques consultations dans le domaine que je… connais. Si ma mémoire ne me faisait pas trop défaut, je pourrais établir des bilans… neuro-gériatriques.

— Je trouve que c'est une excellente idée. Pas vous ?

— Le problème, madame, c'est que… je ne peux plus me concentrer assez longtemps pour accomplir une tâche sur la durée. Je pensais… qu'il ne s'agissait que d'un effet indésirable consécutif à mon accident. Force est de constater qu'il ne… s'améliore pas.

Note pour moi-même : passer une petite annonce, à paraître dans *Le Progrès* : « *Ancien neurochirurgien ne pouvant plus pratiquer cherche petit travail tranquille, si possible sans position verticale prolongée et sans recours à la manutention fine. Faire offre au journal qui transmettra.* »

Je me demande combien je recevrais de propositions.

— Mais est-ce que c'est possible ? insiste-t-elle.

— Lorsque je pratiquais, j'avais des… amis de faculté qui ont renoncé à la pratique médicale en cabinet pour s'orienter vers celle… du travail ou de la sécurité sociale. Médecin-conseil…

— C'est une excellente façon de se repositionner sur le marché du travail, monsieur Lenseigne !

— Excepté qu'en dehors de mon… métier, je ne sais rien faire ! C'est à peine si j'ai changé une ampoule dans ma vie !

— Même changer une ampoule, ça s'apprend ! D'ailleurs, nous n'avons pas abordé la question, jusqu'à présent : avez-vous des hobbies ? Des choses qui vous procurent du plaisir ?

J'hésite une seconde.

— Je fais du dessin… et je compte me mettre à la peinture très prochainement. Mon… accident a changé ma perception corporelle et… Enfin bref, je conclus en voyant qu'elle ne comprend pas ce que j'explique, je me suis découvert… une nouvelle passion.

— C'est très bien, me félicite-t-elle. Ça peut être un plus dans votre reconversion.

— Van Gogh est mort en crevant de faim, je rétorque.

J'ai l'impression d'être au fond du trou.

L'employée de Pôle Emploi veut achever notre entretien sur une note résolument optimiste, me promettant de revenir avec des propositions.

— Ce que je vous encourage à effectuer, c'est établir la liste de vos envies, tout ce que vous aimeriez faire ou que vous avez aimé faire par le passé, même si elles remontent à loin. J'ai compris que tout ce qui était manuel était compliqué, mais ce qui concerne l'intellectuel me paraît tout à fait opérationnel, si j'en juge par votre sens de la repartie. Je pense que vous avez été un brillant chirurgien, même si vous ne souhaitez plus opérer. Nous avons là peut-être une opportunité de carrière à creuser. Votre domaine de compétence est vaste !

Elle n'a pas l'air de vouloir comprendre. La médecine ne me tente plus. J'ai perdu tout intérêt pour ce noble art qui me faisait rêver, et l'intervention d'urgence sur Rose Fontaine sonne comme le chant du cygne. Mon corps s'est souvenu, ma tête a appliqué des années d'exercice, mais mon cœur n'y est plus.

47

Béatrice m'appelle. D'un ton hésitant, elle me demande si je suis d'accord pour que Marc passe me voir, il a à me parler. Elle veut être sûre que je ne m'énerverai pas contre lui, il a une proposition à me faire. Rendez-vous est fixé pour quatorze heures devant l'établissement.

À l'heure dite, la Maserati rouge vif pénètre dans la cour de la MAH, ne suscitant qu'un intérêt vague de la part de la plupart des pensionnaires. Il arrive un âge où on se préoccupe davantage de l'endroit où on a rangé son dentier et sa prothèse auditive que d'admirer les belles mécaniques. Je me retiens d'éclater de rire en voyant sa mine déconfite. Ce ne serait pas sympathique de ma part. Il s'approche, le teint bronzé par les séances d'UV, polo Lacoste et pantalon de golf, un sourire qui se veut chaleureux sur ses traits. Je le sens tendu.

— Je vous remercie d'accepter de me rencontrer, Damien… Vous permettez que je vous appelle Damien ?

— Faites donc ! Il n'y a aucun… souci, mon emploi du temps n'est pas des plus chargés actuellement.

— Prenons la voiture, voulez-vous ? Nous parlerons en cours de route.

Je monte dans le bolide mécanique. Marc démarre lentement, quitte la cour et s'éloigne du bâtiment. Nous voilà traversant la cité, aussi gênés l'un que l'autre.

— Ça va, vous n'avez pas trop chaud ? Je peux mettre un peu la clim', si vous le souhaitez.

— Non, c'est parfait. Si vous… me disiez où nous allons ?

Il ne répond pas tout de suite.

— Damien, j'ai eu l'occasion de parler un certain nombre de fois avec Béatrice durant votre hospitalisation. Je sais que vous êtes au courant qu'elle a dû faire des sacrifices pour pouvoir élever vos enfants, gérer votre santé et garder son travail. Je ne regrette pas de lui avoir offert plusieurs opportunités – ou plutôt, mon père, d'ailleurs –, elle le mérite amplement, c'est une battante. J'ai fait de mon mieux pour l'aider, et pour aider votre fille et votre fils. Ne croyez surtout pas que je vous raconte cela pour obtenir un merci, vous et moi sommes au-dessus de ça. Vous avez des enfants formidables, Damien. Vous avez beaucoup de chance, j'aurais aimé en avoir moi aussi.

— Vous n'êtes pas suffisamment… âgé pour renoncer à ce bonheur, Marc.

— Sans doute avez-vous raison. Pour en revenir au point central de notre discussion, je suis au courant de votre situation, du fait que vous ne pourrez pas demeurer éternellement au sein de la MAH. En même temps, vous n'êtes pas originaire de la ville, et trouver de quoi vous loger de façon pratique lorsqu'on ne connaît pas l'endroit est une sacrée gageure. J'aimerais que vous acceptiez mon aide.

— Votre aide ? De quelle… manière ?

— Ma famille est originaire de Lyon depuis plus de cent ans. Nous possédons pas mal de propriétés sur la ville. J'ai réfléchi et je me suis dit que je vous devais bien un petit coup de pouce.

Nous traversons un pont pour nous retrouver sur la presqu'île que forme ce lambeau de terre entre Rhône et Saône. Une pancarte nous indique le chemin du Palais de la Bourse. Lecouvreux prend sur sa gauche, roule encore quelques minutes, puis finit par s'arrêter devant un bel immeuble de quatre étages à la façade en pierre claire. Les fenêtres du deuxième sont ornées d'un petit balcon. L'ensemble paraît lumineux, accueillant. Nous laissons passer le tramway avant d'entrer par un large portail de bois vernis.

— C'est au premier, me signale Lecouvreux.

Il me précède dans l'ascenseur, me fait signe de le suivre, sort un trousseau de clefs de sa poche avec lequel il ouvre la dernière porte et s'efface pour me laisser entrer.

— Qu'en pensez-vous ?

L'appartement est entièrement meublé. Il comporte une cuisine ouverte sur le séjour, une salle de bains, deux chambres, dont une est assez grande pour être coupée en deux. La fenêtre du séjour donne sur la rue principale, mais le bruit de la circulation est à peine audible.

— Le double vitrage est installé partout, le chauffage est individuel, la cuisine a été entièrement équipée il y a moins de deux ans. Idéalement situé, à proximité des transports et des commerces.

— Vous devriez vous… reconvertir dans l'immobilier, vous savez vendre le produit.

Marc rigole.

— Merci ! J'y songerai peut-être plus tard… Sinon, quel est votre avis ?

— Il faudrait être difficile… pour ne pas apprécier, sincèrement.

— Je suis disposé à vous le laisser en location. Il est assez vaste pour vous loger et accueillir vos enfants, les semaines où vous en aurez la garde.

— Je vois que vous êtes au… courant de cela aussi ?

— Ne m'en veuillez pas, je ne voulais pas me montrer indiscret.

Je fais le tour de l'appartement en silence. Le talon de ma canne glisse sur le parquet ciré. Je n'ai pas le compas dans l'œil, mais il me semble que la surface avoisine les quatre-vingts mètres carrés, et nous sommes en plein cœur de Lyon. Sans emploi, je ne sais pas comment je peux me permettre une telle location. Marc cherche-t-il à m'humilier en me faisant sentir combien je lui suis inférieur, désormais ? Un coup d'œil à ses traits me prouve le contraire et me trouble : il a réellement l'air anxieux et redoute que je refuse. Pourquoi ?

— Écoutez, Marc, votre offre est généreuse, mais… Je ne sais pas à combien s'élève le prix du mètre carré ici à la location, mais c'est largement… au-dessus de mes moyens, vous ne pensez pas ?

— Ce n'est pas une question d'argent, Damien. Nous pouvons établir un loyer de base, de façon à ce que vous ne vous sentiez pas redevable, le temps pour vous de rebondir.

Qu'est-ce que je l'ai entendue, cette expression ! Elle commence à me sortir par les oreilles.

— J'ai du mal à vous… comprendre, Marc. Cet appartement, vous pouvez le louer facilement, n'est-ce pas ? Je parie même qu'il était… encore occupé il n'y a pas si longtemps. Alors, pourquoi… moi plutôt qu'un couple aisé ?

— Béatrice m'a demandé de vous aider, et je crois…

— *Sérieusement*, Marc ?

Il se ronge les ongles. Son apparente assurance a volé en éclats.

— Paul et Clotilde… Vos enfants ont visité l'appartement, vous savez ? Ils ont adoré. Je crois qu'ils voient très bien comment aménager la chambre pour avoir chacun leur indépendance. Votre… femme…

— Ex-femme, je corrige.

— Oui… Béatrice a également été emballée, elle pense que vous serez très bien, ici. Il y a l'ascenseur, un seul étage à monter, pas mal de commerces autour…

Je me plante devant lui.

— Lecouvreux, fais-je, arrêtez de me… bourrer le mou ! C'est quoi, votre idée derrière… tout ça ?

Il bat des bras en arpentant le séjour.

— Mince, je ne sais pas par où commencer !

— Par le début me paraît être une excellente option, vous ne… croyez pas ?

— Si, si… Voilà, je vais être honnête avec vous : je suis tombé amoureux de Béatrice le premier jour où je l'ai rencontrée.

— J'aurais eu du mal à… ne pas m'en rendre compte, je grogne. Je me souviens de cette soirée de gala où vous n'arrêtiez pas de lui… faire les yeux doux.

— Je vous en prie, Damien, c'est très compliqué pour moi ! Disons que je ne le lui ai jamais dit parce que vous formiez un beau couple et qu'elle était follement éprise de vous. Cela se voyait. J'ai tenté de transformer cet amour en amitié, même si c'était un véritable crève-cœur. Au fil des années, je me suis fait une raison. Après tout, je travaillais à ses côtés, je n'étais pas le plus malheureux. Lorsque vous avez eu votre accident, je l'ai sentie craquer. J'ai fait tout ce qui était en mon pouvoir pour l'aider, mais là encore sans lui dire. Je l'ai vue perdre espoir peu à peu, s'enfoncer dans la dépression, puis finir par se replier sur elle-même et sur une sorte de fatalité. Et puis, un soir que nous dînions ensemble, elle m'a avoué que vous l'aviez trompée, qu'elle l'avait découvert par hasard. Elle ne savait plus quoi attendre de votre coma, ni même si vous en sortiriez un jour. Alors, je lui ai dévoilé mes sentiments. Je lui ai dit que je l'aimais depuis notre première rencontre et que j'étais là pour l'aider.

Pitié !

Un souvenir fugace me revient, celui de ma grand-mère, passionnée de la revue des têtes couronnées, *Point de Vue – Images du Monde*. Elle adorait feuilleter ce magazine suranné en se régalant des belles histoires de princes et de princesses. Mon père et moi ne rations jamais une occasion de nous moquer d'elle. Après *L'Amour est dans le pré* de Myriam Fontaine, je vais avoir droit à quoi ? Je n'ose imaginer Marc agenouillé devant Béatrice pour lui déclarer sa flamme ! Merde, on n'est pas en train de rejouer *Sissi impératrice*.

— Elle m'a dit qu'elle était touchée, mais que tant qu'elle ne savait pas ce qu'il pouvait advenir de vous, elle ne prendrait aucune décision nous concernant. J'ai donc attendu. Vous vous êtes réveillé. Béatrice a cru à un miracle, mais le miracle n'a pas vraiment eu lieu, et elle a fini par m'avouer que ni vous ni elle n'aviez plus aucun sentiment l'un envers l'autre, en tout cas, plus comme vous en aviez avant votre accident.

— Qu'êtes-vous en train de me… raconter, Marc ? Que vous avez couché avec Béatrice pendant que j'étais encore en réanimation ? Il fut un temps où… j'aurais pu vous casser la gueule pour ça, mais j'imagine que c'est de bonne guerre et que nous sommes… tous des adultes responsables. Enfin, tout dépend du sens que l'on donne à ce mot.

— Cela s'est produit en tout et pour tout…

— Stop! Épargnez-moi ce genre… de détail, voulez-vous? Donc, vous me proposez cet… appartement pour vous faire pardonner… une ou deux relations sexuelles ?

— Ce n'est pas exactement ça… J'ai l'intention de vivre définitivement avec Béatrice, et je ne voudrais pas que ça vous contrarie.

Dire que je ne m'y attendais pas serait un mensonge. Sûr que Marc aurait plu à feue belle-maman, il a autrement plus de prestance que moi, j'en conviens. Et Béatrice, dans tout cela? Elle n'a pas osé m'en parler, elle a préféré envoyer son amant au charbon. Je ne sais même pas si Marc mesure le grotesque de la situation : il achète mon agrément contre un appartement de standing dans un des quartiers les plus huppés de Lyon. Je pourrais me vexer et les envoyer balader tous les deux. Mais au fond, est-ce qu'il y a vraiment de quoi l'être?

Et puis, j'ai désormais un toit sur la tête.

48

Le camion de déménagement s'est arrêté devant l'entrée. J'ai vu modeste : d'une part, l'appartement est déjà équipé, d'autre part, ce ne sont pas les quatre morceaux de bois que je possède encore qui vont remplir un trente-huit tonnes, mais il me reste quelques meubles auxquels je tiens et que Béatrice a eu la présence d'esprit de conserver. Comme mon bureau, par exemple. Il n'a certes pas tiré des exclamations extatiques de la part de mes enfants, le chêne massif n'est pas vraiment à leur goût, mais je m'en fiche. Il trône désormais dans un angle de ma chambre, la sculpture offerte par le personnel de l'hôpital juste dessus, à côté de mon MacBook. J'ai aussi récupéré mon fauteuil et mes livres. Mon ex-femme a toujours pensé qu'il y en avait trop, que je pouvais peut-être m'en séparer, tout du moins de quelques-uns. J'ai eu un petit moment d'angoisse en récupérant les cartons qui les contenaient – presque douze ans emballés ! – mais ils n'ont pas souffert d'une si longue absence, preuve s'il en est que les écrits restent.

Ce qui me fait penser à ce fichier ouvert sur l'écran de mon ordinateur. Depuis mon réveil, et ma récupération, je n'ai cessé de prendre des notes sur ce que j'entendais et ce que je ressentais. Ce n'est pour le moment qu'un assemblage disparate de bouts de phrases mises les unes derrière les autres, mais il y a quelque chose qui se profile au milieu de tout cela. Une sorte de… puzzle qui se crée peu à peu. Un jour, peut-être, il en sortira quelque chose.

Les enfants sont là, excités comme des puces. Ils ont un avis sur tout, Clotilde plus que Paul. Je me demande s'ils se sont comportés de la sorte lorsqu'ils ont emménagé dans leur maison. Il y a bien quelques chamailleries au début en ce qui concerne l'aménagement de la grande chambre, mais tout s'arrange assez vite. Marc ne souhaite pas que l'on construise quelque chose de durable, ce que je peux comprendre, alors nous optons pour un rail tendu avec une cloison amovible. Chacun aura désormais son espace. Mon ex-femme a tenu à venir m'aider, non sans me lancer une pique au passage, assurant que je serais incapable de m'organiser correctement. Elle a fait les boutiques avec Clotilde et elles se sont ingéniées à m'acheter des rideaux, des coussins et un ou deux tapis pour rendre l'intérieur moins impersonnel. Je n'ai pas eu voix au chapitre. J'ai découvert que, lorsque ma fille me dit « on s'est dit que ça te plairait », je n'ai plus qu'à m'incliner. J'ai quand même mis mon veto sur certaines affiches. Je veux bien être éclectique, d'accord, mais je me vois assez mal avec les *Avengers* ou *Hunger Games* sur les murs.

Marc et Béatrice ne se sont pas encore installés ensemble. En tout cas, c'est ce que m'a dit Clotilde. Il est plus présent, mais il a également une vaste demeure dans la banlieue proche de Lyon, un truc véritablement énorme, plus du double de la leur. Il y a même une piscine à la fois intérieure et extérieure, et un jacuzzi. Clotilde a eu l'autorisation d'y inviter quelques copines pendant que Paul squattait la salle de cinéma.

Oui, parce que Marc a *aussi* une salle de cinéma chez lui.

Après ma rencontre avec lui, comme Béatrice a constaté que tout s'était bien passé et qu'il n'y avait aucune plaie ni bosse à déplorer, elle m'a appelé pour me remercier. Elle a proposé d'organiser un repas le week-end suivant, mais j'ai décliné l'offre, prétextant une fatigue et le fait que je jugeais ça prématuré. Je suis pour aller de l'avant, mais j'ai mes limites. Elle n'a pas fait de commentaire et s'est contentée de dire que ce n'était que partie remise.

Mon ex-femme semble tellement désireuse de me voir reprendre une vie normale qu'elle a commandé un ensemble complet pour petit Renoir en herbe : chevalet, palette et une immense boîte de gouaches et de pinceaux. Il y en a tellement que je serai mort avant d'avoir tout utilisé. Elle s'excuse presque en me tendant aussi deux livres sur l'apprentissage de l'art du portrait et des paysages.

— C'est juste pour t'entraîner, me dit-elle.

Ça me plaît. Je pense qu'elle cherche simplement à me rendre heureux. Paul examine le contenu d'un œil critique et me demande si je pourrai lui faire un dessin de *Star Wars,* si possible avec Kylo Ren. Je reste évasif, je ne veux pas lui faire de peine en lui disant que j'ignore qui est ce personnage.

J'installe le chevalet dans un angle de la pièce de façon à ce que je puisse le voir de n'importe quel endroit où je me trouve et j'y fixe une feuille blanche, comme une allégorie à mon futur. Chaque coup de pinceau sera une avancée dans ma nouvelle vie. Je laisse les déménageurs installer les derniers meubles et retirer ceux qui ne me conviennent pas. Nous avons convenu avec Marc qu'il les reprendrait pour les mettre au garde-meubles, ou ailleurs dans d'autres appartements que sa famille possède sur Lyon. J'ai aussi envie de me faire plaisir, de courir – enfin, façon de parler – les magasins à la recherche d'une petite commode, d'une table basse, d'une lampe que j'aurai choisie sans l'aide de personne, en suivant mes propres goûts.

C'est cela aussi, reprendre sa vie en main.

Lorsque le camion repart, nous nous retrouvons tous les quatre dans mon nouveau lieu de vie. Je ressens comme un léger embarras en nous voyant ensemble. C'est ce que nous aurions pu devenir : une famille complète, comme dans les films. Ce n'est pas grave, nous en formerons une autre, plus forte, plus soudée. Clotilde, fine mouche, dissipe rapidement le malaise.

— Quand on s'installe, on ne doit pas fêter ça ?

— C'est ce qu'on appelle… pendre la crémaillère, ma chérie. Oui, c'est une tradition… Mais tu sais, à part vous, je ne connais… pas grand monde ici.

Le carillon de la porte d'entrée retentit à cet instant. Je ne suis pas encore habitué, alors je sursaute et je cherche à comprendre d'où vient ce son. Béatrice esquisse un pas vers la porte, mais cette fois, c'est moi qui l'arrête. Je vais jusqu'à l'interphone et décroche. Une voix masculine, dont les intonations m'évoquent aussitôt quelque chose, m'interpelle :

— Vous êtes M. Lenseigne ?

— Oui, c'est moi.

— J'ai une livraison pour vous. Très importante.

— Ah ? D'accord, montez, je vous ouvre.

Je me tourne vers mon ex-femme et mes enfants.

— Vous avez commandé quelque chose pour moi ?

Ils se regardent tous les trois et secouent la tête. J'entends le déclic de l'ascenseur dans le couloir, j'ouvre la porte. Et reste pétrifié.

Noémie apparaît en premier, un plateau à la main, suivie de son père. Bernard tient une bouteille de champagne que je crois reconnaître, une de celles qui a dû réchapper à l'inauguration de la salle de rééducation. Je peux presque encore sentir l'amertume de cette infâme mixture dans ma bouche. Il me lance un clin d'œil :

— Vous ne pensiez pas y couper encore une fois, Damien ?

Un joyeux brouhaha retentit derrière lui.

— Oh ! On doit attendre encore longtemps dehors ? Fait soif, ici !

C'est la voix qui m'a parlé de livraison. Un homme s'avance, petit, replet, les cheveux et la barbe frisés. La dernière fois que je l'ai entendu, c'était par l'intermédiaire d'un écran de téléphone portable lors de mon départ de l'hôpital. Sinon, durant nos études communes chez Solange et Bernard.

— Tu ne penses qu'à boire ! rétorque quelqu'un derrière lui, avec l'accent chantant du Sud.

— Au moins, ce n'est pas du pastis !

— Bon, les garçons, vous vous bougez, oui ou non ?

Aurélie, Daniel et Étienne. Réunis comme au temps de l'internat. Ne manque plus que Jules pour que l'équipe soit complète… Même si j'avoue un peu méchamment qu'il ne me manque pas trop. Je me tourne vers Bernard, abasourdi :

— C'est vous, n'est-ce pas ?

Il a l'air de bien s'amuser de ma surprise. Je l'ai eu au téléphone encore récemment, nous avons parlé de mon futur déménagement, juste un mot au gré de la conversation.

— J'ai appelé Béatrice juste après, m'avoue-t-il. Pour connaître votre date d'installation. Ça a été compliqué de réunir tout le monde, mais nous n'aurions manqué ça pour rien au monde !

Ils sont venus. Malgré leur emploi du temps, malgré l'éloignement – Daniel travaille à Strasbourg! – et leurs soucis, ils sont venus. Même Bernard. L'odeur du gâteau aux pommes me remplit de nostalgie. Nous nous retrouvons tous assis autour de la table. Pour un peu, j'entendrais mon ancien maître nous parler d'un sujet du concours. Paul et Clotilde veulent savoir comment j'étais, plus jeune. Ils veulent découvrir le Damien Lenseigne qu'ils n'ont pas connu.

— Ton père avait toujours la tête dans le guidon, répond Étienne. Il voulait être le premier sur tout. C'était du boulot de le décoincer!

— Excepté qu'il arrivait souvent derrière moi, me taquine Aurélie.

— Il ne buvait pas, il ne fumait pas, il ne sortait pas, ce garçon n'avait aucun vice, c'en était désolant! renchérit Daniel avec un air de commisération. Un type absolument inintéressant, si tu veux mon avis. On se demande d'ailleurs pourquoi nous sommes restés amis avec lui.

Ils me chambrent gentiment, et ça fait du bien.

— Il sortait avec des filles? demande Paul, embrayant sur un sujet qui le passionne.

— Damien? Un vrai moine! Si encore la fille s'était appelée Anatomie, je ne dis pas, et encore!

— C'est ma fête, aujourd'hui...

— Comment il a rencontré ma mère?

Petit moment de silence alors que nous nous remémorons la scène, complices.

— Ah! Alors là, tu poses la bonne question, répond Daniel, toujours boute-en-train. Ta mère est bien la première à l'avoir déridé, notre Damien! Il fallait le voir avec la langue pendante, à parler d'elle sans arrêt. Et c'était *Béatrice par-ci*, *Béatrice par-là*, une vraie rengaine ! On a longtemps cherché l'emplacement des piles, mais sans succès !

Je fais mine de me lever.

— Puisque c'est comme ça, je m'en vais !

— Non, reste ici, papa, on n'en a pas encore assez appris sur toi !

Curieusement, cette mise à nu me fait du bien. C'est une simple discussion potache, mais qui est essentielle. Parce que mes rares amis ne m'ont jamais oublié, alors qu'ils auraient pu le faire à maintes reprises. C'est Aurélie qui leur a servi de guide durant tout ce temps : étant la plus proche de moi, il lui était plus facile de passer à mon chevet ou de s'entretenir avec Bernard avant de téléphoner aux autres. Ils veulent tout savoir sur mon état de santé, comment je vis actuellement. J'ai suspendu toute forme de rééducation. Je sais que je vais devoir marcher avec une canne jusqu'à la fin de mes jours. Je me débrouille bien avec la main gauche, sans avoir compensé complètement le déficit droit. Pour le reste, je fatigue encore vite, et j'ai toujours des difficultés à maintenir ma concentration très longtemps. Mais bon sang ! J'ai de l'énergie à revendre, je n'ai plus ce sentiment défaitiste qui m'anime ! Il va m'en falloir pour m'occuper de deux ados bourrés d'énergie ! Ce sont eux mon véritable moteur, dorénavant. Bénédicte Garcia-Morel, l'employée de Pôle Emploi, m'a recontacté pour me demander si j'avançais dans mes recherches. Je lui ai répondu que j'avais bien aidé Nicolas Berger quelques heures par semaine comme il me l'avait proposé, mais que je ne souhaitais pas que cette situation devienne pérenne. Je sais que je vais trouver une occupation. Je n'ai pas fait tout ce chemin pour me morfondre dans un fauteuil dans mon appartement.

— Mon père, fait remarquer Clotilde le plus sérieusement du monde, va devenir un peintre. Il est très doué.

Ils veulent tout savoir de mon nouveau hobby. Je m'exécute, un brin gêné. Ça reste un domaine très privé. Ils me félicitent tous, et je sais qu'ils sont sincères. On peut complimenter quelqu'un sans que ce soit hypocrite.

— Tu devrais faire une exposition, m'encourage Aurélie. Je suis sûr que tu aurais du succès.

Ils repartent tard dans la soirée en me promettant de revenir. J'ai noté leurs adresses, leurs téléphones, leurs mails. Maintenant que nous avons renoué, il ne faut pas reperdre ces liens précieux. Strasbourg, Marseille ou Paris, ce n'est pas l'autre bout du monde !

— La prochaine fois qu'on s'appelle, je veux te voir au boulot, me menace gentiment Daniel.

Le mot de la fin est pour Béatrice, alors qu'elle quitte l'appartement en compagnie de Paul et Clotilde :

— Aujourd'hui, j'en suis vraiment convaincue : tu as changé. En mieux. Tu n'es plus du tout le même homme.

Nous avons beau être séparés, notre histoire bel et bien finie, jamais compliment ne m'a autant fait plaisir. Je suis tellement gonflé à bloc que je mets de la musique dans tout l'appartement en sautillant sur place.

Le nouveau Damien est arrivé.

49

La voix de Paul résonne dans l'interphone. Son visage, cheveux en bataille, s'incruste sur l'écran.

— C'est moi, p'pa !

— Je le vois bien ! Tu as oublié tes clés ?

— Elles sont restées chez maman.

— Grimpe, je soupire.

Un mois s'est écoulé depuis mon départ de la MAH et mon aménagement dans l'appartement des Lecouvreux. Je n'ai toujours pas de travail fixe, mais je ne désespère pas. J'ai placé la majeure partie de l'argent provenant de la vente de la maison, sur les conseils avisés d'un comptable – oui, vous avez deviné, celui de Marc… Pour le moment, j'ai de quoi vivre sans trop de soucis, mais ça ne sera pas éternel. Les assurances professionnelles que j'avais souscrites du temps où je pratiquais et que Béatrice avait suspendues pendant mon coma me rapportent un petit plus qui me suffit pour remplir le réfrigérateur pour mes enfants et moi. J'ai annoncé à Berger que je ne souhaitais pas prendre un poste de consultant chez lui. Même donner mon avis me pèse. Je suis convaincu qu'il trouvera toujours plus brillant et plus réactif que moi. Passer des heures à contempler des résultats d'examens radiologiques, à établir un interrogatoire neurologique ne me passionne plus. Il n'a pas insisté, je crois qu'il a compris mon état d'esprit. Par contre, j'ai accepté l'idée de parler de moi, de façon régulière, lors de conférences qu'il anime à la MAH. Je prends le micro et je parle de mon coma, de mon réveil, des suites cliniques. Je ne me mets jamais en avant. Les héros et héroïnes de mon histoire s'appellent Serge, Romain, Gabrielle ou Carine. Je réponds à une foule de questions, j'essaie de rassurer les familles qui viennent assister à ces conférences. Je fais ce que je n'ai jamais su faire du temps où j'opérais. Ça ne me rapporte pas énormément d'un point de vue pécuniaire, mais psychologiquement, ça vaut toutes les thérapies du monde. Il m'arrive également de prendre contact avec Flore afin de lui faire part de mes craintes et de mes joies. Son avis compte toujours autant.

Ma vie s'articule désormais autour de mes enfants. Ils prennent le bus et s'installent chaque fois quelques jours. Leur établissement scolaire n'est qu'à quelques rues de chez moi. Je me débrouille comme je peux pour les nourrir, heureusement grâce à l'aide de Clotilde qui m'a appris à cuire des pâtes et du riz. J'étais persuadé qu'on démarrait ça à froid, et ça fait une chouette colle ensuite, plus costaud qu'un enduit.

Note pour moi-même : prouver que je suis capable d'autre chose que d'ouvrir une boîte de haricots. Clotilde m'a fait remarquer qu'il existait des tas de recettes pour débutant sur Internet, qu'il suffisait que je les consulte.

Paul m'embrasse sur la joue.

— Ça va, p'pa ?

— Oui, et toi ?

— Ouais… J'ai l'impression d'avoir planté mon interro d'espagnol, ça craint !

— Tu n'avais pas assez… révisé ?

— Si ! Mais elle n'a pas posé les questions que j'avais bossées !

— Ce n'est pas au… professeur de s'adapter, Paul. Mais à toi de travailler… régulièrement sans faire d'impasse… Ta sœur arrive bientôt ?

— Ouais, elle a une heure de cours de plus que moi… Qu'est-ce qu'on mange ?

— Je ne sais pas… trop.

— Pas encore des pâtes, hein ?

Je sens presque le reproche. Quoi ? Elles ne sont pas bonnes, mes pâtes, avec leur sauce tomate ?

— Non, je pensais peut-être… commander des pizzas.

— Cool ! Tu me prends une Reine ?

Il disparaît dans sa chambre, son casque sur les oreilles et son portable à la main. Béatrice a tenu à ce qu'ils en aient un depuis longtemps, mais je n'avais pas mesuré la capacité de concentration d'un ado sur un écran. Ils peuvent y passer des heures les doigts collés, alors même que le monde s'effondrerait autour d'eux. Je me fais la réflexion qu'il faut que je l'emmène chez le coiffeur et je retourne à la cuisine pour chercher les prospectus de livraison à domicile. Ça, au moins, je sais faire.

La sonnette retentit une nouvelle fois. Clotilde débarque telle une furie, fidèle à son habitude. Depuis qu'elle a accepté la nouvelle de notre divorce et le fait que ça ne changerait rien à l'amour qu'on lui portait, elle est apaisée. Ses notes s'en sont ressenties un moment, nous avons eu droit à une convocation de la part de son professeur principal, et c'était la première fois que j'assistais à ce genre de réunion. Nous avons dû expliquer la situation, Béatrice s'est plus attardée sur mes problèmes de santé que sur notre séparation, et j'ai eu droit à un élan de sympathie de la part du professeur.

Je ne supporte plus qu'on me considère comme un rescapé qui a eu beaucoup de chance.

Je ne supporte plus la commisération.

— Qu'est-ce qu'on mange ? Pas encore des pâtes, j'espère !

— J'attendais que tu… arrives, j'ai proposé à Paul de commander des pizzas.

Elle a une légère moue. En ce moment, Clotilde surveille sa nourriture, elle pèse quasiment chaque aliment. Elle m'a encore installé une application sur mon téléphone qui scanne les codes-barres de chaque conserve et dénonce les dérives de l'industrie agroalimentaire. J'ai l'impression d'être un extraterrestre en sortant mon téléphone sitôt que j'entre dans un commerce. Et je m'affole en constatant qu'il y a du mauvais dans tout ce qu'on mange.

— Tu as déjà commandé ?

— Non, je te dis que… je t'attendais.

— Alors, viens avec moi, il y a une pizzeria à deux pas d'ici, on sera plus vite servis !

— La pizza, ce n'est pas très diététique, non ? je la taquine.

Elle lève les yeux au ciel et s'abstient de tout commentaire. Elle parvient même à enrôler son frère, vautré sur le lit, et nous partons tous les trois chercher notre pitance. Je peux bien ne jamais remarcher sans canne et ne jamais retrouver mes capacités cognitives, dans ces instants, je m'en fous : je suis avec mes enfants et je savoure, je dévore, je bouffe chaque seconde passée avec eux avec un appétit sans cesse renouvelé, une volonté de connaître tout ce qui m'a échappé. De rattraper le temps, enfin.

Je ne leur ai pas encore annoncé la nouvelle : tout à l'heure, je les emmène à la SPA. J'y suis passé plusieurs fois déjà, restant en arrêt devant les animaux à adopter. J'ai appris beaucoup de choses sur le métier de vétérinaire et sur celui de soigneur. Myriam Fontaine est intransigeante : personne n'adopte un animal sur un coup de tête. Elle exige plusieurs passages du futur acquéreur, se renseigne sur son domicile, sa capacité d'hébergement et le bien-être de l'adopté. Elle sait que je vis dans un appartement, dans un immeuble où les animaux sont autorisés, que si je prends un chien, je vais devoir le sortir tous les jours, mais que ce sera bénéfique pour moi parce que cela va m'obliger à marcher. Elle estime que j'en suis capable. J'ai encore un peu peur de ce que ça implique. Mais il n'est plus temps d'hésiter !

Nous finissons nos pizzas et Paul débarrasse les cartons lorsque je me décide à leur en parler.

— On va faire quoi ? s'exclame Paul.

— Trop cool ! Un animal, pour nous ! ajoute Clotilde. Maman n'a jamais voulu en avoir jusqu'à présent. Elle dit que c'est salissant et qu'il n'y aura qu'elle pour s'en occuper.

C'est aussi un peu ce que je crains : les premiers instants passés, je sens bien qu'ils ne seront plus aussi enthousiastes à l'idée de sortir la bête, de lui donner à manger et de le laver. Et je sais à qui incombera la tâche.

— Est-ce qu'il est gros ? me demande Paul lorsque je précise qu'il s'agit d'un chien.

— Non, c'est un petit… Vous allez le voir bientôt.

— Qu'est-ce qui t'a donné envie de prendre un chien ? C'est un peu bizarre comme idée, non ?

— Une envie… et un conseil d'un… vieux monsieur à l'hôpital. Il est persuadé que c'est la meilleure chose… qu'on puisse avoir.

Nous voilà partis en bus tous les trois. Un moyen de transport que je me serais refusé à prendre dans une autre vie. La SPA où travaille la fille de Rose est à six arrêts de mon logement. Lorsque nous arrivons, elle nous attend. Elle a passé une blouse blanche qui lui donnerait presque un air sévère si elle n'arborait pas un large sourire de bienvenue.

— Bonjour ! Vous êtes Clotilde et Paul, c'est ça ? Enchantée, moi, c'est Myriam. Suivez-moi, que je vous présente nos amis à quatre pattes.

Comme elle s'éloigne, j'ai droit au débit ininterrompu de questions à voix basse auquel je coupe court. *Myriam Fontaine est une personne que j'ai rencontrée lorsque j'étais hospitalisé à la MAH. Vous vous souvenez du super papa sauveur de l'humanité, et accessoirement des petites vieilles en difficulté respiratoire ? Eh bien, c'est sa grand-mère que j'ai sauvée, ce jour-là.*

Nous passons devant une série de cages où des animaux se pressent devant nous en aboyant ou en miaulant. Clotilde s'arrête tous les mètres, l'œil brillant. Pour un peu, elle repartirait avec la moitié des animaux, sinon plus. Je ne compte plus les « Regarde comme il est mignon ! », « Et celui-là ! Trop craquant ! », « Qu'est-ce que tu penses de celui-là ? ». Myriam nous emmène au fond de l'établissement. Elle s'arrête, ouvre le dernier enclos et entre pour prendre un des animaux qui s'y trouvent. Je guette la réaction des enfants. Ils restent bouche bée en voyant apparaître le petit chien de couleur miel aux oreilles frisées qui dégringolent de part et d'autre de sa tête. Il m'a fallu du temps pour me décider, j'ai même regardé plusieurs fois la photographie de Robert avec ses deux chiens, mais j'ai fini par craquer pour celui-ci : un cocker. Le petit chien remue la queue et lèche les mains de Clotilde lorsqu'elle se penche pour le caresser. Animal adopté.

Je pousse un soupir de soulagement.

— Il est trop mignon ! s'exclame Paul à son tour. On peut le prendre maintenant ?

— Alors, pas aujourd'hui, mais à partir de… lundi, je réponds.

Ils ont l'air déçu.

— Pourquoi ?

— Parce que ce week-end, vous allez faire autre chose en ma compagnie, intervient Myriam Fontaine. Pour remercier votre père d'avoir sauvé ma grand-mère, je l'ai invité à passer le week-end en votre compagnie à venir faire du cheval chez moi.

Clotilde en oublierait presque le chien.

— Du cheval ? C'est génial, ça fait tellement longtemps ! On part tout le week-end, c'est ça ?

— Oui.

— On va dormir sur place ?

— C'est loin ? Comment on y va ?

— Et maman, elle est d'accord ?

— Il n'y a pas de… raison. Vous êtes avec moi toute cette… semaine.

— En fait, j'ai jamais fait de cheval. C'est dangereux ?

Paul se pose la même question que moi. Pas une seconde je n'ai appréhendé leur réaction, j'ai surtout une énorme trouille de monter sur un canasson. Il faut toujours ce genre de petits moments pour se rappeler combien on doit se motiver avec des enfants.

— Si vous voulez, lorsque nous serons sur place, nous prendrons une photo avec… le téléphone pour en envoyer une à votre mère, d'accord ?

— Ça s'appelle un selfie, p'pa.

— Est-ce qu'il faut des vêtements particuliers pour la campagne ?

Je sais bien que je fais le malin, mais c'est plus fort que moi :

— Attends, tu ne vas pas me dire que tu n'es jamais allée faire un… tour à la campagne, Clotilde ! Maman ne vous a jamais emmenés en vacances ?

— Ben, au Club Med' avec Marc.

— D'accord… Et sinon ? La nature, ça vous… dit quelque chose ?

— Le golf, ça compte ? On est allés jouer plusieurs fois au golf avec lui. Marc a commencé à m'apprendre les bases.

— Je pensais plutôt à des balades en forêt, je ne sais pas… moi, dans des parcs. Quand vous étiez à Paris, vous n'êtes jamais allés au zoo… de Vincennes, à Boulogne ?

— On a visité le jardin des Plantes, répond Clotilde.

— Et Boulogne, je vois où c'est ! Il y a Roland-Garros par là-bas, non ? C'est cool, le tennis, j'ai même pu voir Nadal ! Tu connais ?

— J'ai peut-être passé douze ans… allongé, mais oui, je connais Nadal. Tu n'étais pas né qu'il gagnait déjà à Roland-Garros. Donc, pour en revenir à ce que… je demandais, la campagne, ce n'est pas vraiment votre truc. Alors, habillez-vous simplement, détente, je ne sais pas, jean, baskets. Paul, si tu peux éviter ton sweat à… capuche, ça m'arrangerait.

Finalement, j'ai peut-être quand même des réflexes de papa.

50

Myriam m'annonce qu'elle passera nous chercher pour huit heures le samedi matin.

— Le temps que vous puissiez profiter de la nature, m'explique-t-elle.

C'est la première fois depuis que j'ai la garde alternée de mes deux enfants qu'ils sont capables de se lever aussi vite un samedi, et sans rouspéter. J'ai encore du mal à concevoir que je vais passer mon premier week-end rien qu'avec eux depuis mon réveil, depuis leur naissance, et ils sont aussi excités que moi. Je ne leur offre pas de séjour à l'île Maurice ou de tournoi de golf ou de tennis, mais je crois qu'ils sont simplement heureux d'être avec moi, comme moi avec eux. Et, bien sûr, Béatrice a donné sa bénédiction.

— Tout le monde... prêt dans cinq minutes ! je crie.

Paul revient deux minutes plus tard, ses affaires fourrées en vrac dans un sac de sport, un tee-shirt à l'effigie de Star Wars sur le dos. (Entre parenthèses, j'ai appris avec stupeur qu'ils avaient attaqué une nouvelle série de films et qu'ils avaient osé tuer mon idole, Han Solo !) Clotilde finit par apparaître à son tour, vêtue d'un cycliste et d'une chemisette dont les extrémités sont nouées ensemble. J'aperçois son nombril et je prends soudain conscience que ma fille a des formes. Ce n'est plus tout à fait une enfant. Douze ans d'absence ne m'ont pas préparé à ça.

— Ce n'est pas un peu… court ? je lui demande.

— Papa, toutes les filles mettent ça au collège, je te signale.

Merde. Qui a dit que j'avais un train de retard ? C'est toute la gare qui a dû passer devant moi.

La fille de Rose nous attend sur le trottoir, dans sa Kangoo rouge. Je m'attends à une remarque de Paul, le passionné de véhicule, mais il ne dit rien.

— Tout le monde est prêt ? Vous n'avez jamais fait de cheval ? Vous allez voir, c'est facile !

— J'en ai déjà fait, intervient Clotilde. Quand j'étais à Paris.

— D'accord, tu pourras montrer à ton père et à ton frère, alors. On y va ?

Nous la suivons jusqu'à la voiture. Je grimpe côté passager, les enfants sur la banquette arrière, et Myriam démarre. Nous quittons Lyon engorgée dans la circulation matinale et mettons le cap sur le sud-ouest.

— Vous connaissez la région, Damien ?

— J'avoue que non. Je n'y ai jamais… mis les pieds.

— Si je vous dis « parc naturel régional du Pilat », ça vous parle ?

— Pas vraiment. Je connais la dune… du Pilat pour y être allé, mais le parc, non. Et j'imagine qu'il n'est pas très loin.

— En effet. J'habite dans un village entre le Rhône et le parc. Comme ma grand-mère vous l'avait dit, j'élève des chèvres, je fais mon propre fromage que je vends sur les marchés, et j'ai un centre équestre pour des randonnées. Dix chevaux en tout.

— Ça doit vous demander… un travail épuisant.

— Les animaux ont toujours besoin de nous, Damien, tous les jours. Avec eux, on ne triche pas. C'est compliqué, c'est vrai, mais ça en vaut réellement la peine. Et je ne suis pas toute seule : j'héberge plusieurs autres chevaux de la région, et leurs propriétaires viennent m'aider à les nourrir et les soigner.

— C'est une passion ?

— Et un métier. Je suis vétérinaire, vous vous souvenez ? Je me suis mariée trop jeune et, lorsque j'ai divorcé, j'ai eu envie de tout plaquer pour aller vivre dans la nature. J'ai trouvé ce coin de paradis et je n'ai plus l'intention d'en bouger !

Nous quittons l'autoroute A7 pour rejoindre une route départementale. Le calme qui règne est revigorant. Myriam entrouvre les fenêtres pour faire entrer l'air. Elle conduit d'une main nonchalante. Je regarde les panneaux que nous croisons, avec des noms qui me sont inconnus, des villages, des hameaux ou des lieux-dits. Une série de petites routes, de chemins escarpés, et Myriam ralentit pour prendre la voie qui s'ouvre sur sa gauche. Une pancarte en bois peint indique « L'HACIENDA – CENTRE ÉQUESTRE – 1,5 km ». Nous sommes en pleine nature. Le chemin est assez irrégulier, et nous sommes pas mal remués. Puis, la voiture débouche sur une esplanade de terre battue au fond de laquelle se situe la maison de notre chauffeuse. Construite de plain-pied, toute en bois, elle se divise en deux parties. Celle de droite est le gîte à proprement parler, lorsqu'elle reçoit des randonneurs pour le week-end. Les quartiers privés occupent la partie gauche. J'ai l'impression d'avoir en face de moi une de ces habitations que l'on découvre dans les vieux films d'aventures à la *Tarzan* ou *Allan Quartermain*. Deux autres constructions sont visibles un peu plus loin, avec l'enclos où elle élève ses chèvres et les installations hippiques. Le moteur coupé laisse place aux sons de la nature, entre bruissements de branches, piaillements d'oiseaux, hennissements des chevaux et bêlement des chèvres.

Je suis dans un autre monde. Chez elle, tout est calme et silencieux, c'est la nature qui régit l'ambiance sonore. Les clochettes des chèvres servent à marquer l'heure du réveil.

En dehors d'elle, deux personnes travaillent au gîte, un couple d'une soixantaine d'années qui vient pour l'aider à préparer la nourriture et pour s'occuper des bêtes.

Paul s'intéresse aussitôt aux chevaux. Il se voit sur l'un d'eux, à jouer aux cow-boys galopant dans la prairie. Trois sont en train de trotter dans un large manège, sous l'œil d'un homme moustachu. Il nous adresse un salut amical.

— Qui est-ce ?

— Serge Gomez, un voisin. Il vient me donner un coup de main. Vous voyez celui qui a l'encolure noire et la tache près du flanc ? C'est le sien. Un cheval qu'il a racheté alors qu'il devait être emmené à l'abattoir. Serge l'a eu pour une bouchée de pain, et depuis, il emmène ses gosses faire un tour dans le parc…

— Je ne sais vraiment pas comment je… pourrai me hisser en haut de ces bestioles ! Avec la hauteur…

— Je vous aiderai, ne vous inquiétez pas. J'ai même des marchepieds ! En attendant, vous venez ? Quelqu'un a très envie de vous voir.

Elle me précède dans sa maison. Assise dans un fauteuil, une vieille dame somnole devant un écran de télévision qui ne fonctionne pour personne. À notre arrivée, elle lève la tête, cherche à apercevoir qui entre, puis me reconnaît.

— Docteur Lenseigne ! Comme c'est gentil d'être venu !

— Comment allez-vous, Rose ?

— Comme une vieille dame à qui vous avez sauvé la vie ! Je me dis parfois que vous n'auriez pas dû insister, j'ai fait mon temps, vous savez !

Rose tire la langue et me fait un clin d'œil. Je la trouve bien un peu plus pâle, un peu plus fatiguée, et elle s'est davantage voûtée, mais une telle vivacité d'esprit fait plaisir à voir chez une personne de son âge. Une bouffée de nostalgie m'envahit. Je n'aurai pas vécu ces échanges touchants avec ma famille. Je n'ai pas vraiment connu mes grands-parents en dehors d'une fin de vie troublée par la maladie, mon père est mort alors que j'entrais comme interne de neurochirurgie, ma mère l'a suivi quelques années après. Sa dernière joie aura été d'assister à notre mariage à Béatrice et moi.

On ne profite jamais assez de ses parents, on ne se rend vraiment compte de l'importance qu'ils ont que le jour où ils disparaissent.

Paul et Clotilde ont l'impatience de leur jeune âge. À peine leurs affaires posées dans leur chambre, ils nous pressent de finir pour se précipiter vers l'écurie. Myriam choisit les deux chevaux les plus paisibles, montre aux enfants comment installer la selle et comment s'asseoir. Clotilde boit littéralement ses paroles, et c'est la première à se lancer. C'est une réussite du premier coup – elle a quelques restes. Ne voulant pas être à la traîne, Paul s'élance à son tour, avec beaucoup plus de mal, ce qui lui vaut une certaine moquerie de la part de sa sœur.

— Je vous installe le marchepied ? me demande Myriam.

Elle m'a approché la petite estrade. J'attrape l'encolure de la main gauche et me hisse maladroitement. Le voisin vient me donner un coup de main avant que je ne bascule de l'autre côté.

— T'es pas vraiment Clint Eastwood, me lance Clotilde.

— Merci pour le compliment !

C'est un défi pour surmonter ma peur, ces animaux me filent une frousse bleue. Il faut dire qu'avec mon côté droit handicapé, je me vois mal tenir les rênes et ne pas tomber si jamais il s'emballe. Mais j'ai promis ce week-end autant aux enfants qu'à moi-même. Je commence par un tour de manège, et ça me plaît. D'accord, j'ai mal aux fesses et je vais sans doute avoir des courbatures pendant plusieurs jours, mais bon sang, c'est génial ! Je ne vois pas les heures passer, je suis presque comme un gamin regrettant de devoir déjà abandonner son jeu.

Je découvre surtout un élément essentiel : on peut tout à fait vivre sa vie, voire une autre vie, sans forcément le faire à cent à l'heure, la tête dans le guidon. Et Myriam Fontaine, dans son *Hacienda*, est bien plus heureuse que je ne l'ai sans doute jamais été.

Je passe ma meilleure journée depuis longtemps. Mon hôtesse se révèle également une cuisinière émérite, même si elle revendique de faire des aliments simples. Paul et Clotilde ont droit aux plats faits maison, et je remarque avec surprise qu'ils reprennent des légumes, alors qu'à cet âge, le seul autorisé est souvent la pomme de terre, généralement en frites. Paul n'a pas touché son téléphone de la journée, si ce n'est pour mitrailler tout ce qu'il voyait et envoyer des dizaines de photos à ses amis de collège. Nous avons eu droit à notre selfie sur le dos des chevaux, que j'ai envoyé à Béatrice plus tard dans la soirée. La journée passe comme dans un rêve. Il y aura un avant et un après week-end à *L'Hacienda*. Alors que le soleil se couche et éclaire le parc comme s'il s'était embrasé, nous contemplons le spectacle, Myriam et moi. Les enfants, éreintés par l'émotion, sont allés se coucher, pressés d'être au lendemain pour remonter à cheval.

— Avez-vous réfléchi à ce que vous comptez faire ?

Myriam tient une tasse de thé entre ses mains. Elle m'a demandé si je voulais boire une bière, mais j'ai préféré me rabattre sur un simple jus de fruits. Mon séjour à l'hôpital m'a dégoûté de l'alcool, à moins que ce soit un effet du traumatisme cérébral.

— À l'avenir ? Je l'ignore. Comme je l'ai signifié… à cette charmante personne qui officie à Pôle Emploi, je ne sais rien faire d'autre qu'opérer. Personne ne semble se rendre… compte d'un fait incontournable : j'ai perdu douze années de ma vie, douze années au cours desquelles le… monde a changé tellement vite que je suis largué. Vous savez ce que je me suis amusé… à faire ? J'ai consulté le Vidal, le dictionnaire des médicaments, je me suis réinscrit sur des… sites médicaux, et pour cela, il a fallu que je redemande à mon ex-femme si elle avait conservé… quelque part mon numéro d'inscription à l'Ordre. Le résultat de tout ça ? Imaginez demain… un gamin de 6 ans à qui on offre un puzzle de trois mille… pièces représentant une peinture de Monet. Il aura beau faire, il pourra y mettre toute la meilleure… volonté du monde, il n'y arrivera pas, et il se lassera. Je suis ce gamin… de 6 ans. Quelque part, je vous admire, parce que vous savez ce que vous voulez, vous êtes libre, vous… faites ce que vous avez toujours voulu faire, vous n'avez de compte à rendre à personne !

Myriam soupire.

— Damien, ce n'est pas si simple. Vous en parlez comme si j'avais simplement appuyé sur la télécommande et que j'avais changé de chaîne. Mais la vérité est plus compliquée. Si j'ai divorcé, c'est parce que mon mari a appris que j'avais un problème de santé. Je souffre de sclérose en plaques. Même ma grand-mère n'est pas au courant. Un beau salaud, n'est-ce pas ? Ne croyez pas que la vie soit facile. Vous savez ce que c'est que d'avoir une épée de Damoclès au-dessus de la tête ? Ce puzzle de trois mille pièces, ce sont vos souvenirs, votre ancienne vie et la future. Il ne tient qu'à vous de le reconstruire. Ne me faites pas croire que vous ne voulez plus rien faire, ou que vous ne savez pas. Vous avez sauvé ma grand-mère. Vous avez réussi un geste technique difficile et parfait sans trembler. Et même si vous pensez que vous n'y arriverez plus, vous avez ça en vous.

Elle me tape la poitrine de l'index.

— Avec vos enfants, vous avez donné un nouveau sens à votre vie, et un sens à la leur. Ne vous arrêtez pas en si bon chemin. Vous valez mieux que cela… Eh oui, changer, tout recommencer, c'est effrayant. Mais si c'était si facile, il n'y aurait pas d'enjeu. Ça vaut la peine d'essayer, non ?

51

— Bonjour, Damien, comment allez-vous ?

J'ai encore le téléphone à la main ; j'avoue avoir du mal à m'en passer. Depuis que Clotilde m'a configuré ce truc, je suis devenu totalement accro. J'en arrive même à pester lorsque le réseau n'est pas bon.

Je m'arrête une minute sur un banc. Le chien tire sur sa laisse, ne voulant pas s'arrêter, puis accepte de mauvaise grâce la pause que je m'accorde. Je ne pensais pas que les cockers demandaient autant d'énergie : je le sors au moins deux fois par jour, et même avec ça, il en réclame encore. Les premiers jours, j'ai failli me casser la figure un nombre incalculable de fois. Il faut dire que lui et moi offrons un spectacle assez cocasse, un petit chien intenable traînant derrière lui un type avec une canne s'efforçant de tenir sur ses deux jambes. Myriam a raison : avec un animal, on ne triche pas.

Le choix de son nom a été un grand moment. Clotilde voulait l'appeler Caramel parce qu'elle trouvait que ça collait avec sa couleur, Paul envisageait plutôt quelque chose comme Sam, le chien de Will Smith dans *Je suis une légende*. Finalement, son nom s'est imposé de lui-même lorsqu'il est entré dans l'appartement. Il a fouiné partout, a retourné les placards et la poubelle, si bien que je l'ai baptisé Fourre-tout.

— C'est ridicule, comme nom ! s'est exclamée Clotilde.

— Non, c'est plutôt cool, c'est rigolo, a approuvé finalement Paul.

Fourre-tout a donc été officiellement baptisé. Je trouve que ça lui va bien. Et, sans faire d'anthropomorphisme, il a l'air d'aimer son nom.

Bon, je n'irais pas jusqu'à dire que Lecouvreux est ravi d'avoir un animal dans son appartement, mais comme je ne suis pas le seul dans l'immeuble, il n'a rien osé dire.

Bernard, au téléphone, est animé d'une volonté nouvelle. Désormais, il se consacre à ses petits-enfants avec un entrain que je ne lui connaissais plus. Le deuil de son épouse l'affecte encore, mais il cherche à aller de l'avant. Il a sa famille qui compte sur lui.

— Ça me fait plaisir de vous… entendre, Bernard. Comment allez-vous ?

— Si je n'avais pas ces vieux rhumatismes, je dirais que tout est parfait ! Et vous ?

— Comme d'habitude. Vous vous souvenez… de ce que l'on disait : « État stationnaire ».

— Vous êtes un miraculé, Damien, ne l'oubliez jamais ! Vous savez que je n'avais jamais vu personne avant vous se remettre aussi rapidement d'un anévrisme rompu avec un coma aussi long ? Vous entrez doublement dans le Guinness des Records !

Je sais cela. Je suis une énigme de la médecine. On me cite en exemple dans les services hospitaliers, devant les familles de personnes inanimées après une opération ou un accident. Le docteur Lenseigne est sorti du coma douze ans après, et il ne présente quasiment aucun handicap ! Si j'espérais accéder à la reconnaissance, jamais je n'aurais pensé que ce serait en étant un rescapé.

— J'ai eu Jeanclin aujourd'hui. Il va sans doute vous appeler. Vous vous souvenez ? À propos du grand pôle de neurologie-neurochirurgie ?

— Je m'en souviens, Bernard. Je n'ai pas eu… de nouvelles depuis.

— Vous savez qu'à mon sens, vous étiez le plus à même de le diriger… S'il n'y avait pas eu ce stupide accident de parcours, à cette heure-ci, c'est vous qui seriez le patron. C'était convenu comme cela. Vous êtes celui qui me ressemble le plus, et même s'il vous a fallu du temps et quelques… remontées de bretelles, vous avez compris l'essence même du service.

— Nous avons déjà parlé de… cela, Bernard. Je ne reviendrai pas à Paris. Je ne retravaillerai plus jamais… à l'hôpital. La page est tournée. Ma vie est ici, avec mes enfants.

— Je sais, Damien, et je comprends. Et pour Jules, vous avez pris votre décision ?

Je songe à cette page de cahier que Clotilde m'a proposé de scotcher au mur, à côté de mon bureau. « Ça s'appelle une *To Do List,* m'a-t-elle dit. Tu notes tout ce que tu dois faire et tu rayes au fur et à mesure ce que tu as fait. » L'idée m'a plu. J'en ai établi une autre, que j'ai divisée en deux parties, à gauche ce que j'ai fait, à droite ce qu'il me reste à faire. La colonne de gauche s'est considérablement agrandie depuis mon réveil de réanimation. M'excuser auprès du personnel soignant. Me faire enfin pardonner par Béatrice. Apprendre à connaître mes enfants. Renouer avec les anciens camarades de faculté de Médecine. Faire la paix avec Jeanclin, et avec moi-même. Ne plus dépendre de personne… J'y ai ajouté tous les petits détails déjà accomplis, comme passer un week-end complet avec Paul et Clotilde, adopter un chien, me mettre à la peinture, poursuivre l'écriture de mon journal de réveil, reprendre des cours de conduite sur un véhicule automatique. (La première séance a été épique, j'ai failli renoncer, j'étais mort de trouille : et si j'oubliais de freiner ? J'ai calé trois fois de suite. Heureusement, le moniteur est plutôt sympa avec moi.) En bas de la liste à faire, j'ai noté : tatouage. Je me l'étais promis après avoir vu celui de Romain, mais je n'ai pas encore sauté le pas.

— Eu égard à ses qualités… professionnelles, je soutiendrai Jules. Il le mérite. Je crois que lui aussi a changé dans le bon sens… Il est à même de mener ce projet… ambitieux sur de bonnes voies.

Je ne pensais pas pouvoir prononcer ces paroles un jour. Bernard est satisfait, il s'est également rangé à mon avis.

— Sinon, quand comptez-vous passer à la maison ?

— Dès que j'aurai réappris à conduire… correctement, Bernard, je vous le promets. Pour le moment, je dois me contenter d'une… voiture sans permis.

À côté d'une Aston Martin, c'est vrai que ça fait un peu tache.

— Je vous attends ! Ne tardez pas trop, surtout, il y aura du gâteau !

— J'arrive !

— À très bientôt, Damien.

— À très bientôt, Bernard. Embrassez Noémie de ma… part.

Je coupe la communication. À ce signal, Fourre-tout se relève et s'apprête à repartir.

— Il va falloir songer à rentrer, les enfants vont bientôt arriver.

Je le sens déçu.

Paul est le premier à sonner. Ce week-end, il veut que je les emmène faire du bateau. Encore une grande première pour moi. Mais je n'ai plus peur, désormais. Je sais où j'ai ma place. Je sais que je fais partie intégrante de leur vie.

J'ai encore le temps de rajouter quelques mots sur mon ordinateur. J'ai décidé de raconter ce qu'il m'est arrivé. C'est Flore qui m'a poussé à le faire ; une sorte d'exutoire, m'a-t-elle dit. Je réfléchis encore au titre, je repense à la discussion que j'ai eue avec Myriam, au sujet du puzzle. Une idée à creuser.

Je n'ai pas encore repris le travail, je n'ai pas pris de décision. Je reste en contact avec l'employée de Pôle Emploi, qui s'enquiert de mes progrès. Je ne suis pas pressé, je *sais* que je vais trouver. Entre les enfants, le chien, ma peinture et les quelques conférences à la MAH, ma vie est désormais bien remplie, elle a du sens. La fille de Rose m'a même proposé de faire du bénévolat, et il n'est pas exclu que j'accepte. Je suis utile, *différemment*, mais utile.

Enfin, un remerciement spécial pour Raphaëlle Giordano, pour avoir pris le temps de lire et d'avoir été la marraine de cet ouvrage.

Remerciements

Imaginer une histoire se déroulant dans le milieu hospitalier, un milieu que je connais, me titillait depuis quelque temps déjà. Cependant, je ne voulais pas en faire un catalogue de données médicales ou de témoignages opératoires, et prendre le risque de changer radicalement de style avait quelque chose de grisant.

Comme toujours, j'ai su pouvoir compter sur le soutien sans faille de mon épouse Stéphanie, qui est derrière moi depuis le premier jour où j'ai décidé de présenter un de mes romans à l'édition, qui m'encourage à chaque nouveau projet. Merci à toi, je t'aime.

Merci à mes deux lectrices préférées, ma mère d'abord qui n'a jamais manqué de lire et de critiquer tout ce que je fais avec toute la bienveillance nécessaire, et ma belle-mère qui n'hésite pas à se plonger dans mes pages. J'espère que ce roman vous plaira.

Merci à mes amis Nick Gardel et Katia Campagne pour leur soutien, et pour m'avoir encouragé dès le départ à sortir de ma zone de confort pour me lancer dans cette aventure.

Merci à tous les membres, lectrices et lecteurs du groupe Fyctia qui ont suivi cette histoire dès le début et merci à toute l'équipe Hugo pour avoir permis que ce projet se réalise.

Enfin, un remerciement spécial pour Raphaëlle Giordano, pour avoir pris le temps de lire et d'avoir été la marraine de cet ouvrage.

J'espère que vous aurez autant aimé lire cette histoire que j'aurai aimé l'écrire.

Saint-Maur, le 20/03/2020